THE DREAM DRINKER

BLUTMAGIE
BUCH ZWEI

JT LAWRENCE

FIRE FINCH

ÜBER DIE AUTORIN
JT LAWRENCE

JT Lawrence ist eine USA Today Bestsellerautorin
mit mehr als 30 Büchern und ist ein Kindle Unlimited All-Star.
Mutter einer Menagerie aus Chaos, leidenschaftliche Leserin,
Gin-Fan und urbane Farmerin.

* * *

Bleib die ganze Nacht wach
mit USA Today Bestsellerautorin
JT Lawrence.
www.jt-lawrence.com

* * *

facebook.com/JanitaTLawrence

x.com/stay_up_allnite

instagram.com/authorjtlawrence

amazon.com/author/jtlawrence

bookbub.com/authors/jt-lawrence

pinterest.com/stay_up_all_night

patreon.com/jtlawrence

youtube.com/@jtlawrence79

BESONDERER DANK

*Unendliche Dankbarkeit an meine Leser
deren Treue, Unterstützung und großzügige Rezensionen mir den
Mut geben, mich immer wieder
der leeren Seite zu stellen.*

Ohne euch könnte ich das nicht tun.

- Janita (JT Lawrence)

DER TRAUMTRINKER
BLUTMAGIE, BUCH 2

KAPITEL 1

GLITZERNDE ASCHE

Ich holte tief Luft und machte einen weiteren Schritt auf das Paar marmorweißer Särge zu. Meine Stiefel waren mit Blei gefüllt. In der Luft lag der süßliche Geruch von Blumen aus dem Blumenladen – aus Treibhäusern gezwungen – und von Gras und frisch ausgehobener Erde. Ein üppiger grüner Teppich erstreckte sich so weit das Auge reichen konnte, und als ich lief, knirschten trockene braune Blätter unter meinen Füßen.

Asche zu glitzernder Asche.

So viel Asche in meinem Leben; so viel Blut. Ich wusste, dass der Besuch der Beerdigung schwierig werden würde, aber ich war entschlossen, für die Belore-Zwillinge, Eafaris und Pepin, da zu sein, die neben den offenen Schlünden der ausgehobenen Gräber standen und ihre identischen Masken der Trostlosigkeit trugen.

Warum muss die Erde so hungrig sein? Warum verschlingt sie die Menschen, die wir lieben, so schnell?

1

Ich hielt inne und hob meine Finger an die Schläfe, die nicht aufgehört hatte zu pochen, seit ich die Einladung zur Beerdigung von Ametrix und Francis Belore erhalten hatte, in goldener Tinte auf einer eleganten marineblauen Karte geprägt. Der Umschlag war unter meiner Tür durchgeschoben worden, deren Schloss dank des Orks, der vor meinem Apartment Wache hält, neu repariert worden war. Als ich den Türgriff drehte, um zu sehen, wer ihn abgegeben hatte, war der Türrahmen leer. Der Khargol-Wächter zuckte nur mit den Schultern und grunzte. An manchen Tagen finde ich die orkische Art zu kommunizieren völlig frustrierend, aber wenn mein Schädel wie jetzt in einem sturen Schraubstock steckt, schätze ich ihren einsilbigen Ansatz. Wer braucht schon mehr als ein Wort in einem Satz? Ich nicht, nicht heute.

Ich blickte auf meine Stiefel hinab, deren Ösen im schwarzen Leder mit einem Gewirr aus Schnürsenkeln fest zusammengezogen waren. Schwarze Jeans, schwarzer Mantel. Der dunkle Stoff ließ den smaragdgrünen Hintergrund hervorstechen. Ich drängte die Füße in den Stiefeln, vorwärts zu gehen, vorwärts, zu den Kindern und ihrer blanken Verzweiflung, aber sie blieben am Boden festgenagelt.

Natürlich wusste ich, warum mein Körper sich weigerte, sich zu bewegen. Jeder Quacksalber-Seelenklempner wird dir gerne deine silberne Schlangenhauthülle aus der Tasche ziehen, um dir zu sagen, dass ich mich nicht einer Beerdigung für Zauberereltern stellen wollte, weil es die Beerdigung ist, die mir verweigert wurde, als ich im Alter der Zwillinge war. Unsere Eltern wurden uns zu früh genommen. Und es sind nicht nur ihre Körper und ihr Verstand, die verschwunden sind, und die verblassenden Erinnerungen, die ich an sie habe – so grausam ist der unerbittliche Marsch der Zeit –, sondern der lebenslange Verlust der Liebe, den ich tief im Kern meines

Körpers spüre. Trotz der Dunkelheit, in die ich hineingeboren wurde, hätte ich jeden Moment, jeden Tag geliebt werden können. Ich wurde es nicht. Ich bin allein auf dieser Welt. Es ist ein akuter Stich des Schmerzes, der sich zu einem tiefblauen Schmerz ausbreitet, wie der Stich einer Hornisse. Ich blickte auf meine Füße hinab und konnte mich immer noch nicht bewegen.

Dann war da eine Präsenz neben mir, ein Schatten auf dem Boden und eine warme Hand auf meinem Arm, die meine Haut mit Gänsehaut überzog. Ich drehte mich um, kniff die Augen im Sonnenlicht zusammen und sah Darick.

Darick!

Ich war so froh, ihn zu sehen, dass ich mich in seine Arme warf. Überrascht lachte er und erwiderte die Umarmung.

Während er vermisst wurde, fühlte ich jedes Mal, wenn ich das Geschenk betrachtete, das er mir geschickt hatte – ein Armband mit einem verformten silbernen Kugelanhänger –, die gleiche Mischung aus Aufregung und Angst; aber die Angst verflog in diesem Moment, weil er vor mir stand, lebendig, und ich stellte mir sein Herz vor, das stark und stetig unter seinem eleganten weißen Hemd schlug.

»Hallo, mein Lieblingszauberer.« Seine Stimme war goldener Sirup auf heißem Toast.

Ich wollte ihm einen Schlag verpassen, weil er mich so sehr zum Sorgen gebracht hatte; einen sauberen rechten Haken an sein gemeißeltes Kinn. Wenn wir nicht bei einer Beerdigung gewesen wären, hätte ich es wahrscheinlich getan.

Wo war er gewesen?

Warum hatte er sich nicht bei mir gemeldet?

Wie war es möglich, dass er den Angriff überlebt hatte?

Ich hatte gesehen, wie viel Blut er verloren hatte, als die Vampire ihn angriffen, wie schwach sein Körper gewesen war.

Ich hatte so viele Fragen, nicht nur über diese Stunden der Folter im Vulkan, sondern über ihn selbst. Ich wusste immer noch nichts darüber, wer er war und warum sich unsere Wege gekreuzt hatten. Mein Mund öffnete sich, um zu sprechen, aber der Trauergottesdienst begann.

»Komm schon«, sagte er. Er nahm meine Hand, und wir gingen gemeinsam zur Grabstätte, und diesmal gehorchten meine Beine meinem Gehirn; zweifellos von Daricks Stimme getäuscht. Wir gesellten uns zu den anderen Zauberern und Hexen und Orks, als sie mit geschwollenen Augen auf die Haufen roter afrikanischer Erde starrten. Ich erwartete, dass Darick dann meine Hand loslassen würde, aber er tat es nicht.

Der vorsitzende Alchemist, gekleidet in weißen Roben mit goldenen Bändern, begann die Zeremonie. Ich fing Ferras Blick auf, und sie zwinkerte mir zu. Die Zwergin hatte ihre ganze Familie mitgebracht, einschließlich ihres Mannes Fig und ihrer zwölf Kinder, und sie umgaben die Belore-Zwillinge und hielten sie wie ein Floß in einem grünen Meer über Wasser. Salty war auch da, aber als einziger anwesender Goblin hielt sie sich zurück und entschied sich, am Rand der Versammlung zu stehen. Es gab nicht viele Zauberer, die ich erkannte. Ich nehme nicht an der jährlichen MagicCon in Kapstadt teil und gehöre keinen Zaubererkomitees an. Ich habe nicht den Luxus der Freizeit; mein Job als paranormaler Privatdetektiv hält mich auf Trab, ich arbeite 24/7, um Essen auf meinen wackligen Küchentisch zu bringen, und selbst dann ist dieser Tisch manchmal leer. Wenn ich irgendeine Art von Treuhandfonds hätte – wie die meisten Zauberer in meinem Alter –, dann wäre es vielleicht anders gewesen, aber so wie es ist, habe ich keine Zeit oder Energie für Politik; ich bleibe lieber für mich. Außerdem habe ich Morgan: eine unberührte menschliche Polizistin mit messingscharfen Eiern und einer Vorliebe für hohe Absätze und Lippenstift; und ich habe Ferra: eine absurd kluge, großherzige Zwergin. Sie sind mein Stamm. Ich brauche sonst niemanden.

Der singende Alchemist zündete den Weihrauch an und schwang das glitzernde Weihrauchfass über den Särgen, wodurch Sandelholz-duftender Rauch über sie kaskadierte und mich an den Nebel im Obsidian-Hügel-Wald erinnerte. Der fleischfressende Kokon, die rücksichtslosen Ratten, die huschenden Schatten waren in mein Gedächtnis eingebrannt. Ich schauderte und straffte meinen Rücken, um die Gedanken zu vertreiben. Darick warf mir einen besorgten Blick zu, als ich trotz des Sonnenscheins auf meinem Rücken zitterte. Ich hoffte, dass dieses besondere verfluchte Taschenreich verschwunden war und seine albtraumhaften Kreaturen mitgenommen hatte, aber natürlich gab es keine Möglichkeit, dies ohne die HighFire-Krone zu wissen.

Der Alchemist begann zu sprechen, und meine Gedanken schweiften ab, während ich beobachtete, wie sich die Eichen um uns herum im magischen Friedhof von Grün zu Herbst-farben und schließlich zu Braun verfärbten. Am Ende seiner Ansprache peitschte ein Wind auf und riss die trockenen Blätter von den Bäumen und legte sie auf den Boden, wodurch die Äste knackig und kahl gegen den klaren Himmel standen.

Der Bestatter hatte bemerkenswerte Arbeit an Ametrix' Gesicht geleistet. Als ich seinen Körper am Fuße eines leeren Grabsteins gefunden hatte, war der Zauberer in keinem Zustand, um gesehen zu werden, aber genau die richtige

Mischung aus Heilungszaubern und Formaldehyd bedeutete, dass sie heute einen offenen Sarg haben konnten, und Eafaris und Pepin konnten endlich ihrem Vater auf Wiedersehen sagen, den sie seit dem Tag, an dem er auf dem Weg zu einem Ratstreffen verschwunden war, nicht mehr gesehen hatten. Sowohl Francis als auch Ametrix waren in ihre formellen Zaubererroben gekleidet, und beide hielten ihre Zauberstäbe an ihre Brust. Der Alchemist legte das Weihrauchfass auf das Podium und ging dann zu Francis Belores Körper hinüber. Er legte bemalte Kieselsteine über ihre Augenlider, markiert mit Augen in ihrer eigenen Farbe, damit sie im Jenseits sehen konnte, wohin sie ging. Dann traten die Zwillinge vor und legten je eine Silbermünze in jede ihrer Hände, damit sie dem Fährmann bezahlen konnte. Das gleiche Ritual wurde für Ametrix wiederholt, und als ich miterlebte, wie die tapfer dreinblickenden Kinder ihre Eltern zum letzten Mal berührten, ging eine Welle von Schluchzen und Schniefen durch die Versammlung. Als Eafaris und Pepin zu Ferra zurückkehrten, zog sie beide eng an sich, und Fig und die Zwergenkinder stützten sie.

Vor den Belore-Zwillingen standen die mit violetten Bändern geschmückten Eichensetzlinge; ihre Blätter flatterten in der Brise. Meine Augen brannten und mein Kopf loderte. Ich blinzelte zum Himmel hinauf und versuchte, die Tränen zu klären und zu vermeiden, das Schließen der Särge zu beobachten.

Als der Alchemist das erste Signal gab, holten alle Zauberer ihre Stäbe und Zauberstöcke heraus und hielten sie bereit. Ich ließ Daricks Hand los und löste meinen silbernen Zauberstab; ich hielt ihn in Richtung der Särge, und er zitterte in meiner Hand. Auf das zweite Signal hin sangen wir alle leise zusammen.

»*Contendis. Contendis. Contendis.*«

Unsere sanften Ströme von Magie flossen vorwärts, alle in verschiedenen Schattierungen und Formen, und vereinigten sich an den Särgen, um sie anzuheben. Mit meiner anderen Hand wischte ich die eigensinnige Träne weg, die sich ihren Weg über meine Wange bahnte. Wir hielten Ametrix und Francis Belore zwei Minuten lang in unserer Magie für eine Schweigeminute, dann gab uns der Alchemist das dritte Signal, und wir senkten die Särge langsam in den Boden und verstauten unsere Zauberstäbe.

Der Alchemist begann, seinen lateinischen Vers zu rezitieren, und bewegte sich zu den Zwillingshaufen von Erde, nahm eine Handvoll von jedem und warf je einen Haufen in jedes Grab. Der trostlose Klang dieser ersten Handvoll Erde, die auf den Sargdeckel trifft, wird mir für immer in Erinnerung bleiben und nimmt den gleichen Platz in meinem Gehirn ein wie die ergreifende Melodie der MorningLark-Harfe, die Francis tötete und mich fast getötet hätte. Ich höre die Harfe in dunklen, einsamen Momenten in meinem Kopf spielen: beim Betrachten des beginnenden Sonnenaufgangs; beim Nachhausekommen in ein (größtenteils) leeres Haus; beim Hin- und Herwälzen in meinem kalten Bett. Sie ist immer da, verknotet in meinem Kopf.

Einer nach dem anderen nahmen wir alle unsere Handvoll roter Erde und warfen sie auf die Särge.

Zwei Orks in Uniform erschienen mit Schaufeln, aber einer der Zauberer in der Versammlung marschierte mit grimmigem Blick nach vorne und hielt sie auf. Er nahm eine der Schaufeln, krempelte seine Ärmel hoch und begann, Ametrix' Grab zu füllen. Ein weiterer Zauberer trat vor und nahm die andere Schaufel vom Ork und begann, an Francis' Grab zu arbeiten.

Die Eichensetzlinge wurden in die Mitte jedes Lochs gesetzt, und mehr Erde wurde hinzugefügt. Die Setzlinge trieben weiche neue Blätter aus, ebenso wie alle verzauberten Eichen, die uns umgaben, und bald war der Friedhof wieder grün. Mehr Zauberer kamen hinzu, um zu schaufeln, und die Aushöhlungen waren bald gefüllt. Trotz des Blicks auf die hellen neuen Blätter der jungen Bäume fühlte sich mein Herz dunkel und kalt an, als wäre es tief in der Erde zusammen mit den Belores begraben worden.

KAPITEL 2
ZAHNRAD UND BIER

Zahnrad und Bier wimmelte von Kellnern, und die Luft war erfüllt vom Duft von Ferras herrlicher Küche. Die kupferne Bartheke und die Rohre ringsum glänzten und funkelten im warmen Licht. Die Nadeln der Vintage-Anzeigen wackelten, und die prachtvolle, mit Nieten verzierte Steampunk-Uhr tickte gewissenhaft an der Wand, aber niemand hörte sie über dem Geplauder oder schenkte ihr Beachtung. Ich saß am Haupttisch, gegenüber von Eafaris und Pepin. Darick war an meinem rechten Ellbogen und Ferras leerer Stuhl zu meiner Linken. Salty hatte beschlossen, nicht an der Trauerfeier teilzunehmen. Ich leerte den Rest meiner Flasche von Figs hausgebrautem Bier und spürte, wie sich meine Schultern entspannten. Das Schlimmste war überstanden.

Die Belore-Zwillinge, die während der Trauerfeier wie einfarbige Holzpuppen ausgesehen hatten, erwachten in der Wärme und Gemütlichkeit des Pubs zum Leben. Ihre Haut wechselte von Grau zu Pfirsich, als das schwebende Feuer in der Mitte des Tisches sie wärmte, und ihre Wangen wurden zu roten Äpfeln.

Vor ihnen auf dem Tisch standen Tassen mit Ferras berühmtem Safran-Apfelwein, die sie kaum anrührten, aber genau wie mein Körper sich entspannte, konnte ich sehen, dass ihrer es auch tat.

Fig war in seiner Brauerei verschwunden, und die Zwergenkinder waren alle fleißig in der Küche am Arbeiten, kontrollierten Braten, wendeten brutzelnde Steaks, schlugen Sahne. Als Ferra mit einer riesigen Platte Essen erschien, ihr gehörnter Helm ein wenig schief auf dem Kopf, klatschten und jubelten die im Pub versammelten Menschen. Die Zwergin presste die Lippen zusammen, nahm die Komplimente, die sie für ihr Essen verdiente, nicht ganz an, sah aber trotzdem zufrieden aus. Sie stellte die Platte vor uns ab, und sie verdiente tatsächlich Beifall.

Warme Teller erschienen wie durch Zauberei vor uns – tatsächlich lag es daran, dass der Zwerg, der uns bediente, kleiner als die Tischplatte war – und die Zauberer um uns herum begannen zu essen. Ich war schon bei menschlichen Beerdigungen, wo die Erfrischungen beim Empfang genauso deprimierend waren wie das Ereignis, das sie inspiriert hatte. Aber das ist nicht Ferras Stil.

In Medaillons geschnittener Schweinebraten, beträufelt mit warmem Knoblauch-Kräuteröl, goldene Kartoffel-Butter-Rösti, in Portwein geschmorte Äpfel und würzige Gelees. Es gab Hähnchenschenkel, saftig und salzig, und Pekannuss-Oregano-Füllung. Glänzendes Brot, das sich noch warm anfühlte, gebacken in Ferras feurigem Steinofen, serviert mit Honig-Schlagsahne-Butter. Eine weitere Platte kam mit Honig-Senf-glasierten Fleischbällchen und Püree, Pasteten und Zimt-Kürbis-Krapfen.

Bevor ich angekommen war, war ich mir sicher, dass ich nichts essen könnte; dass ich keinen Bissen an dem harten Stein in meinem Hals vorbeibekommen würde, aber die Kombination aus Figs Bier und Ferras Kochen milderte die Kanten meiner Trauer, und als Darick einen kleinen Teller mit Essen füllte und ihn vor mich stellte, merkte ich, dass ich ihn essen wollte.

Die Kinder waren dem reichhaltigen Festessen nicht gewachsen. Stattdessen aßen sie Erdbeersuppe und kandierte Mandeln. Ferra drängte sie nicht, mehr zu essen, aber ich bemerkte, dass sie darauf achtete, dass immer etwas vor ihnen stand. Als die Belore-Zwillinge langsam von Schwarz-Weiß zu Farbe übergingen, spürte ich, wie meine Angst sich auflöste, mein Skelett sich erwärmte. Das Schlimmste war vorbei, und wir hatten überlebt. Ich wandte mein Gesicht Darick zu und suchte nach neuen Narben, aber es gab keine. Er lächelte mich an und nahm einen Bissen von seiner Kartoffel. Ich verspürte den starken Wunsch, ihn zu berühren, dann sein Gewicht auf mir zu fühlen.

Spürte er es auch?

»Darick«, sagte ich. »Wo warst du? Was ist passiert?«

Er sah mich an und legte sein Kupferbesteck ab. »Ich brauchte Zeit, um zu heilen«, sagte er. »Ich musste allein sein. Ich war dem Tod so nahe wie noch nie.«

Ich verstand, aber ich wollte mehr wissen. Ich wusste, dass er Heilkräfte besaß. Hatte er sich selbst geheilt, so wie er mich in jener Nacht im Khargol-Schlafzimmer geheilt hatte? Oder war das ein Magier-Tabu, wie ein Friseur, der sich selbst die Haare schneidet? Wie war er aus dem Portal entkommen, und wohin war er verschwunden? Und die Frage, die mich am meisten beschäftigte: Wer *war* er, und warum hatte er überhaupt nach mir gesucht, bevor der ganze Ärger begann?

Es gab ein höfliches Tippen auf meine Schulter. Ich drehte mich in meinem Stuhl und sah zu einem silberhaarigen Mann in einem ordentlichen schwarzen Anzug auf. Ich konnte sofort spüren, dass er nicht Berührt war.

»Frau Knight?«, erkundigte er sich. »Frau Jacquelyn Denna Knight?«

Ich zögerte, bevor ich antwortete. Nennt mich paranoid, aber nach allem, was ich in der vergangenen Woche durchgemacht hatte, erwartete ich fast, dass der Mann ein Messer vom Tisch greifen und es mir an die Kehle halten würde. Oder es heimlich zwischen meine Rippen gleiten lassen würde, ein schneller Stoß, um eine Lunge zu durchstechen, während niemand hinsah, und ich würde genau dort auf diesem Stuhl vor aller Augen sterben, während alle zu beschäftigt damit waren, Ferras Pasteten zu verschlingen, um überhaupt zu bemerken, dass eine sterbende Zauberin am Tisch saß. Ich mag misstrauisch sein, aber die Welt ist kein sicherer Ort. Sie mag versuchen, dich mit ihrem blauen Himmel, Erklärungen ewiger Liebe und ausgezeichnetem Bier zu täuschen, aber du solltest niemals deine Vorsicht aufgeben. Das ist eine Lektion, die ich immer wieder lerne.

Der Mann schaute mich erwartungsvoll an. Ich sah keine Gewalt in seinen Augen, und seine Arme blieben sicher an seinen Seiten. Das Messer, das ich im Auge behalten hatte, bereit es zu ergreifen, blieb ungestört auf dem Tisch.

Ich räusperte mich. »Ja?«

Der Mann schien erleichtert. »Oh, Frau Knight. Ich bin so froh, Sie gefunden zu haben.«

Die Zwillinge beobachteten uns, und ich konnte fast spüren, wie Daricks Ohren hinter mir aufgestellt wurden.

»Kann ich Ihnen helfen?«, fragte ich.

»Ich hoffe es«, sagte er und fuhr mit der Hand über sein perfekt gekämmtes Haar. »Ich hoffe es wirklich. Darf ich ein Wort mit Ihnen sprechen?«

Ich stand auf und zog meinen Trenchcoat an, dann führte ich den Mann im ordentlichen dunklen Anzug in das private Esszimmer, das leer war. Wir setzten uns und betrachteten einander unter den wachsamen Augen der fröhlichen, rotwangigen Zwergenporträts, die in Bronzerohren an der Wand eingerahmt waren. Zehn Uhren tickten im Einklang, während meine Hand das kupferne Messer umklammerte, das ich heimlich in meine Jackentasche gesteckt hatte.

»Sie sind nicht Berührt«, sagte ich.

»Nein.« Er schob die schwarzen Rahmen seiner Brille den Nasenrücken hoch. »Ich hatte nicht das Glück, mit magischem Blut geboren zu sein.«

»Warum sind Sie hier?«

»Es war mein letzter Ausweg.«

Ich war nicht sicher, ob ich das beleidigend finden sollte oder nicht. Nur einmal möchte ich gerne jemandes erste Wahl sein. Ich trommelte mit den Fingern meiner freien Hand auf den Tisch.

»Bei einer Zaubererbegräbnis reinplatzen?«, sagte ich. »Stilvoll.«

»Bitte verstehen Sie meine Absichten nicht falsch«, sagte er. »Erlauben Sie mir, mich vorzustellen. Mein Name ist Willard Teller -«

»Der Name sagt mir nichts«, sagte ich. Meine Knöchel begannen zu schmerzen, weil ich das Messer so fest hielt.

»Ich stehe seit fünfzig Jahren in Diensten von Herrn Blimaex Abarim«, sagte er. »Ich bin sein treuer Diener und Butler.«

Abarim. Das klang tatsächlich vertraut. Ich verengte meine Augen zu Schlitzen, als ich ihn ansah.

»Herr Abarim ist... *war*... einer der zwölf Nadeln im Atlas.«

Kein Wunder, dass sein Name etwas in meiner Erinnerung weckte. Wenn Blimaex Abarim im Rat war, dann verstand es sich von selbst, dass er einer der mächtigsten Zauberer des Landes war.

»*War?*«, sagte ich. »Was ist passiert?«

»Deshalb bin ich hier. Herr Abarim steckt in sehr ernsten Schwierigkeiten.«

Der Butler blinzelte mich an. Ich ließ das Messer los.

»Bitte, Frau Knight«, sagte er. Ich bemerkte, dass seine Finger zitterten. »Wir brauchen dringend Ihre Hilfe.«

KAPITEL 3

LONDON-BUS-ROT

Mein Motorrad brummte unter mir, als ich Richtung Stadtzentrum brauste. Ich hatte mit Willard Teller vereinbart, uns im Abarim Manor in Westcliff zu treffen, aber zuerst musste ich noch einen Stopp in der Stadt einlegen.

Ich parkte mein Motorrad vor dem alten Gebäude, zog meinen Smarthelm ab und verstaute ihn in meiner Topbox. Die Box erinnerte mich an Gizmo, und ich spürte einen Stich in meiner Brust, während ich das Motorrad mit einem Sicherheitszauber abschloss. Morgan wartete auf den breiten Stufen direkt vor dem Eingang, tippte mit ihren Designerabsätzen und hatte die Arme vor der Brust verschränkt.

»Tut mir leid, dass ich zu spät bin«, sagte ich.

Ich hatte die Trauerfeier früh (und widerwillig) verlassen. In Ferras Kneipe zu sein, war wie in einer Blase der Zufriedenheit. Ich hatte diese gemächliche Stunde unter Ferras Dach und in Daricks Gesellschaft so genossen. Es war, als hätte es langsam meinen verspannten Körper entspannt, und ich wollte nicht gehen. Als der hartnäckige Butler mich jedoch aufspürte, wusste ich, dass der Urlaub vorbei war.

Auf den Stufen des städtischen Leichenschauhauses zu stehen – die harte Sonne prallte auf uns herab, das grelle Licht stach mir in die Augen – war eine ganz andere Realität. Ich holte tief Luft und wappnete mich.

»Alles okay bei dir?«, fragte Morgan, ihr Fuß trommelte nicht mehr auf die Betonstufe. Sie streckte ihre Hand aus, drückte meinen Arm und zog mich dann in eine Umarmung. Die Wahrheit war, dass es mir nicht gut ging. Aber an diesem Tag waren schon genug Tränen geflossen, und wir hatten einen Fall zu bearbeiten.

»Zeig es mir«, sagte ich.

Die Kapitänin der Skorpione führte mich hinein, und die kühle, abgestandene Luft im Inneren war beunruhigender als das heiße Gleißen draußen. Die Decken waren von Feuchtigkeitsmustern verfärbt, wie braune Wolkenfetzen in bösen Träumen, und die Wände waren mit jahrelangem Fingerabdruckschmutz überzogen. In meinem Kopf konnte ich die Flüstereien all der Menschen hören, die diesen befleckten Korridor durchquert hatten, und all die Wärme, die mein Körper noch vom Empfang im *The Copper Cog* gespeichert hatte, verdunstete.

Morgan stieß die Doppeltüren auf, und wir betraten den Raum mit seinen gekühlten Schubladen. Beim letzten Mal war nur Liz Durisons Leiche ausgestellt, und ich erinnerte mich deutlich daran, wie sie aussah, wie sie roch, und ich schluckte schwer, blinzelte und zwang mich, mich zu konzentrieren. Diesmal standen sieben Bahren mit sieben verhüllten Leichen da.

Glückszahl sieben. Glück für den Killer, wohlgemerkt, nicht andersherum. Aber ich war entschlossen, dieses Schicksal umzukehren.

»Sieben?«, fragte ich.

»Acht insgesamt – soweit wir wissen – wenn du meine Nachbarin mitzählst. Liz Durison.«

Nummer acht: Gartentor.

»Ich erinnere mich an ihren Namen«, sagte ich. Ich erinnerte mich an ihren nackten Körper, der auf dem schwarzen Rasen zurückgelassen wurde. Ich hatte es nicht mit eigenen Augen gesehen, aber das Bild war in meinem Kopf so klar, als hätte ich es getan.

Wie könnte ich Liz Durison vergessen? Sie verfolgte mich noch immer, erschien mir in verletzlichen Momenten, schwenkte Roséwein und forderte ihre Gerechtigkeit. Nein, sie würde nicht vergessen werden. Nicht, bis ich herausgefunden hätte, wer ihr und den toten Frauen um uns herum das angetan hatte.

Morgan öffnete den ersten Leichensack, und ich sah, wie ihre Nase zuckte. Egal wie abgehärtet man wird, wie sehr man sich an die Brutalität gewöhnt, es gibt immer noch einen Teil von dir, einen zarten Kern, der angesichts kalter Gewalt zurückschreckt.

»Stacey Morrow«, sagte Morgan. »Einen Meter achtzig, kastanienbraunes Haar, athletischer Körperbau. Sie war Grundschullehrerin. Die Eltern, mit denen ich gesprochen habe, sagten, sie sei die netteste Lehrerin an der Schule gewesen.«

Ich öffnete den Beutel etwas weiter, um die Markierung zu betrachten, die in ihre Brust gebrannt worden war, und meine

Lungen füllten sich mit der kalten Leichenhallenluft. Da war es. Ein Kreis mit einem „V", das aus ihm ausbrach, und zwei Linien, die es durchkreuzten. Das Anarchiezeichen auf den Kopf gestellt. Morgan trat zurück und öffnete den nächsten Leichensack, und den nächsten und den nächsten, bis alle Leichensäcke geöffnet waren und wir von ihrer wächsernen Haut und ihren leblosen Augen umgeben waren.

»Tammy Bachman«, sagte Morgan. »Medizinstudentin. Cindy Port. Souschefin. Belinda Murray. Carey Smith. Vanessa Karkaroff. Einfach getötet und unter den Sternen zurückgelassen.«

Ich erinnerte mich daran, was Morgan über die Nacht gesagt hatte, in der sie die Leiche ihrer Nachbarin im Garten gefunden hatte. Sie sagte, es war, als ob etwas Böses in der Luft lag, als ob schwarzer Nebel alles verschluckte.

»Keine Bissspuren«, sagte sie.

Das war es, was mich verwirrte. Ich konnte Vampire bei all diesen Morden riechen, aber warum gab es keine physischen Beweise? Und warum die Leichen brandmarken? Es war, als ob jemand eine Botschaft senden würde. Diese Idee machte mich unglaublich unbehaglich, denn wie Morgan am Telefon gesagt hatte: Alle toten Frauen sahen aus wie ich.

Wir betrachteten die letzte Leiche gemeinsam, und Morgan schüttelte den Kopf. Der Lippenstift, den sie trug – *London Bus Red* – schien die einzige Farbe im Raum zu sein.

»Was bedeutet das?«

Sie sprach über das Symbol und starrte es an, als ob die Bedeutung klar werden würde. Ich sah eine Ader an ihrer Schläfe pochen und wollte irrationalerweise, dass sie aufhörte.

»Ich weiß es noch nicht«, sagte ich. Ich hatte das gleiche Emblem auf der Diamantbrosche gesehen, die Deadwing an seinem Umhang getragen hatte, als wir in der Vulkan-Taschenrealm waren. Ich war sicher, dass es bedeutete, dass er eine Machtposition innehatte, aber in welcher Hierarchie? In welcher Konföderation? Acheron Baldassares Clan hatte kein solches Symbol. Das Nächste, was ich als Emblem für den türkisbemäntelten Silvano-Clan fand – ich hatte online auf *Forage* gesucht – war das alte Familienemblem, das eher uninspirierend war und definitiv nichts mit diesem gemeinsam hatte.

»Ich weiß es noch nicht«, sagte ich erneut. Wir sahen einander über der letzten Toten an – Iris Beck, Computerprogrammiererin – und unsere Augen suchten in denen des anderen. Wir kamen zu einer Übereinkunft, ohne ein weiteres Wort zu sagen. Ich würde diesen Fall lösen oder bei dem Versuch sterben. Es ging nicht um meine Loyalität gegenüber Morgan oder meinen Wunsch, meinen Job zu erledigen. Ich wusste, dass ich die nächste sein würde, die in einen dieser trostlosen Leichensäcke eingepackt werden würde, wenn ich die Leute, die das taten, nicht aufhalten würde.

KAPITEL 4
ANWESEN ABARIM

ei Sonnenuntergang durch Westcliff zu radeln, in diesem perfekten Rosa, gab meinen Knochen etwas Wärme zurück. Der Besuch im Leichenschauhaus hatte mich zutiefst verstört. Die Beerdigung, die Totenwache, die schäbige Leichenhalle der Stadt: Ich hatte einen solchen Gefühlsachterbahnritt erlebt, dass selbst die Fahrgeschäfte in Goblin City neidisch geworden wären. Dort gibt es eine Attraktion namens ScreamCoaster – etwas makaber angesichts der tragischen Geschichte des Vergnügungsparks – und man kann ihn nicht besuchen, ohne das Kreischen der begeisterten Kobolde zu hören, die dort leben. Man sollte meinen, sie würden der Fahrgeschäfte (und des Junkfoods) überdrüssig werden, aber alle Anzeichen sprechen dagegen. Was mich daran erinnerte: Ich musste Nilve SaltySnap besuchen. Ich hatte einen Geschäftsvorschlag für sie.

Ich bog in die Einfahrt der Hausnummer 44 in der Dresden Drive ein und drückte auf die Türklingel. Die Sicherheitskamera schwenkte in meine Richtung, und ich blickte direkt in die Linse. Ohne dass jemand den Hörer abnahm, begann das

Tor aufzugleiten, und ich fuhr langsam die beeindruckende, von Pappeln und Iceberg-Rosen gesäumte Auffahrt entlang. Das Abendlicht färbte die Mauern des Anwesens Abarim orange und rot, und ich konnte nicht anders, als zu spüren, dass es ein gutes Haus mit guter Energie war. Dieses Gebäude basierte nicht auf irgendeiner Art von Illusion oder Zauberspruch. Es war solide und alt und wunderschön, und ich ertappte mich dabei, wie ich die Menschen beneidete, die dort lebten. Ein altes Familienhaus, altes Geld. War das nicht die Art von Leben, die ich mir für mich selbst wünschte? Aber dann erinnerte ich mich daran, dass Häuser mit viel Instandhaltungsarbeit verbunden sind, und ich konnte nicht einmal die Kakerlaken in meiner Küche am Leben erhalten, geschweige denn daran denken, die Apfelbäume zu beschneiden, also sollte ich besser nicht zu hoch hinaus wollen.

Ich parkte im Schatten einer uralten Eiche, die mich an die Beerdigung der Belores erinnerte. Der Butler hatte es für angebracht gehalten, sich in den Leichenschmaus in Ferras Kneipe einzuschleichen, um mit mir zu sprechen, und er wirkte nicht wie der Typ, der es zur Gewohnheit macht, bei Totenwachen aufzutauchen. Also nahm ich an, dass das Problem seines Arbeitgebers bedeutend genug war, um einen Besuch zu rechtfertigen. Ich schloss mein Fahrrad ab, und als ich mich umdrehte, um dem Haus gegenüberzutreten, stand er da, die Hände zusammengefaltet. Er sah wirklich erfreut aus, mich zu sehen, ein Gefühl, an das ich nicht besonders gewöhnt bin.

»Vielen Dank, dass Sie gekommen sind«, sagte Willard. »Es wird schlimmer.«

»Was wird schlimmer?«, fragte ich, aber er antwortete nicht. Ich folgte ihm nach drinnen.

Das Anwesen Abarim war innen genauso schön wie außen. Massive, dunkle Holzmöbel und persische Teppiche, überall schwankende Bücherstapel, Glasglocken mit Luftpflanzen und eine Fülle exotischer Orchideen in einer antiken Champagnerschale. Es war ordentlich, aber gemütlich, gediegen, aber stilvoll, und ich fühlte mich vom ersten Moment an wohl, wenn auch ein bisschen neidisch. Ich blieb stehen, um ein Familienporträt zu betrachten, gemalt von einem Künstler mit ruhiger Hand und einem Gespür für Schmeichelei. Ein etwa Mitte zwanzigjähriger Blimeax Abarim stand stolz mit seinen betagten Eltern da, alle in Cocktail-Kleidung. In seinen Augen lag ein Hauch von nicht identifizierbarer Emotion, und ich fragte mich, was es war; was diesen Funken Intensität verursacht hatte.

Das Haus war in Ordnung und wunderschön, und ich sah nichts, was Anlass zur Besorgnis gegeben hätte, aber da lag ich völlig falsch.

Auf halbem Weg ins Haus hörte ich das Heulen, und ich blieb stehen und runzelte die Stirn in Richtung des Butlers. Willard verbeugte sich halb und entschuldigte sich.

»Das wird nicht leicht für Sie«, sagte er.

Die Schmerzensschreie rollten auf uns zu; ein alter Mann, der keuchte und jammerte.

Ich blieb wie angewurzelt stehen. Eiseskälte rann mir über den Rücken.

»Was ist hier los?«, fragte ich. »Was ist mit ihm?«

Es klang, als würde er gefoltert werden.

»Bitte«, flehte Willard. »Kommen Sie und sehen Sie ihn.«

Ich bewegte mich nicht. »Jemand tut ihm weh.«

»Er ist allein in seinem Schlafzimmer«, sagte Willard. »Die einzige Gefahr geht von ihm selbst aus.«

Ein Teil von mir wusste, dass ich verrückt war, weiterzugehen, aber der andere Teil konnte keinen anderen Menschen in solchen Schmerzen zurücklassen.

Warum war er zu Hause? Warum mich rufen, wenn sie eindeutig die Expertise eines Arztes brauchten?

Aber es hatte keinen Sinn, Fragen zu stellen. Ich war da und musste etwas tun, um dem Mann zu helfen, selbst wenn es nur bedeutete, einen Krankenwagen zu rufen, der ihn ins Krankenhaus bringen würde. Ich folgte dem Butler bis zum Ende des Korridors, der Spur des Murmelns und Weinens folgend, bis wir das Zimmer des Zauberers erreichten.

Es war ein großes, altes Zimmer mit Bogenfenstern und teuer aussehenden maßgefertigten Vorhängen, die gegen den flammenden Sonnenuntergang draußen zugezogen waren. Eine schneeweiße Eule mit gelben Augen beobachtete uns beim Eintreten, ihre Krallen in die Holzstange gegraben. Die Oberseite der vintage Kommode war voll mit alten Medizingläsern, mit Korken verschlossenen Flaschen mit Tinkturen, Tuben mit Salben und Blisterpackungen mit Pillen.

Willard führte mich an Abarims Bett. Der alte Zauberer jaulte wie ein hungriger Hund, und es ließ mich das Gesicht verziehen.

Mein erster Gedanke war, dass er verrückt geworden war.

Es gibt eine Sache, die einigen unglücklichen Berührten widerfährt, eine Art Krankheit namens RDS: Raspelndes Wahnhaftes Syndrom. Im Grunde passiert es, wenn man entweder zu viel

Magie über ein Leben hinweg wirkt, oder wenn die Magie, die man wirkt, zu tief (oder dunkel) ist, und die Aussetzung dem Nichts gegenüber zu viel für das Gehirn wird, und es sich verheddert. Es ist, als würde man die magische Taucherkrankheit bekommen, aber anders als bei der Dekompressionskrankheit gibt es für das Raspeln keine Behandlung. Als ich Blimaex' Körper unter der Decke zucken sah und sein Leiden hörte, wünschte ich laut, dass es nicht der Fall war. Alte Zauberer sind am meisten gefährdet, selbst wenn ihre Magie überwiegend wohlwollend ist. Die Tatsache, dass die Menschen heutzutage länger leben, bedeutet, dass die Fälle von RDS ständig zunehmen. Die Symptome des Raspelns umfassen Gedächtnisverlust, Persönlichkeitsveränderungen und gefährliche Wahnvorstellungen.

Der alte Mann heulte in sein Kissen. Seine Faust erschien und schlug gegen das Kopfteil, und ich zuckte zusammen.

»Herr Abarim«, sagte der Butler, aber der Zauberer hörte ihn entweder nicht wegen seines Leidens oder es kümmerte ihn nicht. Willard räusperte sich und versuchte es erneut. »Herr Abarim!«

Die Eule kreischte und schaute von einer Seite zur anderen.

Blimaex lag eine Weile still unter der schweren Steppdecke, erschöpft, und ich fragte mich, ob er eingeschlafen war. Ich war erleichtert, aber dann erschreckte er mich, indem er die Decke abwarf und seinen geplagten Körper entblößte. Er hielt seine geballten Fäuste an den Mund und schrie so laut, dass der Klang jeden Nerv in meinem Körper durchdrang und mein Blut mit Adrenalin überschwemmte. Ich wollte wegrennen; ich wollte da raus, aber ich blieb wie angewurzelt stehen, als ob eine Art elektrischer Strom meine Stiefel auf dem abgenutzten Kiefernholzboden magnetisierte.

Ich zwang meine Augen in Richtung des Körpers des alten Zauberers, und mein Magen verkrampfte sich. Dies war kein Fall von magischer Taucherkrankheit. Das Raspelnde Wahnhafte Syndrom ist eine bösartige, unheilbare, grausame Krankheit, aber das hier war schlimmer.

KAPITEL 5

TOD DURCH TAUSEND SCHNITTE

Ich trat näher an Blimaex Abarims Bett heran, und es war, als würde ich mich durch Sirup bewegen. Mein Körper schrie danach wegzulaufen, aber ich wusste, dass ich es mir nie verzeihen würde, einen alten Mann in einem so schrecklichen Zustand zurückzulassen. Blimaex war nicht verrückt. Oder wenn er verrückt war, dann nur, weil er durch die Qualen, die er ertragen musste, in den Wahnsinn getrieben worden war. Seine weichen Schlafshorts waren feucht von Schweiß und Blut, ebenso wie die Laken auf seinem Bett. Alle Schattierungen von Rot und Rosa blühten unter seinem ganzen Körper hervor, dessen Haut aussah, als wäre sie mit einem Messer geschnitzt worden, von der Kopfhaut bis zu den Zehen eingraviert.

Tod durch tausend Schnitte war mein erster Gedanke.

Die altchinesische Hinrichtungsmethode des *Lingchi:* Töten durch Zerschneiden. Von der Tang-Dynastie bis in die letzten Jahre der Qing-Dynastie wurden ausgewählte zum Tode verurteilte Gefangene an einen Pfahl auf einem öffentlichen Platz gebunden und ihr Körper langsam zerschnitten. Danach wurden sie vollständig zerstückelt, damit sie auch im Jenseits bestraft würden.

Aber es gab keinen altchinesischen Henker in Abarims Schlafzimmer; jedenfalls keinen, den ich sehen konnte, und der frische Horror in den Augen des Butlers machte deutlich, dass er nicht der Folterer war. Ich sah zu der Medikamentenablage hinüber.

»Ist das eine Art Krankheit?«, fragte ich.

Eine neue Art von virulentem Virus, der in deine Haut schneidet und dann deine Organe auflöst?

Die Luft im Raum war stickig und warm. Ein perfekter Nährboden für einen ambitionierten Keim, um zu wachsen und sich auszubreiten.

»Nano. Atemmaske.«, sagte ich, und mein Nano schlängelte sich aus meiner Brusttasche und wickelte sich um meinen Mund und meine Nase. Ich atmete unruhig durch das Netz. Ich wollte den Mann nicht beleidigen, aber andererseits hänge ich auch ziemlich an meinen Organen.

»Es ist keine Krankheit«, sagte Willard. »Jeder relevante Spezialist in Johannesburg war für eine Beratung hier. Sie haben auf jeden Virus und jedes Bakterium getestet, das im Reich bekannt ist. Niemand konnte helfen.«

Wenn er dachte, dass mir das mehr Vertrauen in die Lösung des Falles geben würde, lag er falsch.

»Er wurde negativ auf Winterwut, Schwarze Arthritis und Schlangengrippe getestet. Wir haben ihn sogar auf Fallfieber getestet – was, wie Sie sicher wissen, ein äußerst schmerzhaftes Verfahren ist – aber wir waren verzweifelt und hatten keine anderen Optionen mehr. Die Ärzte haben aufgegeben. Es gibt nichts mehr zu testen.«

Wenn das eine Aufmunterungsrede sein sollte, lief sie nicht besonders gut. Wenn ausgebildete medizinische Fachleute mit Wissenschaft und Laboren auf ihrer Seite nicht in der Lage waren, die Ursache zu finden, welche Hoffnung hatte ich dann?

Willard zog das obere Laken ab und ersetzte es durch ein sauberes aus dem Schrank. Er flauschte die Kissen auf und wechselte auch die Bezüge.

»Was ist mit Schmerzmitteln?«, fragte ich. Das Mindeste, was die Ärzte hätten tun können, wäre, Schmerzmittel zu verschreiben. Wenn ich Blimaexs Arzt wäre, hätte ich ihm genug Analgetika gegeben, um einen Ork zu fällen. Ich hätte ihm schneller eine Infusion in den Arm gesteckt, als man *Troll-Stärke Pethidin* sagen kann, und ich hätte sie weiterlaufen lassen, bis sie in der Lage gewesen wären, die Ursache zu finden.

»Er lehnt Schmerzmittel ab«, sagte Willard.

Ich verengte meine Augen und blickte den nervösen Butler an. Würde das ein weiterer Fall von Selbstzerstörung werden? Wie ein bestimmter Mafiaboss, der nicht auf Vernunft oder Mordwarnungen hören wollte? Denn dann war dieses *Zaubermädchen* raus.

»Er sagt, dass Schmerzmedikamente ihn schläfrig machen«, sagte Willard, goss ein Glas Wasser aus einem Kristallkrug ein und hielt es an die Lippen des Zauberers. Blimaex trank tief und klopfte dann dankbar auf die Hand seines Butlers. Selbst seine Knöchel waren rot geätzt.

»Und das ist ein Problem... warum genau?«

»Er kann nicht mehr viel sprechen«, sagte der Butler, »aber am Anfang, als dies zuerst passierte, sagte er, dass Schlafen schlimmer sei als Wachsein.«

Der Zauberer rollte sich auf den Bauch und jaulte auf. Neue Einschnitte auf seinen Schultern bluteten hell.

»Ich verstehe nicht, wie das der Fall sein könnte«, sagte ich.

»Da ist etwas, das in seinen Träumen auf ihn wartet«, sagte Willard und schob seine Brille die Nasenbrücke hinauf. »Jedes Mal, wenn er eindöst, wacht er schreiend auf wie ein Kind mit Nachtschreck.«

Ich betrachtete Blimaexs zerfetzte Haut und dachte an *Nightmare on Elm Street* und daran, wie der Film eine ganze Generation von Insomnikern herangezüchtet hat. Toll. Ich hatte es also mit einer magischen Mischung aus einer altchinesischen Foltermethode und Freddy Kruger zu tun. Nach einer Beerdigung und dem Leichenschauhaus machte das meinen Mittwochabend perfekt.

»Werden Sie den Auftrag annehmen?«, fragte Willard. Die Eule sah mich auf eine wirklich intensive Weise an.

Ich blickte wieder auf Blimaex hinab, und während ich zusah, wurde eine neue Linie in seine gefleckte Haut geritzt. Eine verschnörkelte Schrift mit harten Kanten. Abarim schrie auf und ballte das frische Laken in seiner Hand zusammen, dann schlug er mit der Faust auf den Nachttisch.

Ich müsste verrückt sein, diesen Job anzunehmen. Reif für die Klapse. Ich brauchte eine Auszeit nach dem, was letzte Woche mit den Khargols, Pavaris und dem Silvano-Vampirclan passiert war. Ich musste die Füße hochlegen, tagsüber ein bisschen trinken und mir keine Sorgen um alles machen, was im

Reich schief läuft. Ich musste eine gute Nachtruhe bekommen und einkaufen gehen.

»Werden Sie?«, fragte er erneut, seine Augen funkelten vor Tränen und Hoffnung.

»Natürlich«, sagte ich. Blimaex Abarim war ein Artgenosse. Und selbst wenn er es nicht wäre, hätte ich unmöglich Ruhe finden können in dem Wissen, dass ein guter Mann in so unerträglichen Schmerzen war.

Willard zog mich in eine unbeholfene Umarmung, trat dann zurück und war verlegen.

»Ich entschuldige mich«, sagte er und hob seine Hand.

Schon gut, Willard, dachte ich. *Ich brauchte auch eine Umarmung.*

Die Eule flatterte mit den Flügeln und tanzte auf ihrer Stange.

»Ich werde sofort mit der Arbeit beginnen.«

»Da ist noch etwas anderes«, sagte er und deutete mit einer halben Verbeugung zur Tür. Er führte mich aus dem klaustrophobischen Schlafzimmer in einen angrenzenden Sitzbereich. Ich dirigierte mein Nano zurück in meine Tasche und schloss den Gürtel meines Trenchcoats.

Er sah wieder verlegen aus. »Ms. Knight. Bitte verzeihen Sie meine Offenheit.«

»Nennen Sie mich Jax«, sagte ich.

»Jax«, sagte er. »Ich fürchte, es gibt eine weitere Komplikation.«

Deodamnatus, Mann, spuck es einfach aus. Ich werde hier alt.

»Ich werde Sie erst bezahlen können, wenn Mr. Abarim wieder gesund ist.«

Ich presste meine Lippen zusammen und blinzelte ihn an.

»Es liegt nicht daran, dass ich nicht will. Es soll keine Art Anreiz sein. Es ist nur so, dass Mr. Abarim derjenige ist, der die Rechnungen bezahlt, verstehen Sie. Und er war in letzter Zeit nicht dazu in der Lage. Ich habe alle meine Ersparnisse für die Ärzte und die Tests und die Nebenkosten des Hauses ausgegeben. Und ich... nun, ich habe nichts mehr übrig.«

Mir wurde dann klar, dass er auch kein Gehalt bekommen haben dürfte.

Er schaute sich im Raum um, vielleicht überlegte er, welche Antiquitäten er versteigern könnte. »Ich werde sicherlich einen Weg finden, Ihre ausgezeichneten Dienste zu bezahlen, Ms. Knight«, sagte er.

»Ist schon okay«, sagte ich und seufzte innerlich. »Ich verstehe.«

So viel zum Thema Einkaufen. Manchmal dachte ich, mein Kühlschrank sei verflucht. Welcher bessere Ort für einen verdammten Kühlschrank als eine Geisterwohnung?

Der Fall des verfluchten Kühlschranks.

Mein Vater las mir als Kind Enid-Blyton-Geschichten vor. Eine der Sachen, an die ich mich immer erinnert habe, ist das Tiffin in *The Magic Faraway Tree*. Es war eine fröhliche kleine Snackbox, die sich magisch auffüllte, so dass jedes Mal, wenn man sie öffnete, eine neue Leckerei darin war. Wie sehr träumte ich von diesem Tiffin, als ich mit den Ferals auf der Straße lebte. Ich fantasierte über die kleinen Gurkensandwiches ohne

Kruste, die Johannisbeerkekse, die Scones mit Erdbeermarmelade.

Mein Kühlschrank scheint das Gegenteil des Märchen-Tiffins zu sein. Jedes Mal, wenn ich die Tür öffne, ist er leer. Und nicht nur das, sondern der Anblick der luftigen, gelblich beleuchteten Höhle lässt meinen Magen sich leerer anfühlen als vor dem Aufziehen der Tür, und mein innerer Werwolf heult und kratzt, um herauszukommen, als wolle er einen neuen Körper zum Bewohnen finden. Einen, der eine gut bestückte Speisekammer und einen nicht verhexten Kühlschrank hat.

Ach, dachte ich und stellte mir Abarim vor, wie er sich in seinem Bett wälzte und kämpfte. *Wer braucht schon Essen im Kühlschrank?*

Mit einem vampirischen Serienmörderkult und einer magischen Version von Freddy Krueger hatte ich ohnehin keine Zeit, einkaufen zu gehen.

KAPITEL 6

DIE FRETTCHEN-VILLA

Als ich nach Hause kam, hängte ich meinen treuen Trenchcoat an den Haken neben der Tür und zog mit einem erleichterten Stöhnen meine Stiefel aus. Ich ging in die Küche und goss mir ein großzügiges Glas Zimt-Whisky ein – ein Geschenk meines Lieblingszwergs – und vermied bewusst den Kühlschrank. Darin befanden sich ohnehin nur Reue und zerplatzte Träume, und ich hatte genug eigene, ohne weitere hinzuzufügen.

Ich hielt das Glas an meine Brust und beobachtete das Bücherregal, wartend, bis Ghost das rote Hardcover vom Regal auf den Boden stoßen würde. Ich wartete und wartete, gab dann auf und lief durch eine kalte Stelle ins Schlafzimmer. Als ich mein aufgeschlagenes Bett sah, hörte ich, wie das Buch vom Regal rutschte und auf den Boden fiel.

»Hallo, Ghost«, sagte ich und begann mich auszuziehen.

Von Gizmo gab es keine Spur, trotz der Miniatur-Villa, die ich am Wochenende für ihn gebaut hatte. Ich hatte ein altes Barbie-Traumhaus im Recycling-Container meines Gebäudes gefunden. Das Spielzeug war alt, von der Sonne spröde und verblasst, aber es hatte das Grundgerüst für ein erstaunliches Zuhause – besonders für ein magisches Albino-Frettchen. Ich schrubbte es gründlich mit Reinigungsmittel und Bleiche, dann schnappte ich mir meinen Zauberstab und machte mich an die Arbeit, wobei ich meine Reparaturkünste übte. Es ist kein Geheimnis, dass mein Heilzauber ernsthafte Verbesserung gebrauchen könnte, also verbrachte ich ein paar Stunden damit, Risse zu verschmelzen, kaputte Treppen zu kleben und einige Dachziegel mit dem zu ersetzen, was ich in der Wohnung zur Hand hatte. Dabei blieb es jedoch nicht. Es war so kathartisch, wieder mit Spielzeug zu spielen, dass ich beschloss, puppenstubengroße Möbel für das Haus anzufertigen. Bisher habe ich ein nagelneues Bett für Gizmo gebastelt, inklusive Schlafsack (eine umfunktionierte Socke), eine Miniatur-Couch (ein zurechtgeschnittener rosa Badeschwamm) und einen Tisch mit Streichholzbeinen, ähnlich dem wackligen Konstrukt, das in meiner eigenen Küche steht. Ich habe sogar Kunst-für-Ameisen an die Wände gehängt. Vor der Eingangstür liegt eine Fußmatte aus Pappe, auf der einfach mit schwarzem Marker GIZMOS BUDE steht.

Jeden Morgen, seit ich das Frettchen-Mini-Herrenhaus gebaut habe, achte ich darauf, dass die Tür immer offen steht, und ich fülle den Fingerhut mit frischem Wasser auf, der in seiner schuhkartongroßen Küche auf ihn wartet. Es gibt auch eine aus Ferras Kneipe gemopste Pentagramm-Brezel und in der Ecke eine Packung überteuerte Erdnüsse – die, die ich Gizmo zweimal versprochen und nie geliefert hatte. Hoffentlich würde er bald seinen Weg zu ihnen finden.

Es war nicht nur blinder Optimismus oder wahnhafte Hoffnung, die mich dazu brachten, das Haus für Gizmo zu bauen. Abgesehen von meinem Instinkt, der mir sagte, dass er noch am Leben war, gab es auch die Topfpflanze auf meiner Küchenfensterbank. Bevor ich die HighFire-Krone je zu Gesicht bekam, sah die Pflanze traurig und schlaff aus. Ich gab ihr Wasser, redete mit ihr und sorgte dafür, dass ich sie an kälteren Tagen dem Sonnenlicht zuwendete, aber sie ignorierte meine Pflege und schmollte so heftig, dass sie sich fast umbrachte. Sobald ich jedoch im Besitz von Pavaris' Krone war, erholte sie sich auf wundersame Weise. Nicht nur begann all mein billiger Secondhand-Möbelkram aufzublühen, sondern auch die Pflanze erwachte wieder zum Leben. Als ich die Krone aufgeben musste, um aus dem schimmernden Taschenreich zu entkommen und lebendig in die Realität zurückzukehren, wurden meine Möbel wieder flohverseucht, aber die Pflanze gedieh weiter. Sie wuchs und blühte und wuchs noch mehr, und jetzt nahm sie mit ihren frischen grünen Blättern und gierigen Ranken die Hälfte des Küchenfensters ein.

Die Pflanze erfüllt mich gleichermaßen mit Schrecken und Hoffnung. Mit Schrecken, denn wenn sie immer noch Magie aus der Krone saugt, bedeutet das, dass, obwohl das Taschenreich aus der Existenz verschwand, dessen Inhalt *irgendwo* gelandet sein muss. Irgendwo nahe genug, um die Pflanze zum ungestümen Wachsen zu bringen, also nahe genug für Acheron, seine Hände darauf zu legen. Wenn der Anführer des Silvano-Clans die HighFire-Krone in die Hände bekommt, nun ja, sagen wir einfach, dass die Topfpflanze nicht das Einzige sein wird, das über schnellen Selbstmord nachdenkt. Es gibt keine Möglichkeit, dass ich einwilligen würde, in einem von Vampiren regierten Reich zu leben, besonders unter einem so bösen Anführer wie Acheron Baldassare. Aber das ist sowieso theoretisch, denn wenn die Silvanos an die Macht kämen, wäre ich eines der ersten Ziele auf ihrer Abschussliste. Diese beunruhigenden Gedanken rasen jeden Morgen durch meinen Kopf, wenn ich sehe, wie die Pflanze an den Fenstergittern hochklettert, und ich fühle eine tiefe Vorahnung, aber gleichzeitig gibt es einen kleinen Teil von mir, der von Hoffnung erfüllt ist, denn wenn die Krone noch existiert und in gutem Zustand ist, dann ist Gizmo wahrscheinlich auch noch am Leben.

Also tue ich mein Bestes, die üppige Pflanze zu ignorieren, und arbeite stattdessen still an der Frettchen-Villa weiter. Ich füge weitere Dachziegel und Teppiche hinzu und fantasiere davon, winzige Tassen und Untertassen zu kaufen, damit Gizmo nicht aus einem Fingerhut trinken muss, und ich bete zur Leere, dass er nach Hause kommen wird.

Meine Kopfschmerzen, die sich während meiner Ablenkung durch den neuen Fall zurückgezogen hatten, kehrten mit voller Wucht zurück, und das Pochen drohte mich zu blenden, als ich ins Badezimmer ging, auf der Suche nach Paracetamol im Medizinschrank. Die nackte Glühbirne schien heller zu leuchten, als gäbe es einen Stromstoß im Gebäude, und ich fragte mich, ob sie explodieren und mich mit ihrem eierschalendünnen Glas überschütten würde. Ich schaute in den Spiegel am Schrank, der an der rissigen Fliesenwand hing, und ein verrostetes Abbild meines Gesichts starrte zurück. Ich sah so blass aus, wie ich mich fühlte. Das Tattoo eines Vampirbisses an meinem Hals stach in scharfem Kontrast zur Milchigkeit meiner Haut hervor. Ich trat näher und blickte in meine Augen, durchsuchte sie, als enthielten sie irgendeinen Hinweis. Ich starrte mich selbst an, mein Atem beschlug das Glas, während ich dem Summen der Elektrizität in der Glühbirne über mir lauschte.

Dann wurde mir klar, dass der Hinweis nicht in meinem Spiegelbild lag, sondern direkt dahinter. Der Hinweis lag im Badezimmerschrank.

Ich öffnete die Tür und fand, wonach ich suchte. Kopfschmerztabletten, ja, aber mehr als das: der ringförmige Fleck, wo der schimmernde lila Glamour-Trank jahrelang gestanden hatte, bevor ich ihn letzte Woche benutzte, um in die Bierhalle des SubRealms einzudringen. Vielleicht kein Hinweis, nichts so Konkretes wie ein Hinweis, aber der Beginn eines Weges nach vorn. Der Trank musste ersetzt werden, und dafür musste ich die angesehenste magische Apotheke in Jozi besuchen.

Es gab andere Orte, um Tränke zu kaufen, aber ich suchte keinen Hinterhof-Medizinmann. Ich wollte das Original, die Legende, den Ort, den selbst die zynischsten Hexen und Zauberer frequentierten. Er befand sich in einem zwielichtigen Teil der Stadt, aber das trug gewissermaßen zu seinem Ansehen bei. *Mason & Sons* gibt es seit den Zeiten der Goldgräber, und sie haben erlebt, wie alle möglichen Geschäfte um sie herum entstanden, aber dort stehen sie noch immer, nachdem alles zu Staub zerfallen ist und die neue Welle des Handels aufgestiegen ist. Zu sagen, dass sie jeden Heiltrank und jede magische Tinktur verkauften, die der Mensch kennt, ist keine Übertreibung, und ihr Wissen über Liebestränke und magische Leiden ist legendär. Wenn jemand mir helfen konnte zu verstehen, was mit Blimaex Abarim geschah, dann waren es die weisen Besitzer von *Mason & Sons*.

Erleichtert legte ich zwei bittere, kreideartige Pillen auf meine Zunge und spülte sie mit dem letzten Whisky hinunter, dann schlief ich mit dem Gesicht nach unten diagonal über der Bettdecke ein, ohne mich um die ordentlich gefalteten Pyjamas am Fußende meines Bettes zu kümmern.

KAPITEL 7

ROSA DOLCH

Der Sonnenaufgang, obwohl hübsch anzusehen, glitt wie ein rosa Dolch in meine Augen, entfachte sofort meine Kopfschmerzen neu und zwang mich aus dem Bett. Mehr Pillen und ein Schluck Wasser direkt aus dem Hahn, und ich fühlte mich wieder halbwegs menschlich. Es war zu früh, um wach zu sein, zu früh, um die Apotheke zu besuchen, und ich verfluchte die Vorhänge in meinem Schlafzimmer dafür, dass sie so verdammt fadenscheinig waren und mich um das gebracht hatten, was eine gute Nachtruhe hätte sein können, statt ein paar Stunden, in denen ich möglicherweise auf mein von Geistern aufgeplustertes Kissen gesabbert hatte.

Ich gähnte, ohne mir die Mühe zu machen, meinen Mund zu bedecken – so lange allein zu leben hat nur wenige Vorteile, aber das ist einer davon – und zwang mich unter die Dusche, die, obwohl sie einem Ork gehörte, so konstruiert schien, als würde sie an einem mageren Tag gerade mal für einen Kobold ausreichen. Das Wasser war jedoch warm und willkommen, und als ich auf die abgekahlte Badematte trat, hatten die Medikamente gewirkt, und ich fühlte mich wie ein neuer Zauberer.

Die Küche lag noch im Dunkeln, als ich den Wasserkocher füllte und einschaltete. Es war noch früh genug, um schnell eine Lektion für Bron einzuschieben, also schrieb ich ihm eine Nachricht, und er stand vor der Haustür, bevor das Wasser kochte. Das ist wohl der Vorteil, wenn man einen Lehrling hat, der ein Rabenwandler ist.

Der Khargol-Wächter sah mehr als ein bisschen mürrisch aus, als wir gingen. Wenn du dir eine muskulöse saure Gurke mit Stirnrunzeln vorstellen kannst, so sah er aus. Ich lud ihn ein, reinzukommen und sich eine Tasse Tee zu machen, aber er brummte mich nur an. Das ist Orkdankbarkeit für dich, aber ich konnte kaum verärgert sein. Er und sein Schichtpartner Gnor (den ich *Schnarcher* nannte, wegen seines angeborenen Talents, zu jeder Zeit in jeder Position schlafen zu können) bewachten meinen Wohnsitz, seit Don Vito „Or'Capone" Khargol im Schlaf von seiner Frau ermordet worden war. Ich hatte erwartet, dass sie irgendwann sagen würden, ihre Arbeit sei getan, jetzt, da der Pate unter der Erde lag, aber ihr Chef – passend „Boss" genannt – hatte sie angewiesen, mich bis auf Weiteres zu beschützen, weil das Vitos Wunsch vor seinem Tod gewesen war. Ich wusste nicht, wie lange der Bonus des persönlichen Leibwächters anhalten würde, aber es gab mir definitiv ein sicheres Gefühl, wenn ich nachts allein in der Wohnung war. Auch abgesehen von potenziellen Bedrohungen: Mein widerlicher Vermieter Uragh, der verdächtig nach drei Tage altem Orkerbrochenen mit Sardellen riecht, hielt sich fern, was ein nicht zu unterschätzender Segen war.

Bron hüpfte aufgeregt vor mir her, voller Vorfreude auf die Lektion. Ich sagte ihm, er solle seine Erwartungen nicht zu hoch schrauben. Er war vor einem Training immer noch so verdammt fröhlich; das ging mir auf die Nerven. Sein Hüpfen verlangsamte sich zu einem Gehen, und dann tat er mir leid. Nur weil ich alt und abgestumpft war – okay, jung und abgestumpft, aber manchmal fühlte ich mich uralt, wie eine dieser Illustrationen von einsiedlerischen Bergzauberern in sterngemusterten Gewändern – bedeutete das nicht, dass ich es an dem ahnungslosen Straßenjungen auslassen sollte.

Wir rannten die fünf Blocks von meiner Wohnung zum Park und kamen keuchend und schnaufend an, der Stadtsmog entwich aus unseren Lungen. In der ersten Lektion hatte Bron sich über die Übung beschwert, aber ich sagte ihm, dass es genauso wichtig sei, seinen Körper in Topform und kampfbereit zu halten, wie alle Zaubersprüche im Buch zu kennen. Wenn eine Legion von Dämonen hinter dir her ist, dann solltest du besser Waden aus Stahl und Knie aus Gummi haben. Am besten weißt du, wie man wie Spider-Man an Wänden hochspringt oder es zumindest versucht.

Magie ist nicht die Lösung für alles, hatte meine Mutter mir an jenem Tag im Garten gesagt, als ich mit dem langsamen Keimen der Sämlinge ungeduldig wurde. Sie versuchte, mir den Wert beizubringen, sich nicht allein auf Magie zu verlassen, aber es ärgerte mich damals. Ich war fünf oder sechs und wollte mein aufkeimendes Talent an allem und jedem ausprobieren, was mir einfiel. Das muss für meine Eltern erschöpfend gewesen sein. Kein Wunder, dass es Orte wie das Copperfield-Institut gibt. Ich stelle mir vor, dass die Betreuung eines Kindes schon schwierig genug ist, ohne sich Sorgen machen zu müssen, ob es das Haus mit einem falsch ausgesprochenen Feuerzauber niederbrennt, wie ich es fast tat, als ich gerade aus den Windeln war.

Nur in Notfällen, sagten Mom und Dad mir. *Magie ist kein Spiel. Sie ist kein Spielzeug.*

Aber heute *würden* wir ein bisschen herumalbern, weil ich dachte, dass Bron bereit war, seine Fähigkeiten zu testen. Er hatte gut darin abgeschnitten, den Großteil meines unzusammenhängenden mündlichen Unterrichts aufzunehmen, und als ich sein Wissen über lateinische Beschwörungen testete, bekam er volle Punktzahl, also dachte ich, er wäre bereit für eine praktische Prüfung. Was er nicht wusste, war, dass ich einen ziemlich gemeinen Trick für ihn vorbereitet hatte. Natürlich alles zu seinem Lernvorteil und nicht, weil es mir Spaß machen würde.

Es war früh genug, um einen Teil des Vorortparks zu finden, in dem sich sonst niemand aufhielt, und als wir zu einer Lichtung kamen, wusste ich, dass dies der perfekte Ort sein würde. Wir hätten etwa zwanzig Minuten Zeit, bevor die Stadt richtig erwachte, und ich plante, sie gut zu nutzen. Ich blickte zu den Bäumen hinauf und schnupperte die Luft. Sie hatte kaum Waldqualität, aber einen grünlichen Hauch. Umweltverschmutzung mit einem Schuss Kiefer.

Johannesburg ist die Stadt mit den meisten Bäumen der Welt. Wenn du eine Drohne darüber schickst, könntest du sie fast mit einem Wald verwechseln. Das heißt, bis du die eigentliche Stadt erreichst, die aus Wolkenkratzern und Schornsteinen, hellen Lichtern und verblassten Werbetafeln besteht; oder dem Blechdachatlas der informellen Siedlungen: eine unwillkommene Erinnerung an das enorme Ausmaß der Armut im Land, die Auswirkungen der Urbanisierung und das tiefe und unauslöschliche Erbe der Apartheid.

»Okay, Bron«, sagte ich. »Zeig mir, was du drauf hast.«

Ich war ein Straßenkind genau wie er gewesen, aber mir wurde eine helfende Hand gereicht und gezeigt, wie Magie Leben retten kann. Ich musste dem Jungen die gleichen Lektionen beibringen, angefangen bei den Elementaren. Aber wir hatten weniger Zeit.

Bron kaute an seinen Lippen und schüttelte seine Knöchel aus. Er war nervös, und das war gut. Das war Teil des Jobs. Höllische Angst zu haben, aber trotzdem zu wissen, wie man Zaubersprüche schleudert.

»Kontrolliere Feuer!«, rief ich, und seine Augenbrauen hoben sich. »Feuer!«, rief ich erneut.

Er runzelte die Stirn, konzentrierte sich und hob seine Hände vor sein schmutziges T-Shirt. »*Ignem Exquiris!*«, rief er, und seine Handflächen sprühten orange Funken.

»Feuer!«, rief ich, und er biss die Zähne zusammen und verengte seine Augen.

»*Ignem Exquiris!*«, schrie er, und ein Komet aus gelben Flammen schoss aus seinen Händen, als wäre er ein Feuerspucker bei einem Hippie-Festival.

»Ja! Nochmal! Feuer!«

Seine Nasenlöcher blähten sich auf, und er spannte seinen Kiefer wieder an. »*Ignem Exquiris!*«, schrie er, und der Feuerball war so groß und so heiß, dass ich überrascht einen Schritt zurücktrat.

»Gute Arbeit, Bron«, sagte ich, während meine Finger zu meiner Augenbraue schossen, um zu prüfen, ob sie noch da war. Meine Wangen fühlten sich heiß an.

Die Augen des Straßenjungen waren so groß wie Zwergen-Essteller. Er konnte nicht glauben, was er getan hatte.

»Bereit für den nächsten?«, fragte ich, und er nickte.

»Kontrolliere Eis!«, rief ich.

Wieder brauchte er etwas Zeit, aber dann konzentrierte er sich und seine Finger spannten sich an: »*Glaciem Exquiris!*«

Weißer Schnee rieselte aus seinen Fingern. »*Glaciem Exquiris!*«, sagte er noch einmal, diesmal begann er den Zauberspruch zu genießen, während er zusah, wie das Eis aus seinen Händen floss und einen nahegelegenen Baum mit Eiszapfen schmückte. Er drehte sich zu mir um, sein Mund offen.

»Gut«, sagte ich. »Sehr gut.«

Ich sah, wie etwas Spannung aus seinem Körper wich.

»Kontrolliere Wind!«, sagte ich.

Er blickte mich für einen Moment verloren an.

»Wind«, sagte ich. »*Ventum.*«

Bron ballte seine Fäuste und entspannte sie dann. »*Ventum Exquiris!*«, sagte er, und eine kühle Brise traf uns wie eine Welle.

Ich nahm meinen Zauberstab heraus. »So peitschst du ihn auf«, sagte ich und benutzte meinen Zauberstab, um den Wind aufzuwirbeln. »*Ventum, ventum, ventum*«, murmelte ich. »*Ventum Exquiris!*«

Die Brise verwandelte sich in einen Sturm, der um uns herum wirbelte. Wir waren in der Mitte eines magischen Wirbelwinds aus Sand, Kiefernzapfenschuppen und grünen Funken. Bron sah mich an, dann hinauf zum Wirbelsturm, und er lachte voller Erstaunen. Der Staub flog in unsere Augen und Münder. Ich verlangsamte ihn dann, und der Wirbel brach um uns zusammen.

Bron starrte mich an. »Das war cool.«

»Es war dein Zauber«, sagte ich. »Deine Magie. Ich habe sie nur angestachelt.«

Der Junge lächelte. Er dachte, das wäre der Test gewesen und er hätte bestanden, aber da lag er falsch.

Evoco et excito, nunc et semper, res ac mortales.

»Bron«, sagte ich, machte einen Schritt zurück und hob meinen Zauberstab. »Schau hinter dich.«

KAPITEL 8

DIE PRÜFUNG

Bron drehte sich um und sah den Werwolf am Rand der kleinen Lichtung stehen. Seine bösen bernsteinfarbenen Augen waren auf uns gerichtet, während er ein tiefes Knurren ausstieß. Er trug ein räudiges Fell und seine schwarzen Lippen glänzten feucht von Speichel. Seine Rippen zeichneten sich ab wie die Stäbe eines Xylophons. Er hatte seit langer Zeit nichts gefressen. Der Junge zuckte zusammen und wich einige Schritte zurück, wobei er meinen Fußspuren folgte.

Ich hielt meinen Zauberstab in Richtung des Wolfs, aber der ließ sich nicht beeindrucken. Er begann, auf uns zuzulaufen, und schnüffelte in der Luft.

»Was s-sollen wir tun?«, stotterte Bron. Ich spürte, dass er am liebsten seine Rabengestalt annehmen und davonfliegen würde.

Du kannst nicht immer wegfliegen, Bron.

»Du hast gerade drei Elementarzauber perfekt ausgeführt«, flüsterte ich. »Du weißt, was zu tun ist.«

Seine Hände zitterten, als er sie diesmal ausstreckte. Das Tier kam weiter auf uns zu, aber Bron blieb stumm.

»Bron«, sagte ich. »Du solltest besser schnell an einen Zauberspruch denken, sonst verschlingt dich dieser Wolf mit Haut und Haar wie Rotkäppchen.«

Das knurrende Biest kam immer näher, und Bron blieb stumm. Das Geräusch des Knurrens jagte Adrenalin durch meine Adern. Der Wolf rannte in unsere Richtung, schnappte mit dem Maul, und Bron schrie vor Angst auf und hob seine Arme schützend vors Gesicht, als der Werwolf auf ihn zusprang.

»Bron!«, rief ich, aber er reagierte nicht.

»*Rumpis!*«, rief ich und benutzte meinen Zauberstab wie ein Schwert, mit dem ich auf den Wolf einschlug, kurz bevor er seine gelben Zähne in Bron versenken konnte. Das Geschöpf winselte, als mein Zauberstab direkt durch es hindurchfuhr, und löste sich in einer Wolke übel riechenden Rauchs auf.

Bron, der vor Schreck rückwärts zu Boden gefallen war, blickte auf und blinzelte, verängstigt und verwirrt.

DURCHGEFALLEN! wollte ich schreien. *DURCHGEFALLEN, DURCHGEFALLEN, DURCHGEFALLEN!*

Wenn das ein echter Wolf gewesen wäre, wäre Bron sein Frühstück gewesen.

Ich half ihm auf.

»Tut mir leid«, sagte er. »Ich weiß nicht, was-«

»Du hast den Kopf verloren«, sagte ich. »Das passiert.«

Ich dachte an den Vorfall im Jupiter Drawing Room, als meine Magie im ungünstigsten Moment versagt hatte und die blutrünstige Desdemona aus dem Fenster entkommen konnte. Die Scham brennt immer noch auf meinen Wangen, obwohl ich sie später auf einem schmutzigen Bürgersteig zu Asche verwandelt habe. Ich drückte die Schulter des Jungen, die zitterte.

»Es passiert, Bron. Das ist die Lektion. Angst verstärkt Magie. Schmerz verstärkt Magie. Du musst die Gefühle nutzen, die du spürst. Lass nicht zu, dass sie dich lähmen. Nutze sie zu deinem Vorteil.«

Leichter gesagt als getan, natürlich. Ich wuschelte durch seine Dreadlocks.

»Spüre die Angst, Bron. Nutze sie.«

Evoco et excito, nunc et semper, res ac mortales.

Diesmal beschwor ich die Chimäre eines kleinen Drachen. Er hockte sich auf die Spitze eines nahegelegenen Jacarandabaums, der voller violetter Blüten war. Ich machte ihn bedrohlich und hässlich, mit schimmernden metallischen Schuppen.

»Bereit?«, fragte ich.

Immer noch zitternd nickte Bron.

»*Volas!*«, rief ich dem Drachen zu, und er begann, mit den Flügeln zu schlagen. Er verließ den Ast, auf dem er gesessen hatte, auf unbeholfene Weise, als seien seine Flügel steif, schlug sie dann aber schnell genug, um hoch in die Luft zu steigen. Der Drache kreischte und stürzte auf uns herab, und wir warfen uns beide schreiend ins Gras. Er versengte mit einem Feuerstoß aus seinem Drachenmaul den Boden, auf dem wir gerade noch gestanden hatten, bevor er den Kopf hob und wieder in die Luft stieg. Bron und ich sahen uns an, während das schwarze Gras zwischen uns flackerte und rauchte.

Mit meinen Augen auf den Drachen gerichtet, machte ich meinen besten Parkour-Sprung vom Boden in die Hocke und hielt meinen Zauberstab bereit. Es war zwar eine Chimäre, die ich beschworen hatte, aber dieser Feueratem war echt.

»Spüre die Angst«, sagte ich zu Bron, der sich gerade auf die Füße gekämpft hatte. Er nickte und spannte den Kiefer an. Er war bereit.

Der Drache kreiste einige Male in der Luft und bereitete sich auf seinen nächsten Angriff vor. Quietschend schoss er wieder auf uns zu, bereit, uns mit Flammen zu überschütten. Als das Feuer aus dem Maul des metallisch geschuppten Drachen hervorschoss, fasste Bron in die Luft vor seiner Brust und warf es in Richtung des Ungeheuers.

»*Clipeum Galciei!*«, schrie er und erschuf einen Eisschild zwischen uns und dem Feuerstrom. Es war ein großartiger Schild, groß und stabil, und der Feuerstoß des Drachen kam nicht durch ihn hindurch.

»Gut!«, rief ich, als das Eis auf den Boden schmolz.

Der Drache verlor diesmal keine Zeit mit Kreisen, sondern kam direkt auf uns zurück, bereit, uns in brennende Geburtstagskerzen zu verwandeln.

Eine weitere Feuerreihe raste auf uns zu. Bron streckte eine feste Handfläche aus. »*Effectus Adversum!*«, rief er, und die Flammen wurden von seiner Hand abgelenkt und zerstreuten sich am Himmel über uns.

»Gut«, sagte ich. Er verzog das Gesicht und schüttelte seine Hand; die Haut war schwarz versengt. Ich fühlte mit ihm; ich wusste, wie sehr dieser Gegenzauber schmerzen konnte. Ich beschloss, dass es für heute genug war.

»Erledige ihn«, sagte ich.

Bron wirkte unsicher. Ich weiß nicht, ob er zu erschöpft, ausgelaugt oder überwältigt war, aber er schüttelte den Kopf. Vielleicht mochte er es nicht, imaginäre Tiere zu töten. Ich verstand das. Ich mochte es auch nicht besonders. Selbst die Vernichtung des böse blickenden Wolfs war schwierig gewesen, aber ich hatte schon vor langer Zeit, in Copperfield, akzeptiert, dass manche Lektionen schwerer zu lernen sind als andere.

Der Drache kreischte und stürzte in unsere Richtung, das Geräusch seiner ledrigen Flügel knallte in der Luft. Mein Zauberstab war erhoben, meine Augen konzentriert. Er raste auf uns zu und öffnete sein Maul, das ein Schrecken aus scharfen Zähnen und verbranntem Fleisch war. Als das Feuer auf uns zuschoss, streckte ich meinen Arm aus und schrie so laut ich konnte. Ich leitete meine Angstgefühle für den sanftmütigen Jungen an meiner Seite in meine Brust und durch meinen Zauberstab.

»*Ignem Exquiris!*«

Feuer mit Feuer bekämpfen. Ein Komet aus blauem Feuer schoss aus meinem Zauberstab und traf in der Luft auf den Atem des Drachen. Die zwei Energieströme drängten mit gleicher Stärke gegeneinander. Ich hielt durch, obwohl der Strom meinen Arm hochschoss und meine Haut verbrannte. Der Drache, wütend, verdoppelte seine Anstrengungen. Ich schrie und hielt so lange durch, wie ich konnte, aber ich verlor das Gefühl in meinem Arm und wusste, dass ich es nicht mehr lange aushalten würde. Die Ströme aus orangem und blauem Feuer schlugen aufeinander ein, keiner bereit nachzugeben, bis mein Zauberstab weißglühend wurde und ich ihn fallen lassen musste.

»Argh!«, schrie ich vor Schmerz und umklammerte meine verbrannte Hand. Meine Energie wurde unterbrochen und ich wurde zu Boden geschleudert. Eine Welle aus orangefarbenem Feuer brach über mich herein. Der Drache witterte meine Verwundbarkeit und stürzte sich zum Töten auf mich, Hunderte von Rasierklingen bereit.

»Nano! Helm!«, rief ich, und mein Nano verwandelte sich in einen Schutzschild um meinen Kopf. Es dämpfte die Geräusche um mich herum, aber ich konnte Bron rufen hören. Ich presste mich flach gegen das schwarze Gras und wartete darauf, die Reißzähne der Chimäre zu spüren, wie sie sich in mich schnitten.

Tod durch tausend Schnitte.

Aber während ich da lag und auf das wartete, was die Zaubererversion der Dümmsten Art Zu Sterben gewesen wäre, kam kein weiteres Feuer auf mich zu, und kein gewaltiges Maul packte mich. Ich wartete noch ein paar Augenblicke, dann streckte ich den Kopf hoch und suchte nach dem Drachen, der jetzt eine Wolke aus bitterem *Rumpis*-Rauch war, dank Bron, dessen Gesicht schwarz von Kohlenstaub war. Er lächelte mich mit all seinen Zähnen an, und trotz meines glühenden, schmerzenden Arms konnte ich nicht anders als lachen.

KAPITEL 9
ÜBERLEBENSFREUDE

Unsere Überlebensfreude war jedoch nur von kurzer Dauer.

Als Bron mir aufhalf vom schwarzen Gras, das meine Kleidung mit einer ziemlich hübschen Holzkohleschicht überzogen hatte, sah ich einen Schatten hinter ihm aufblitzen. Ich riss mir den Helm vom Kopf, trat zur Seite und hob meinen noch warmen Silberstab vom Boden auf. Ich wirbelte herum, mit wildem Blick, auf der Suche nach dem Vampir, von dem ich wusste, dass er da war. Ich nahm einen Hauch schwarzen Nebels wahr, und es jagte einen eisigen Strom durch meine Adern. Ich war außer Atem und meine Magie war erschöpft.

»Was ist los?«, fragte Bron.

Die Sonne stand jetzt höher und das Licht war nicht mehr rosa, aber ich konnte den kupfrig-roten Geruch in der Luft riechen. Ein heiliger Ibis krächzte laut aus dem Inneren der Baumgruppe und ließ mich zusammenzucken.

»Keine weiteren Tests mehr für heute«, sagte er. »Bitte.«

»Keine Chimären mehr«, versprach ich, und er sah erleichtert aus. »Aber noch ein Test.«

Als er mich stirnrunzelnd ansah, zeigte sich der Vampir endlich und schwebte hinter Bron herab. Ich stürzte los, um ihn zu beschützen, und stellte mich zwischen den Jungen und den Vampir, dessen eleganter, türkis gefütterter Umhang im Wind zitterte.

»Lass ihn in Ruhe«, sagte ich und klang dabei selbstsicherer, als ich mich fühlte. Mein Arm war praktisch verkohlt und würde mir in diesem Kampf nichts nützen. Ich konnte meinen linken Arm benutzen, aber wenn ich den auch beschädigte, wäre ich in echten Schwierigkeiten. Ohne nachzudenken griff ich nach meiner Armbrust, aber natürlich hatte ich sie im Vulkan-Taschenreich fallen lassen, und mein Rücken war leer. Ich versuchte, meine Gedanken von der Erinnerung an dieses Reich wegzuziehen, aber sie nagte an mir. Die Musik der Harfe weigerte sich zu verblassen und drängte mich immer noch, auf meinen Tod zuzutanzen.

»Ich will den Jungen nicht«, sagte der Vampir. Er war jung, blond, mit Wangenknochen, mit denen man ein Brathähnchen tranchieren könnte. Ich hasste gutaussehende Vampire noch mehr als hässliche, weil ich fand, dass ein abscheuliches Wesen auch äußerlich so aussehen sollte. Man sieht ja auch nicht, dass die Hammerskins-Orks sich Gesichtsbehandlungen gönnen, oder? Sie lassen sich nicht die Augenbrauen zupfen. Sie rasieren ihre Schädel auf null und ziehen eine stinkende Weste an, genau wie es sich für Ork-Neonazis gehört. Vampire sollten eklig anzusehen sein, aber leider funktioniert das Reich nicht so. Fahndungsfotos von Serienmördern verdeutlichen meist denselben Punkt, obwohl, wie Morgan in der Vergangenheit richtig bemerkt hat, es für jede Regel Ausnahmen gibt. Ich hasste, dass der Vampir wunderschön anzusehen war, und ich hasste mich selbst dafür, dass ich das überhaupt dachte. Ich wollte ihn als Aschehaufen sehen, und das schloss seine elektrischen Augen und geflügelzerschneidenden Wangenknochen mit ein.

»Ich habe die Hochfeuerkrone nicht mehr«, sagte ich.

Der Vampir lachte. »Und du erwartest, dass wir dir das glauben.«

»Wirklich«, sagte ich. »Ich hab sie nicht. Ich habe sie in Deadwings Taschenreich verloren. Sie ist wahrscheinlich längst geschmolzene Lava.«

»Praktische Geschichte«, sagte er, seine Lippen zu einem unangenehmen Lächeln verzogen. Immer noch ärgerlich gutaussehend.

»Ich weiß nicht, wie ich es dir beweisen soll.«

»Wir wissen, dass du die Krone hast, Zauberin«, sagte er. »Sagen wir einfach, wir haben unsere eigenen Beweise.«

»Alles klar«, sagte ich. »Und die wären?«

»Wir haben Augen überall im Reich«, sagte er.

Wo habe ich das schon mal gehört? Das hat Sugar Shagar zu mir gesagt, bevor sie ihren Mann vergiftet hat und mit seinem Leibwächter durchgebrannt ist.

»Und sag mir«, sagte ich. »Was sehen diese vielen Augen, die ihr habt?«

Ich bekam einen steifen Nacken vom Hochschauen, und die Sonne war grell. Ich wünschte, ich könnte das Gespräch hier und jetzt beenden, aber mein Arm war komplett versteift, und die Void-Energie fühlte sich sehr weit weg an.

Blondie zog ein Handy aus seiner Gesäßtasche und zeigte mir den Bildschirm. Das Foto zeigte die Pflanze auf meiner Küchenablage. Das Bild war von innerhalb des Hauses aufgenommen worden.

Meine Nerven vibrierten. Oh nein. Armer Gnor. Ich stellte mir seine massige Gestalt vor, wie er im weißen Plastik-Gartenstuhl vor meiner Haustür zur Seite kippte, Blut, das seinen dunklen Wächteranzug hinunterströmte und färbte.

»Also habe ich einen grünen Daumen«, sagte ich, während mir der Atem stockte. »Ist das ein Verbrechen?«

Der Vampir kicherte, und dann verlor sein Gesicht seinen Humor und er bewegte sich auf uns zu. »Du hast keine Ahnung, oder?«

Ich gab ihm nicht die Genugtuung einer Antwort.

»Du hast keine Ahnung, was wir wissen. Wir wissen alles über dich.«

»Sicher«, sagte ich.

»Du musst mir nicht glauben, aber die Akte, die wir über dich haben, ist... nun, sagen wir einfach, sie nimmt beträchtlich viel Platz ein.«

Akte? Was jetzt?

»Geboren am 12. Mai 1991 im Jo'burg General Hospital.«

»Was?«

Das wusste ich nicht einmal.

»Gewicht 3,2 kg. APGAR-Score von 10 von 10.«

Ich starrte ihn nur an. Ich wusste, dass ich im Mai geboren wurde, oder dachte es zumindest. Ich hatte vermutet, dass ich in Jo'burg geboren wurde, aber war mir nie sicher gewesen.

»Stell dir das vor«, sagte der Vampir. »Drei Sekunden alt und du erzielst volle Punktzahl in einem Test. Ich schätze, das ist es, was von einem Baby erwartet wird, das von Eltern wie deinen geboren wurde.«

Wage es nicht, über meine Eltern zu sprechen, wollte ich sagen. Aber ich war verzweifelt darauf aus, mehr zu erfahren.

»Kennst du... meinen Namen? Meinen Nachnamen? Die Namen meiner Eltern?«

Ich wusste, dass ich mich angreifbar machte, aber in diesem Moment war es mir egal. Wenn ich nur einen kleinen Teil meiner Vergangenheit entdecken könnte, ein Detail oder zwei, wäre ich sicher in der Lage, alles zu erfahren, was ich wissen wollte.

»Es ist alles hier«, sagte er und zeigte auf sein Handy. »Deine Eltern, das Haus, in dem du aufgewachsen bist, deine Unterlagen vom Copperfield Institut. Alles.«

Ich sah sehnsüchtig auf das Handy. Ich wollte es so sehr. Nur um die Namen meiner Eltern zu erfahren.

»Es gibt vielleicht Details über einen kleinen Treuhandfonds, der dir zusteht. Der Testamentsvollstrecker konnte dich nicht finden, nachdem du weggelaufen bist.«

»Du lügst«, sagte ich, aber ich glaubte nicht, dass er es tat.

»Es gibt sogar Fotos von euch allen. Die gaaanze glückliche Familie.«

Ihre Gesichter wiederzusehen.

»Das ist ein Trick«, sagte Bron und brach den Bann, den meine Sehnsucht über mich hatte.

»Es ist kein Trick«, sagte der Vampir. »Ich werde es dir wirklich übergeben, wenn du mir gibst, wofür ich gekommen bin.«

»Ich wünschte, ich könnte«, sagte ich, und ich meinte es ernst. Es war gut, dass ich die Krone nicht hatte, denn wer weiß, was ich geopfert hätte, um die Gesichter meiner Eltern wiederzusehen. Natürlich waren sie in meiner Erinnerung, aber die Bilder waren durch die Zeit verschwommen. Die grausame Wahrheit war, dass das einzige klare Bild, das ich noch von ihren Gesichtern habe, von dem Tag stammt, als ich sie ausgeblutet und tot fand.

»Es scheint, wir befinden uns in einer Sackgasse«, sagte der Vampir. »So hatte ich mir diese Begegnung nicht vorgestellt.«

»Du wolltest, dass ich lächle und sie dir übergebe.«

Ich hatte die vage Enttäuschung nicht erwartet, das lässige Zucken seiner Schultern. Ich hatte mit Zischen und seinen weißen Fängen an meiner Kehle gerechnet.

Er lächelte wieder. »Das hätte mir den Tag erleichtert.«

»Aber jetzt wirst du mich töten müssen«, sagte ich.

Er neigte seinen Kopf und sah mir in die Augen.

Nicht heute, sagte er, ohne zu sprechen. Seine Augen funkelten.

»Ein Vampir, der Gnade zeigt?«, sagte ich. »Das kaufe ich dir nicht ab.«

»Es geht nicht um Gnade«, sagte er. »Wir brauchen dich lebendig, wenn du uns geben sollst, was wir wollen.«

»Ich werde euch nie geben, was ihr wollt«, sagte ich.

»Wirklich?«, fragte er und hielt sein Handy wieder hoch. »Nimm dir etwas Zeit zum Nachdenken.«

»Ich werde meine Meinung nicht ändern«, sagte ich, ohne die Worte ganz zu glauben, als sie meinen Mund verließen.

Ihre Namen zu kennen, ihre Gesichter zu sehen. Die Bäume zu besuchen, die vor zwanzig Jahren über ihren Gräbern gepflanzt wurden.

»Ich komme wieder«, sagte er. »Und hoffentlich können wir uns einigen.«

Ich klopfte meine Hände ab. »Verschwende nicht deine Zeit.«

Er lächelte wieder; gutaussehend und abscheulich. »Ich mag dich, Jacquelyn Denna Knight«, sagte er.

Mein Nachname klang hohl, als er ihn sagte. Ein von Copperfield zugewiesenes Etikett für eine Waise. Läufer; Bauer; Turm; Springer.

Ich wollte etwas Kämpferisches sagen, etwas, das ihm unmissverständlich klarmachen würde, dass ich ihn ohne zu zögern zu Asche verwandeln würde, wenn er jemals zu mir zurückkäme. Aber mein Mund blieb leer von Worten.

Läufer; Bauer; Turm; Springer.

Er neigte seinen Kopf, schoss in die Schatten der Bäume davon, und der schwarze Nebel klärte sich auf.

KAPITEL 10
MASON & SONS

Ich lief die letzten paar Blocks zur magischen Apotheke *Mason & Sons*, obwohl sie in einem zwielichtigen Stadtteil liegt. Ein Teil von mir fühlte sich selbstzerstörerisch – was ironisch war, wenn man bedenkt, dass ich die letzten paar Stunden damit verbracht hatte, um mein Leben zu kämpfen – und der andere Teil fühlte sich unbesiegbar.

Soll doch mal ein Straßenräuber versuchen, mir wehzutun, dachte ich. Soll doch ein Dieb unter einer mit Graffiti beschmierten, nach Urin stinkenden Brücke hervorspringen und versuchen, mir mein Motorrad wegzunehmen. Ich würde einen *Rumpis* auf ihn schleudern, bevor er überhaupt wüsste, was los ist.

Meine Gedanken kreisten immer wieder um das, was Blondie gesagt hatte. Sie wussten alles über mich. Sie wussten mehr über mich als ich selbst. Meine Eltern nannten sich gegenseitig mit verspielten Spitznamen, und ich wuchs auf und kannte sie als Mama und Paps; Gin und Flu; Bok und Barackas. Selbst diese Namen erscheinen mir jetzt erfunden. Manchmal versuchte ich nachts auf der Straße, die Bilder von ihnen aus meinem Kopf zu verbannen. Es war einfach zu schmerzhaft für mich, an das zu denken, was ich verloren hatte. An anderen Abenden versuchte ich sorgfältig, die Erinnerungen zu rekonstruieren, die wie verwitterte Werbetafeln in der Sonne verblassten.

Ist das wirklich passiert? Oder jenes?

Wie viel von meiner Kindheit hatte ich mir ausgedacht, um mich selbst in jenen kalten Nächten auf der Straße zu trösten?

Es gab niemanden, den ich fragen konnte.

Ich erreichte den Eingang von *Mason & Sons*, und ein Zwergportier in einem kastanienbraunen Anzug mit silbernen Borten und Quasten musterte mich von oben bis unten. Die Außenfassade des Ladens war groß, die Wände und Fensterrahmen in schwarzem Emaillack gestrichen. Der Name des Geschäfts prangte in schönen goldenen Buchstaben über den großzügig dimensionierten Eingangstüren. Ich zeigte dem Portier meinen Zauberstab, und er verbeugte sich und ließ mich eintreten. Eine kleine Glocke klingelte über meinem Kopf, und ein Zauberer mit schneeweißem Bart kam herbeigeeilt, um mir zu helfen.

Der weitläufige Laden war bis unters Dach mit allen möglichen Kräutern, Salben, Pulvern und Tränken vollgestopft. Überladene Regale reichten bis zur Decke hinauf, jeder verfügbare Platz war von irgendeiner magischen Zutat belegt. Ich konnte die Duftstoffe und Öle riechen, die sich alle zu einem berauschenden Parfüm potenzieller Verzauberung vermischten. In der Mitte des Ladens hing über dem Haupttresen ein ausgestopftes Krokodil, dessen präparierte Kiefer kunstvoll zu einem gemeinen und subtilen Grinsen geformt waren.

»Wie kann ich Ihnen heute behilflich sein, junge Dame?«, sagte der ergraute Zauberer. Ich schätzte ihn auf zweihundert

Jahre im Schatten, und seine Haut bewies das auch. In einer völlig unangebrachten Tagträumerei stellte ich mir vor, wie er ausgestopft neben dem Raubtier-Reptil hing, wenn seine Zeit gekommen war, und mit lackierten Murmeln als Augen für immer das Kommen und Gehen der berühmten Apotheke beobachtete.

»Ich habe einen ziemlich interessanten Fall«, sagte ich. »Gibt es jemanden, den ich konsultieren könnte?«

Der alte Zauberer biss sich auf die Lippen und nickte. »Natürlich«, sagte er, »natürlich.«

Er führte mich zu einem intimeren Teil des Geschäfts, der mit vergilbten Zeitungen tapeziert war, und bedeutete mir, Platz zu nehmen.

»Mein Vater wird gleich bei Ihnen sein«, sagte er, und ich wäre fast von dem antiken Zahnarztstuhl gefallen, in den ich mich gerade gesetzt hatte. Ich schätze, es gibt keine bessere Werbung für magische Elixiere als einen Anbieter, der sich weigert zu sterben.

Während ich wartete, betrachtete ich die Holzschilder, die von der Decke hingen und mit Beschriftungen versehen waren. In der botanischen Abteilung gab es Schilder für Kräuter, Hölzer und Harze. Dann gab es einen Weihrauchgang, und magische Öle nahmen ganze drei ein. Näher bei mir waren die Tränke und Pulver ausgestellt: Tees, Salben, Tinten und etwas vage als »Frucht der Apothekerkunst« Beschriebenes.

Die »Werkzeug«-Abteilung beherbergte Steine, Knochen, Mineralien, Kerzen und andere verschiedene Gegenstände. Ich könnte den ganzen Tag hier verbringen, die ganze Woche, wenn ich die Zeit hätte. Ich war fasziniert von der Dodo-Skelett-Lampe neben mir und den alten Geschichten an den

Wänden. Ein rhythmisches Klopfen erreichte meine Ohren. Es kam aus dem Inneren des Ladens und wurde immer lauter. Klopf; Funken; Schlurfen. Klopf; Funken; Schlurfen. Klopf; Funken; Schlurfen. Näher. Es war das Geräusch eines Zauberstabes, der als Gehstock benutzt wurde, und es dauerte eine Ewigkeit, bis er mich erreichte. Vielleicht würde ich doch die ganze Woche hier verbringen.

Schließlich kam der ursprüngliche Zauberer an und half einem torkelnden Mann dabei, voranzukommen. Ihre zwillingshaften weißen Bärte reichten fast bis zum Boden.

»Ich fürchte, mein Vater ist gerade unterwegs«, sagte der erste Zauberer. Als ich den gebückten Mann neben ihm fragend ansah, stellte er uns mit zittriger Stimme vor. »Das ist mein Großvater.«

ALS WIR UNS in der gemütlichen Ecke im Laden niedergelassen hatten, der uralte Zauberer in einem Lehnstuhl mit einer karierten Decke über den Knien, war ich mehr als bereit, meinen Fall darzulegen. Ich hustete, und der weniger alte Zauberer forderte mich mit einer Geste auf zu beginnen.

»Ich habe einen Klienten«, sagte ich, »der große Schmerzen hat.«

Der Sargvermeider sah mich an und drehte sein Hörgerät lauter. »Nur zu, junge Dame!«

Ich beschrieb Abarims schreckliches Leiden und wie keine Ärzte ihm hatten helfen können. Ab und zu verstand der Zauberer nicht, was ich sagte, und ich musste lauter sprechen, deutlicher artikulieren. Ich erzählte ihnen von den nächtlichen

Schrecken und der Art und Weise, wie die Linien in Abarims Haut eingeritzt wurden, während ich daneben stand und zusah.

»Ich dachte, es wäre ein Virus«, sagte ich. »Eine Art fleischfressende Krankheit. Aber dann sah ich, wie die Einschnitte erschienen. Es war, als stünde jemand Unsichtbares direkt dort mit einem Skalpell.«

Der alte Fossil räusperte sich und legte seine arthritischen Hände auf den Knauf seines Stabes.

»Was Sie beschreiben«, sagte er, dann räusperte er sich wieder auf eine unangenehme und langwierige Art und Weise.

Was hatte er da unten? fragte ich mich. *Spinnenweben vielleicht. Alte Taschentücher? Steppenläufer?*

»Was Sie beschreiben«, sagte er noch einmal, und ich alterte um zehn Jahre, während ich darauf wartete, dass er den Satz beendete. »Ist wirklich sehr dunkle Magie.«

»Gibt es etwas, das ich tun kann?«, fragte ich. »Irgendeine Art von Heilmittel?«

Der Zauberer lachte. Oder versuchte zu lachen, jedenfalls, aber es verwandelte sich in einen furchtbaren, hackenden Husten, bei dem etwas in mir zusammenschrumpfte und starb.

»Wenn es nur«, sagte er, als er sich erholt hatte, »wenn es nur so einfach wäre, die Dunklen Künste zu bekämpfen.«

Mein Körper sackte vor Verzweiflung zusammen. Ich konnte Abarim nicht leiden lassen, aber es schien, dass es nichts gab, was ich tun konnte. Ich fühlte mich nutzlos.

»Und Sie«, sagte der Uralte, sein langer weißer Bart zitterte, »Sie sind nichts weiter als ein Mädchen.«

»Großvater«, tadelte der jüngere Zauberer und warf mir einen nervösen Blick zu. »Mädchen... ich meine *Frauen*... können auch Zauberer sein.«

»So hat man mir gesagt«, spottete er in seinen lumpigen Taschentuch. »So hat man mir gesagt.« Er musterte mich über seinem Stab. »Aber schau dir dieses zarte Ding an.«

Ich bin wohl kaum ein *zartes Ding*. Ich mache einarmige Liegestütze und kann in weniger als dreißig Sekunden ein Gebäude hochklettern. Ich kann ein Dutzend Vampire im Herzen eines schimmernden Vulkans zu Asche verwandeln und über einen Lavastrom springen, während ich das Totgewicht von nicht nur einem, sondern zwei Kindern trage. Aber es hat keinen Sinn, mit einem Denkmal der Gebrechlichkeit zu streiten, besonders wenn man seine Hilfe braucht.

»Dieses zarte Ding«, sagte er noch einmal, um sicherzugehen, dass ich es hörte. »Was könnte sie schon angesichts des reinen Bösen ausrichten?«

Der andere Zauberer seufzte und rieb sich das Gesicht. Er bereute eindeutig seine Entscheidung, den alten Bastard herausgeholt zu haben.

»Es muss doch eine Möglichkeit geben, wie wir ihr helfen können«, sagte er, und der alte Mann brummte missbilligend.

»Was sie braucht, findet sich nicht in unseren Regalen, Boggins.«

Der Mann errötete, als er hörte, wie sein Großvater ihn mit dem rief, was ich für einen Kindheitsspitznamen hielt. Er mochte seine Entscheidung bereuen, aber ich nicht.

»Was meinen Sie?«, fragte ich. »Das Ding, das ich brauche? Also gibt es etwas, das ich tun kann?«

Der uralte Zauberer musterte mich eine ganze Minute lang, bevor er wieder sprach. Eine ganze Minute! Als hätte er einen lebenslangen Vorrat davon. Er blinzelte mit seinen rosigen, wässrigen Augen, tief in Gedanken versunken.

»Sie dachten, es sei ein Virus«, sagte er, wobei sich seine Lippen zu einem Hauch eines Lächelns verzogen.

Ich nickte.

»Mit einer Sache hatten Sie recht«, sagte er (ziemlich widerwillig). Dann erhob er seine Stimme, als wäre er ein Professor in einem Hörsaal. »Es ist ansteckend!«, sagte er.

Meine Angst stieg sprunghaft an. Bedeutete das, dass ich dieselbe gefürchtete Krankheit bekommen würde? Ich hatte zwar meine Nano-Atemmaske eingesetzt, sobald ich daran dachte, aber die Krankheit hatte genügend Zeit gehabt, sich an mich zu heften, bevor ich das tat. Mir wurde kalt, und Schweiß lief an meinen Seiten herunter.

Der Mann schlug mit seinem Stab auf den Boden, und darunter gab es eine kleine Explosion von blauen Funken. »Übertragbar!«, sagte er. »Kommunizierbar. Transferierbar.«

Mein Herz sank wie ein 1912er Schiff im Nordatlantik, das möglicherweise in den Eisberg aller Eisberge gerast war. Nebenbei fragte ich mich, wie alt dieser Zauberer gewesen war, als die Titanic sank. Zweihundert? Dreihundert? Dann schüttelte ich den Kopf, um ihn zu klären, und konzentrierte mich auf das, was er sagte.

»Aber *kein* Virus«, sagte er.

Verwirrt wartete ich darauf, dass er fortfuhr, aber er tat es nicht. Er wollte, dass ich selbst auf die Antwort komme. Ich durchsuchte den Karteikatalog in meinem Gehirn nach allem, was mir einen Hinweis geben könnte. Ansteckende dunkle Magie. Und dann tauchte die Antwort in meinem Kopf auf, und ich hätte mich selbst treten können, weil ich nicht früher daran gedacht hatte.

»Ansteckungsmagie«, flüsterte ich.

Der Fossil schlug seinen Stab nieder, und eine neue Wolke blauer Funken brach daraus hervor. »Bingo!«, rief er.

»Ansteckungsmagie«, sagte ich noch einmal, mehr zu mir selbst als zu den alten Zauberern. »Das Gesetz der Ansteckung besagt, dass, wenn zwei Personen oder Objekte einmal in Kontakt waren, eine magische Verbindung zwischen ihnen bestehen bleibt.«

»Ja«, sagte der Zauberer. »Ich vermute, jemand hat mit einer Voodoo-Puppe in der Gestalt Ihres Klienten herumgespielt. Jemand, den er kennt, oder der Zugang zu ihm oder seinen Besitztümern hat. Jemand mit Kenntnis der Dunklen Künste und einem Groll gegen ihn.«

Plötzlich empfand ich widerwilligen Respekt für den alten Mann. Er mochte zwar nach Mottenkugeln und Mundwasser riechen und war nicht ganz auf dem neuesten Stand des Feminismus, aber er hatte mir gerade einen Schlüssel gegeben.

Einen Schlüssel, der diesen verstörenden Fall aufklären und Abarims Leiden ein Ende setzen könnte.

Ich sprang auf, bereit ihnen zu danken, als der Uralte mich finster anblickte. »Setzen Sie sich, junger Springinsfeld«, sagte er, dann hustete er etwa zwölf Minuten und sechsundvierzig Sekunden lang. »Es gibt noch etwas, das Sie wissen müssen.«

Ich erinnerte mich an das, was er vorhin gesagt hatte, dass das, was ich brauchte, nicht in diesen Regalen zu finden sei.

»Um Ansteckungsmagie durchzuführen«, keuchte er, »benötigen Sie *Spiritus Morbus*, eine potente Tinktur aus Beifuß und Helmkraut, die in einem Belladonna-Fass gereift ist.«

»Es steht auf der Liste verbotener Substanzen des Rates«, sagte Boggins. »Es gibt keine Möglichkeit, dass Sie es in die Hände bekommen.«

Das Gute daran, ein Mädchenzauberer *zu sein,* dachte ich, *ist, dass die Leute dazu neigen, mich zu unterschätzen.*

»Und natürlich«, fügte er hastig hinzu, »müssten wir Sie dem Rat melden, wenn wir auch nur den Verdacht hätten, dass Sie versuchen, es zu finden.«

Ich flatterte mit meinen Wimpern in einer Art und Weise, von der ich hoffte, dass sie unschuldig aussah. »Ich muss es nicht finden«, sagte ich, und er sah erleichtert aus.

Alles, was ich tun musste, war herauszufinden, wer es kaufte.

KAPITEL 11

EIN VERZAUBERTES KINDERPUZZLE

Ich war sowohl begeistert als auch verängstigt von dem, was ich in der magischen Apotheke erfahren hatte. Endlich hatte ich einen Weg gefunden, einen Weg, um Blimaex aus seiner Qual zu befreien, aber es würde einen Preis haben. Der Einsatz war hoch: Wenn man mich dabei erwischen würde, wie ich nach dem Voodoo-Serum *Spiritus Morbus* frage, würde mich ein Agent des Rates verhaften, bevor ich Schwarze Magie sagen könnte. Wenn ich mich in der tatsächlichen Nähe der Tinktur aufhalten würde, könnte ich gleich anfangen, mein Grab auf dem verzauberten Friedhof zu schaufeln, den ich am Tag zuvor besucht hatte. Alles deutete darauf hin, dass ich mich von diesem Zeug fernhalten sollte. Aber so, wie ich es sah, hatte ich nicht viel Auswahl.

Ich schlängelte mich durch die grüne Vorstadt von Westcliff, nur ein paar Minuten vom Abarim Manor entfernt. Ich wollte Willard mitteilen, dass ich Fortschritte gemacht hatte, und ein kobaltblaues Glas mit Salbe abgeben, das ich bei *Mason & Sons* gekauft hatte. Offensichtlich würde es seine Krankheit nicht heilen, aber Boggins hatte mir versichert, dass es eine ausgezeichnete Salbe für Wunden sei. Eine Mischung aus Drachen-blutharz, rotem Ocker und Blutwurzel, handgemischt mit Rosmarin-Mondöl. Die Salbe würde mit Sicherheit den Schmerz lindern und Infektionen vorbeugen, sagte er. Das musste er nicht zweimal sagen; ich warf ihm mein Geld gera-dezu hinterher. Ich kaufte auch einen neuen Glamour-Trank, um den zu ersetzen, den ich letzte Woche verwendet hatte, und eine brandneue Erfindung von Boggins Großvater. Wie dieses alte Fossil noch immer Tränke erfinden konnte, war jedem schleierhaft, aber als ich gerade den Laden verlassen wollte, zogen sie mich in ihre geheime Abteilung, die nur der vertrauenswürdigen Elite vorbehalten war, und zeigten mir alle neuen Produkte, die sie gerade entwickelten.

Der uralte Zauberer schien jünger zu werden, während er mir von den Riesensprüngen erzählte, die er bei der Tränkeherstel-lung gemacht hatte. Er fuhr mit seiner Hand leidenschaftlich über die Flaschen und brachte sie zum Vibrieren, was mich befürchten ließ, sie könnten auf den Boden krachen.

Ein Trank, um im Dunkeln zu sehen und/oder Röntgenblick zu bekommen.

Ein Elixier, um schmerzende Knochen zu lindern und tief zu schlummern, nur mit süßen Träumen.

Ein Weihrauch, der dein Zuhause von Insekten, Gerüchen und mörderischen Dämonen befreien würde.

Eine Lippensalbe, die deinen Appetit unterdrücken würde, um dir beim Abnehmen zu helfen.

Ein Pulver, um dein Date beim Abendessen zu betäuben, das als Wahrheitsserum wirkt (und als subtiles Aphrodisiakum).

Obwohl mich das letztere Pulver reizte, war das, was am meisten meine Aufmerksamkeit erregte und jetzt in der Tasche meines flatternden Trenchcoats steckte, eine kleine Flasche mit einem Inhalationsmittel, das wie ein Nasenspray für Menschen mit Heuschnupfen aussah. Es hieß *Nebulam*: ein Zaubertrank, der einen Dampfzauber erzwingen konnte.

Wenn du deinen Körper, jemand anderen oder ein Objekt in Dampf verwandeln wolltest, würdest du traditionell die lateinische Beschwörung aufsagen: *nebulam, fumum, vaporem tu debes evadere.* Aber Dampfzauber sind bekanntermaßen schwierig richtig hinzubekommen, wegen der erheblichen Energiemenge, die benötigt wird, um einen Feststoff in Gas zu verwandeln. Außerdem sind sie gefährlich: Wenn du den Zauber nicht richtig hinbekommst, kann niemand vorhersagen, in was du verwandelt wirst oder ob du jemals wieder in dieselbe Form zurückkehren wirst. Aus diesen Gründen lassen die meisten Zauberer den Dampfzauber links liegen. Aber es ist so eine nützliche Sache für dein Arsenal, dass ich nicht zögerte, es in meinen Weidenkorb zu legen, als Boggins mir erzählte, was das Inhalationsmittel bewirkt. Ich war sicher, dass es nützlich sein würde.

Als ich an der Kasse stand und die letzten Scheine aus meiner Geldbörse zählte, kassierte der ältere Zauberer die Waren. Das Kassenbon-Papier klemmte, also runzelte er die Stirn durch seine Trifokalbrille und versuchte, die Maschine zu reparieren.

»Boggins!«, rief er, und Boggins humpelte herüber. »Geh und frag deinen Urgroßvater, wie man dieses verdammte Ding repariert.«

Ich glaube, mein Gesicht muss meine Überraschung gezeigt haben, denn sie schauten mich gleichzeitig an und brachen in schallendes Gelächter aus.

»Siehst du ihr Gesicht?«, sagte Boggins.

»Urgroßvater!«, sagte das Fossil und lachte und hustete hart genug, um eine Lunge auszustoßen.

Boggins klatschte auf seine Schenkel. »Sie ist voll darauf reingefallen.«

Ich lachte unbeholfen und bezahlte meine Sachen. Ich stellte mir die Masons wie russische Matrjoschka-Puppen vor, nur dass man statt einer kleineren Puppe in jeder das Gegenteil fand, wobei jeder Zauberer älter war als der vorherige, immer und immer wieder, *ad infinitum*, wie ein verzaubertes Kinderpuzzle.

Als ich den Laden verließ, sah ich, wie der alte Boggins sich die Tränen aus den Augen wischte und immer noch in seine knochige Hand kicherte. »Als ob Urgroßvater wüsste, wie man die Kasse repariert.«

ALS WILLARD mich in Blimaex' Schlafzimmer ließ, war dieser in einem noch schlechteren Zustand als zuvor. Er wirkte skelettartig und verwirrt.

»Er hat vor Tagen aufgehört zu essen«, sagte der Butler. »Aber er hat noch Wasser getrunken. Jetzt rührt er nicht einmal mehr das an.«

Ich bewegte mich näher an das Bett, wo der Zauberer herumwarf und stöhnte, aber im Vergleich zu vorher wie in Zeitlupe.

»Er stirbt«, sagte Willard, und seine Stimme brach.

»Ich werde nicht zulassen, dass er stirbt«, sagte ich. »Ich habe etwas. Eine Spur. Es wird mir helfen herauszufinden, wer das tut.«

Willard packte meinen Arm, und ich zuckte zusammen. In der Gegenwart einer solch mächtigen Ansteckungsmagie zu sein, machte mich nervös.

»Wirklich?«, sagte er. »Wirklich?« Seine Augen waren so gequält, dass ich ihm mehr versprechen wollte, als ich halten konnte.

»Ich habe heute einen Tipp bekommen«, sagte ich. »Er könnte zur Person führen, die das tut.«

Das heißt, wenn ich irgendwie herausfinden könnte, wer das Voodoo-Serum kauft, was ziemlich unmöglich war, besonders wenn ich nicht vom Rat geschnappt werden wollte.

»In der Zwischenzeit«, sagte ich und überreichte die Salbe in ihrem kleinen runden Behälter mit dem Markenzeichen *Mason & Sons*. »Es ist nicht viel. Es wird den Fluch nicht brechen, aber es wird den Schmerz lindern und Infektionen fernhalten.«

Der Butler nahm sie dankbar entgegen und drückte sie an seine Brust. »Danke, Frau Knight.«

Der Name klang wieder hohl, genau wie heute Morgen, als der blonde Vampir seine Karotte baumeln ließ.

»Nennen Sie mich Jax«, sagte ich – zumindest dieser Teil meines Namens war wahr – aber ich wusste, er würde es nicht tun.

Blimaex' Butler machte sich an die Arbeit, wusch seine Hände im Waschbecken und trocknete sie dann ab. Er schraubte den Deckel der Salbe ab und begann, sie auf Abarims Wunden aufzutragen.

Der Zauberer, der in einer Art erschöpfter Betäubung gewesen war, wurde wieder wach und begann vor Schmerzen zu schreien. Willard hielt inne.

»Macht es es schlimmer?«, fragte er.

Nein, ich schüttelte den Kopf. »Ich bin sicher, das würde es nicht. Herr Mason Senior-Senior hat es selbst empfohlen.«

Aber es schien, dass schon die Berührung der Fingerspitzen seines Dieners Abarim zurück in seinen Strudel der Qualen schleuderte. Willard trat einen Schritt zurück, unsicher, ob er fortfahren sollte.

»Ich bin sicher, es wird helfen«, sagte ich, obwohl ich mir gar nicht sicher war. Aber ich war mir einer Sache sicher. Ich musste schnellstens von dort weg und der Spur des *Spiritus Morbus* folgen. Das war der einzige Weg, wie wir die Krankheit ein für alle Mal stoppen konnten. Ich wusste nur nicht wie.

Als wir beide da standen, mit vor Verzweiflung schlaffen Armen, kam mir etwas in den Sinn. Ich neigte meinen Kopf und versuchte zu erkennen, welche Form die Einschnitte hatten. Dann neigte ich meinen Kopf zur anderen Seite, und etwas klickte.

»Willard«, sagte ich.

Er blickte zu mir auf, Niederlage zog an seinen Lippen.

»Schauen Sie sich das an.« Ich zeigte auf einen Abschnitt von Schnitten auf Blimaex' Haut. »Sehen Sie das?«

Willard runzelte mir die Stirn zu, dann schaute er in die Richtung, in die ich zeigte. Er dachte wahrscheinlich: *Natürlich sehe ich die Schnitte, es ist alles, was ich sehen kann. Es ist alles, was ich seit Tagen gesehen habe.*

Die Eule schlug mit den Flügeln, was mich zusammenzucken ließ. Ich hatte vergessen, dass sie da war.

»Die Einschnitte«, sagte ich. »Sie sind nicht nur zufällige Muster.«

Wir schauten beide genauer hin, und Willard zog scharf die Luft ein. »Wörter«, sagte er.

»Sätze«, sagte ich. Jemand versuchte, eine Nachricht zu senden.

KAPITEL 12
DER TRAUMTRINKER

»Was steht da?«, fragte der Butler.

Es war schwer zu lesen. Ich lief quer durch den Raum und öffnete den Vorhang, nur ein wenig. Blimaex stöhnte. Ich erkannte einige der Wörter.

»Es ist Latein«, sagte ich. »Irgendetwas über zwei Kaninchen. Ein weißes Kaninchen und ein schwarzes Kaninchen. Klingelt da was bei Ihnen?«

Willard schüttelte den Kopf.

Aber es weckte etwas in meiner Erinnerung. Eine alte Geschichte. Ein Zaubermärchen. Hatte mein Vater es mir vorgelesen, zusammen mit den Geschichten von magischen Bäumen und Brotdosen?

Die Kaninchen waren Geschwister. Brüder. Und das weiße war gut, das andere böse. Heutzutage wäre es wegen seiner rassistischen Untertöne verboten worden, aber das Original basierte nicht auf Hautfarbe. Es ging um weiße Magie gegen schwarze Magie. Wohlwollende Zauberei gegen die Dunklen Künste.

Das ist etwas, dachte ich. Das ist wichtig.

Ich spürte, wie das Blut in meine Wangen schoss. Meine Finger kribbelten.

Das ist ein hell leuchtendes Neonschild, das in Richtung des Folterers zeigt, und wir sind so nah dran, dass ich es riechen kann.

»Hat Blimaex irgendwelche Märchen?«, fragte ich. »Irgendwelche Kinderbücher?«

Willard sah leicht alarmiert aus wegen der Aufregung in meinem Gesicht, aber er schritt aus dem Zimmer und ich folgte ihm, den Gang hinunter in die wunderschöne doppelstöckige Bibliothek, wo die Sonne auf die warmen Holzdielen strahlte. Willard legte einen Finger auf seine Lippen, während er nach dem richtigen Abschnitt suchte, dann sagte er nach einem Moment, in dem er die Buchrücken anstarrte: »Ah ha!«

Er zog einen Stapel Bücher aus der untersten Reihe in der rechten Ecke und pustete den Staub von den Covern. Er legte sie mit einem Knall auf den kleinen Schreibtisch neben uns, und ich begann, sie durchzusehen. Es gab die üblichen, die vermutlich von Unberührten Menschen geschrieben wurden: *Schneewittchen und die sieben Zwerge* – worüber Ferra sich immer köstlich amüsierte – *Dornröschen*; *Aschenputtel*. Aber dann kamen die Bücher, die speziell für Zauberkinder geschrieben wurden: *Das Alchemistenmädchen*; *Trink den Trank nicht!*; *Salamanderzauberei und andere geheime Zaubersprüche*.

Fast am Ende des Stapels fand ich, wonach ich suchte. Ein großer Hardcover-Band, abgenutzt und verschlissen, die ersten paar Seiten leicht teefleckig. Eine wunderschöne Illustration eines weißen und eines schwarzen Kaninchens auf dem Cover, zusammengekauert, als ob sie schliefen, und dabei die Form des Yin/Yang-Symbols bildeten, das ein beliebtes Tattoo in den

90ern war, wenn man anfällig für Gruppenzwang und/oder Marihuana war. Der Hintergrund war ein undeutlicher grün-blauer Nebel mit eingeprägten Adern. Der Titel war ebenfalls in Gold eingeprägt.

DER TRAUMTRINKER.

Ich blätterte durch die ersten Seiten. Diese Version war ins Englische übersetzt, aber es war dieselbe Geschichte. Zwei Kaninchen, ein freches und ein nettes, hatten sich immer jemanden gewünscht, der sie liebte. Sie stritten sich sehr oft, aber dann mussten sie ihre Differenzen überwinden, um eine (Mädchen!) Zauberin aus einem Turm zu retten, die dort von einem mächtigen älteren Zauberer festgehalten wurde, damit er ihre Träume trinken und auf diese Weise ihre magische Kraft stehlen konnte. Dadurch wurde seine Magie stärker, fast bis zu dem Punkt, an dem er unbesiegbar war, aber die Kaninchen arbeiteten zusammen, um ihn zu überlisten und das junge Mädchen zu befreien, und sie adoptierte sie und kümmerte sich um sie für den Rest ihres Lebens, und, Sie haben es erraten, sie lebten glücklich bis an ihr Ende.

Aber was hatte diese Geschichte mit Blimaex zu tun?

Ich reichte das Buch an Willard weiter, der blass wurde, als er es las.

»Es ist Slyden.« Seine Stimme war so gespannt wie eine Geigensaite.

»Wie bitte?«

»Slyden tut das«, sagte er. Er zog mich am Arm aus der Bibliothek und zerrte mich in Richtung des Familienporträts, das ich am Tag zuvor bewundert hatte. Dort stand ein emotionaler Blimaex mit seinen stolzen Eltern.

»Sie müssen mir das genauer erklären«, sagte ich.

Qwynkle, dieser verräterische Kobold, hatte gesagt, ich sei *langsam für einen Zauberer*, und das hatte mich damals geärgert und es ärgerte mich jetzt. Außerdem, wenn er noch am Leben wäre, hätte ihm mein Wortspiel gefallen: ein Zauberer, der sagt, *erklären Sie es mir genauer.*

Ich starrte den Butler an. »Fangen Sie an zu reden.«

»Da ist etwas im Gemälde«, sagte er und blickte auf den Zauberstab an meinem Gürtel. Ich löste ihn und richtete ihn auf das Bild.

»*Monstras!*«, sagte ich, und ein weiterer Mann erschien langsam im Rahmen, als würde er gemalt werden. Scheinbar glücklich, enthüllt zu werden, stand er neben Blimaex mit einem bitteren Lächeln auf seinem Gesicht.

»Das ist Blimaex' Bruder, Slyden«, sagte Willard. »Die Familie hat ihn vor Jahren verstoßen. Herr Abarim hat Slyden aus dem Familienporträt weggezaubert, als er anfing, mit dunkler Magie zu experimentieren. Wir haben ihn seitdem nicht mehr gesehen.«

Slyden Abarim. Der Geist im Familienporträt.

»Das schwarze Kaninchen«, sagte ich, und der Butler nickte.

KAPITEL 13

DER ERSTE DOMINOSTEIN

Der Schlüssel, den Morgan mir für Liz Durisons Haus gegeben hatte, brannte ein Loch in meine Tasche, während ich in Ferras Steampunk-Kneipe für magische Wesen ein *Copper Cog Midnight Stout* trank. Ich grübelte über den Fall Abarim nach und fühlte mich gleichzeitig reichlich schuldig wegen der Akte Durison, die die Scorpions jetzt offiziell den V-Kult-Serienmörderfall nannten. Es ging nicht mehr nur um Liz Durison; wir hatten acht Leichen und null Spuren.

Ich brauchte etwas, nur einen guten Fund, um auf die richtige Fährte zu kommen. Ich brauchte den ersten Dominostein; der Rest fällt normalerweise von selbst. Ich trommelte mit den Fingern auf der kupfernen Theke. Ich würde diesen ersten Dominostein nicht finden, indem ich einfach nur dasaß. Ich müsste zu Liz Durisons Haus gehen.

Ferra kam durch die schwingenden Küchentüren geeilt und wischte sich die Hände an ihrer Schürze ab.

»Kann ich die Rechnung haben?«, fragte ich, bereit zu gehen.

»Unsinn«, sagte die Zwergin, dann rief sie über ihre Schulter: »Ei-*leeeen!*«

Eine ihrer Töchter huschte heraus, die mit dem ernsten Gesicht und Figs Augen. Sie trug einen Teller mit einem großzügigen Stück frisch gebackenem Apfelkuchen, den sie ihrer Mutter hinhielt.

Ferra nahm ihn und wuschelte ihr durchs Haar. »Danke, Stinktier«, sagte sie.

Sie stellte den Kuchen vor mich hin, zusammen mit einem dampfenden Cappuccino. Ich brauchte keine Ermutigung, um mich darüber herzumachen. Da boxte sie mich auf den Arm und verschränkte ihre Arme auf eine Weise, die mich denken ließ, sie würde mich gleich für irgendetwas ausschimpfen.

»Was soll das heißen, dass du die Armbrust verloren hast, die ich liebevoll für dich gemacht habe?«

Ich erstarrte, die Gabel auf halbem Weg zu meinem Mund, und schaute sie über den dampfenden Kaffee hinweg an. »Es tut mir so leid«, sagte ich. »Ich habe diese Armbrust wie mein erstgeborenes Kind geliebt. Ich war nicht nachlässig damit, ich schwöre. Es war-«

Ferra begann zu kichern. »Ist schon gut, Jinx, macht nichts.«

Für mich schon, dachte ich.

»Ei-*leeeen!*«, rief die Zwergin, aber das wäre nicht nötig gewesen, denn Eileen stand bereits neben ihr mit meiner glänzenden neuen Armbrust.

Ich starrte sie an. »Wirklich?«

»Wirklich«, sagte die kleine Eileen, die ich noch nie hatte sprechen hören.

»Sachte«, sagte Ferra, als das Kind sie mir übergab. Sie fühlte sich wunderbar in meinen Händen an, vibrierte regelrecht vor Potenzial. Sie fühlte sich genau wie die vorherige an, nur dass diese nicht in Lava verloren war.

»Ich hatte ja noch den Bauplan von letztem Mal, oder?«, sagte Ferra. »Also war es nur eine Frage, eine neue zu drucken.«

»Oh, Ferra«, sagte ich und bewunderte die schlanke Flugbahn und den eleganten Unterlauf für die Pfeile. »Danke!«

»Gern geschehen.« Die Zwergin klopfte mir auf den Rücken, und ich zog unbeabsichtigt den Abzug. Zum Glück war die Sicherung eingeschaltet, sonst hätte ich einen Pfeil in das Pergament-Luftschiff gejagt, das ewig an der Decke schwebte und gegen Balken und Uhren stieß.

Sie kicherte über mein erschrockenes Gesicht. »Versuch, diese länger als einen Tag am Leben zu halten.«

BEWAFFNET mit meiner neuen Armbrust und einem intensiven Verlangen, den ersten Dominostein im V-Kult-Fall zu finden, beschloss ich, Liz Durisons Haus zu besuchen. Ich hatte weniger als eine Stunde vor meinem Treffen mit Nilve Salty-Snap – um ihr Informationen über vom Rat verbotene Substanzen zu entlocken – also beschloss ich, sie sinnvoll zu nutzen. Morgan hatte meinen Zugang zum Sicherheitskomplex vorab genehmigt, also winkten sie mich durch, als ich ihnen meinen Ausweis zeigte. Kein Fingerabdruckscan, keine Anforderung meiner ungekürzten Geburtsurkunde, meines 3D-gemappten DNA-Profils oder einer Ziegenopferung bei Vollmond. Ich lächelte, als ich beschleunigte, mich durch die hübschen, mit mexikanischen Gänseblümchen gesäumten Straßen schlängelte und in Durisons Einfahrt parkte.

Stücke von verblasstem gelben Polizeiabsperrband flatterten im Wind wie Fahnen auf einem vernachlässigten Abenteuergolfplatz. Der Garten sah durstig aus, und ich hatte Mitleid mit ihm. Er erinnerte mich an die zuvor benachteiligte Topfpflanze auf meiner Fensterbank zu Hause, und ich erschauderte bei dem Gedanken an Blondie, der dort in meiner Küche stand und ein Foto davon machte. Vielleicht war das der Grund, warum ich es vermieden hatte, nach Brons Trainingssitzung heute Morgen in meine Wohnung zurückzukehren. Ich wollte nicht damit umgehen müssen, einen toten Ork in meinem Türrahmen zu finden oder den Geruch von Vampiren in meinem Zuhause.

Der Schlüssel zu Liz' Tür glitt leicht hinein, und ich öffnete sie und kletterte über weiteres Polizeiabsperrband, um hineinzukommen. Das Innere war nicht überraschend: Vanillefarbe an den Wänden, Vanillemöbel, Vanilledrucke an den Wänden. Es war, als hätte sie dieselbe Person engagiert, die das Innere von Krankenhäusern dekoriert, um auch ihr Haus einzurichten. Die Küche war ebenso, außer dass ein schrecklicher Geruch aus dem Kühlschrank kam, den jemand ausgeschaltet, aber nicht ausgeräumt hatte. Ich sah mich in den Kinderzimmern um, was traurig war, dann begann ich, ihr Schlafzimmer zu durchsuchen, schaute in ihre Schränke, unter ihr Bett und in ihren Badezimmerschrank. Ich war mir nicht sicher, was ich zu finden hoffte.

Hinten in einem ihrer bodentiefen Schränke sah ich einen rechteckigen Umriss, so groß wie eine Tür. Das war interessant. Ich war ziemlich sicher, dass es nichts mit dem Fall zu tun hatte, aber ich bin aus gutem Grund eine paranormale

Privatdetektivin. Man sagt, Neugierde habe die Katze getötet, aber ich stimme nicht zu; ich denke, Neugierde kann dich sehr lebendig halten. (Vielleicht haben sie es falsch verstanden; vielleicht ist das der Grund, warum Katzen neun Leben haben).

Ich schob die Kleidung zur Seite, die vor dem mysteriösen Rechteck hing, dann drückte ich dagegen, und es gab unter meinen Fingern nach und rollte langsam heraus, wie eine von Ferras berührungsempfindlichen Schubladen. Ich steckte meine Hand hinein, tastete nach einem Lichtschalter an den Innenkanten und schaltete ihn ein.

»Oh«, sagte ich laut, als das Licht flackerte und ich hineintrat. Das war nicht, was ich erwartet hatte. Was genau *hatte* ich erwartet? Wer weiß. Vielleicht einen Weltuntergangsbunker. Ein Hobbyzimmer, um den Kindern zu entfliehen. Einen geheimen Weinkeller, vollgestopft mit so vielen Flaschen Rosé, wie Liz Durison in einem Leben trinken konnte. Aber das hatte ich nicht erwartet. Das war nicht Vanille.

Es gab ein Doppelbett in der Mitte des Raumes, und ich konnte anhand der Laken und des Kopfteils erkennen, dass sein Hauptzweck nicht zum Schlafen war. Keine weiße Baumwolldecke hier, keine warmen Pyjamas oder gemütlichen Kissen. Dieses Bett war ein Meer aus marineblauem Seidenlaken und einem gepolsterten Kopfteil: schwarzes Leder mit Nieten, an dem ein Paar Handschellen befestigt war. Überall im Raum waren die Wände mit Spielzeugen und Werkzeugen dekoriert: Latexanzüge, zehn Zentimeter hohe Stahlabsätze, Peitschen, Handschuhe, Seile und verschiedene Formen und Größen von... nun, ich überlasse das eurer Fantasie. Ich halte mich nicht für prüde, aber schon ein Blick auf einige der Apparate an den Wänden machte mich nervös. Ich ging zum Schminktisch: schwarz, stilvoll, und schob die oberste Schublade auf. Darin befand sich, neben einer erstaunlichen Auswahl an Gels, Kondomen und Ringen, ein kleines schwarzes Buch. Ich nahm es auf und blätterte durch. Es gab Spalten und Spalten von Spitznamen, ordentlich in schwarzer Tinte geschrieben. Ich war beeindruckt von der schieren Menge von Durisons Liebhabern. Es gab einige Wiederholungen, aber es schien, dass sie sie meistens frisch mochte.

Also war Liz Durison »glücklich geschieden« (wie Morgan Menschen in ihrer Situation beschrieb), aber sie hatte sich nicht mit einem Leben in Enthaltsamkeit abgefunden. Sie hatte zwei Kinder, also muss es schwierig gewesen sein, Leute kennenzulernen und zu daten. Wo hatte sie diese Männer getroffen?

Ich griff nach meinem Handy und fotografierte die letzten Seiten des kleinen schwarzen Buches, April bis September, und schickte die Bilder an Morgan. Ich ließ das Buch in meinen Mantel gleiten. Ich hatte das Gefühl, dass es einen wichtigen Hinweis enthielt. Es könnte sogar mein Dominostein sein. Ich fühlte mich beschwingt, als ich abschloss und ging, auf mein Motorrad sprang.

War der Name des Mörders in meiner Tasche?

KAPITEL 14

OLDE WORLDE RAILWAYS

»Jacqueline Denna Knight?«, knisterte die Stimme durch die Leitung.

»Am Apparat«, sagte ich.

»Gott sei Dank«, sagte der Fremde, und ich hörte ein Rascheln im Hintergrund, dann ein scharfes Pfeifen und Zischen.

»Die Verbindung ist schlecht«, sagte ich. »Können Sie lauter sprechen?«

»Frau Knight. Ich bin Tambo Vuleka, der Besitzer der *Olde Worlde Railways*.«

Ich kannte das Unternehmen, und ich wusste, warum der Mann mich anrief, bevor er anfing zu erklären.

Olde Worlde Railways betrieb eine Touristenfalle von Jo'burg bis zum Magaliesberg, eine Dampflokomotive mit allen möglichen Schnickschnack. Man steigt am Bahnhof Johannesburg ein, genießt eine gemütliche Fahrt zum Berg, steigt aus für ein malerisches Picknick am alten eingestürzten Tunnel im felsigen Gebirge und schlendert dann zurück in die Stadt.

Laut ihren Broschüren fühlt man sich bei der Ankunft an ihrem malerischen Bahnhof, als würde man in eine einfachere Zeit mit Rüschenröcken und Kirschholzpfeifen zurückversetzt. Ihre wunderschön restaurierten Waggons und weißen Dampfwolken schicken einen angeblich durch die Zeit taumeln. Persönlich wusste ich nicht, warum jemand einen Schritt zurück machen wollte. Ich liebte meinen hochtechnisierten Schutzmantel und meine intuitive magische Armbrust mit eingebautem Wärmesuchgerät, ganz zu schweigen von der Nano, die ich in Flüsterreichweite in meiner Brusttasche aufbewahrte.

Ich wusste, warum der Mann anrief, denn jedes Mal, wenn ich von altmodischem Dies oder viktorianischem Das höre, oder von irgendeiner Art von wehmütiger Kulisse vergangener Tage, denke ich nicht an Charme oder Nostalgie. Ich denke an eines: Vampire.

Vampire haben dieses Verlangen nach der Vergangenheit wie keine andere Spezies, die ich kenne. Sie treiben »Konservatismus« auf ein ganz neues Level. Wenn sie die Wahl hätten, würden wir alle in grimmigen vorsintflutlichen Schlössern ohne fließendes Wasser und ohne WLAN leben.

Also hatten diese touristischen Ziele und Tagesausflüge alle eines gemeinsam: Sie waren Vampirmagnete. Was für mich großartig war, wenn ich in Stimmung war, ein paar Blutsauger zu jagen, aber schlecht für verträumte Ausländer, die keine Ahnung hatten, wie rücksichtslos südafrikanische Vampire sein konnten.

»Was kann ich für Sie tun?«, rief ich ins Telefon, über Bluetooth, was etwas unangenehm war, weil ich auf meinem Motorrad saß und gerade an einer roten Ampel angehalten hatte. Die Frau neben mir, in einem glänzenden Honda, warf mir einen misstrauischen Blick zu.

Ich hatte keine Zeit für Smalltalk.

»Sie haben ein Vampirproblem«, rief ich, und die Frau im Auto hätte fast ihren Kaffee zum Mitnehmen auf ihren Schoß fallen lassen, so eilig hatte sie es, ihre Fenster hochzukurbeln. Mein intelligenter Helm knisterte vor statischer Aufladung.

»Ja«, kam Vulekas Antwort. »Bitte kommen Sie so schnell wie möglich.«

Ich hatte Liz Durisons kleines schwarzes Buch, das ich nach Hinweisen durchsuchen musste, außerdem war ich bereits zu spät für meinen Termin mit Nilve SaltySnap in der Goblin City. Ich wollte meinen Lieblingsschleimbeutel befragen, wo ich den Verkäufer des Voodoo-Serums finden könnte, und das würde mich hoffentlich zu Blimaex' Folterer führen.

»Ich werde Ihnen helfen«, sagte ich, und der Mann fluchte vor Erleichterung. »Aber ich habe vorher noch ein paar wichtige Dinge zu erledigen.«

»Ich habe die ganze Station geschlossen«, sagte Vuleka. »Ich habe sie abgeriegelt. Aber die Leute kommen trotzdem durch das Tor. Ich kann sie nicht aufhalten. Wir hatten noch keinen Angriff...«

»Noch nicht«, sagte ich.

»Unschuldige Menschen werden sterben, wenn Sie nicht bald hier sind.«

Selbst wenn keine ahnungslosen Fremden mit deutschen Akzenten in Gefahr wären, würde ich trotzdem so schnell wie möglich dorthin rasen, denn jeder, der mich kennt, weiß, dass meine Lebensaufgabe darin besteht, Vampire zu töten. Ich würde jeden Vampir im Land zu Asche verarbeiten, wenn ich könnte.

»Ich werde so schnell wie möglich da sein«, sagte ich, und ich meinte es ernst.

KAPITEL 15

IM SPIEL

Ich kam zwanzig Minuten zu spät zu meinem Treffen mit Nilve SaltySnap, aber sie schien das nicht zu stören. Ich schätze, wenn man in einem Kobold-Vergnügungspark lebt, gibt man das Warten als Geisteshaltung auf. Ich gab ihr das Kaugummi-Softeis, das ich ihr in der Snack-Bude gekauft hatte, und sie schnappte es sich und begann, an der tropfenden blauen Köstlichkeit zu lecken, ohne ein *Hallo* oder *Danke* zu sagen, was genau das war, was ich erwartet hatte. Dann schrie Salty »Ah!« und hielt sich die Stirn. Das Eis war nicht mehr in ihrer Hand. Sie hatte das Ding komplett verschlungen.

»Ah!«, sagte sie erneut. »Du versuchst, mich umzubringen!«

»Ich glaube nicht, dass jemals jemand an einem Hirnfrost gestorben ist«, sagte ich. Ich betrachtete ihre neue Uniform. »Du arbeitest nicht mehr in der Popcorn-Scheune?«

»Ich wurde versetzt.« Sie zeigte auf das Abzeichen auf ihrer Brust. Es war das ScreamCoaster-Logo. »Es ist mein Job sicherzustellen, dass die Fahrgäste groß genug für die Fahrt sind.«

»Das kann nicht einfach sein«, sagte ich, und sie lächelte mich an, wobei sie mir all ihre nadelartigen Zähne zeigte, die einen leichten Blaustich vom Eis hatten. Es war eine Verbesserung.

Kobolde liefen an uns vorbei, stopften sich Chips in den Mund und kauten Hotdogs, von denen knallrote Tomatensoße tropfte.

»Gibt's irgendwo einen Ort, wo wir reden können?«, fragte ich.

Salty nickte, und wir gingen zum Kinderbereich. Die alte Autos-auf-Schienen Safari-Dschungel-Fahrt war leer, also sprangen wir in einen antiken Jeep und klickten unsere Sicherheitsgurte ein. Nilve konnte das Pedal nicht erreichen, also übernahm ich, und das Fahrzeug ruckte nach vorne und begann seine Runde auf der Strecke.

»Du hast etwas von einem Geschäftsangebot gesagt«, meinte Salty, ohne den Blick von der Stahlschiene vor uns zu nehmen, als wäre ich ein so schlechter Fahrer, dass ich sogar ein Auto ohne Lenksäule zum Absturz bringen könnte.

»Es ist etwas Dringenderes aufgetaucht«, sagte ich und duckte mich, um einem Plastikpalmblatt auszuweichen. »Zu meiner Idee kommen wir später.«

Wir fuhren an echten Felsen und falschen Bäumen vorbei und sausten unter einer Brücke hindurch in eine Pfütze. Schmutziges Wasser spritzte unter uns auf.

»Du brauchst Informationen«, sagte Salty.

»Ja. Woher wusstest du das? Bin ich so berechenbar?« Ich versuchte, die Stimmung locker zu halten.

»Warum sonst würde ein Zauberer einen Kobold besuchen?«, sagte sie.

»Ich denke, wir sind nicht mehr nur ein Zauberer und ein Kobold«, sagte ich, und sie runzelte die Stirn. »Wir sind jetzt doch irgendwie Freunde, oder?«

Salty wandte ihren Blick zurück zur Strecke. »Zauberer und Kobolde können keine Freunde sein«, sagte sie.

Irgendetwas belastete sie eindeutig. »Stimmt etwas nicht?«

»Das geht dich nichts an, Zauberer«, sagte sie und drehte ihr Gesicht von mir weg, schaute aus dem nicht vorhandenen Autofenster. Eine Roboter-Kobra erhob sich aus ihrer Spirale und zischte uns an, ihre roten Augen glühten. Ein Gorilla brüllte über den Lautsprecher über uns.

Ich zuckte mit den Schultern. Nach allem, was wir zusammen durchgemacht hatten, dachte ich, wir wären Freunde. Oder zumindest so nahe an Freundschaft, wie Zauberer und Kobolde es werden können. Sieht aus, als hätte ich mich geirrt. Kein großer Verlust; ich würde auch allein zurechtkommen. Wie Morgan gerne sagt: *Wein nicht um mich, Argentinien.*

»Ich muss wissen, wo ich *Spiritus Morbus* finden kann«, sagte ich.

Nilve drehte sich mit weit aufgerissenen Augen zu mir um. »Bist du verrückt?« Ihr Speichel landete auf meinem Schoß. »Du solltest diese Worte nicht einmal laut aussprechen!« Sie senkte ihre Stimme zu einem gefährlichen Flüstern. »Weißt du, was der Rat mit dir machen wird, wenn sie herausfinden, dass du dieses Zeug kaufen wolltest?«

»Ich weiß.« Ein staubiger Tiger knurrte uns an, als wir vorbeiglitten. Ich hielt meine Stimme ebenfalls leise. »Aber es ist nicht für mich. Es ist für einen Fall. Und ich will es nicht kaufen, ich muss nur wissen, wer es kauft.«

Sie verschränkte ihre schleimigen Arme über ihrem Schmerbauch und stieß ein kurzes, bitteres Lachen aus. »Du bist verrückt, Zauberer.«

Es ist nicht das Schlimmste, was man mich genannt hat, besonders von einem Kobold.

Nilve verzog ihr Gesicht. »Du würdest dein Leben für einen Klienten riskieren?«, fragte sie. »Lernst du denn nie?«

Da hatte sie einen Punkt. Der Fall der HighFire-Krone hätte mich beinahe umgebracht, und die Gefahr war noch nicht vorüber. Ich war mir schmerzlich bewusst, dass ich Feind Nr. 1 für einen bestimmten türkis-bemäntelten Vampirclan war.

»Es ist, um einem anderen Zauberer zu helfen«, sagte ich. »Er stirbt.«

Saltys Gesicht wurde weicher. Zumindest war ich meiner Sippe gegenüber loyal, dachte sie wahrscheinlich, anstatt einfach nur dumm zu sein.

Das Auto begann, den kleinen Hügel hinaufzukeuchen, und wir wurden in unsere harten Fiberglas-Sitze zurückgedrückt, meine Armbrust bohrte sich in meine Rippen. Die Fahrt würde bald vorbei sein.

»Wo würde man so etwas bekommen?«, forderte ich sie auf. »Weißt du das?«

»Keine Ahnung«, sagte der Kobold.

Ich war mir nicht sicher, ob sie die Wahrheit sagte. Manchmal spielen wir dieses Spiel, bei dem sie lügt und ich dann weiß, dass das Gegenteil von dem, was sie sagt, wahr ist. Es wird jedoch verwirrend, wenn man nicht weiß, ob das Spiel gerade im Gange ist oder nicht.

»Nicht einmal einen kleinen Hinweis?«, fragte ich, als wir den Gipfel erreichten und an der Spitze schwankten. In Erwartung unseres bevorstehenden Falls hörten wir auf zu sprechen und schauten beide die steile Klippe hinunter. Das Auto bewegte sich Stück für Stück vorwärts, was meine Beklemmung noch verstärkte, und dann raste das Auto mit einem Rauschen von Metallrädern auf Schienen den Abhang hinunter. Salty keuchte und griff nach meiner Hand, und wir schrien beide, als das Auto in eine andere Pfütze krachte, Schlamm aufwirbelte und die künstlichen Blätter um uns herum bespritzte.

Der Kobold ließ meine Hand los, und wir lachten. Vielleicht waren wir doch so etwas wie Freunde.

»Labyrinth«, sagte sie und schaute weg. Ich wollte sie fragen, was sie damit meinte, aber ich wollte mein Glück nicht überstrapazieren.

Ich winkte Nilve an der ScreamCoaster zum Abschied zu und machte mich auf den Weg zum Goblin City Hotel. Ich schaute auf die Karte in meiner Handfläche. Als Salty meine Hand oben auf der Dschungel-Safari-Fahrt gegriffen hatte, war es eine Art Freundschaftsbekundung gewesen. Nicht wegen des persönlichen Kontakts, sondern wegen des Schlüssels, den sie in meiner Hand hinterlassen hatte: eine Zugangskarte zu den Verwaltungsbüros des Goblin City Hotels.

KAPITEL 16

HOBNOB

Ich benutzte den Hintereingang des Goblin City Hotels, in der Hoffnung, nicht zu viel Aufmerksamkeit zu erregen. Die Servicestraße hinter dem Gebäude war verlassen, und es war leicht, hineinzuschlüpfen, ohne von irgendwelchen Goblins gesehen zu werden. Die Zugangskarte öffnete die schmutzige Hintertür und das nächste Tor, bis ich nahe am Zentrum des Erdgeschosses war, direkt außerhalb der Verwaltungsbüros des Hotels, die leer und komplett abgeschlossen waren. Ich vermute, es gab nicht mehr viel im Bereich Gastgewerbe zu tun, jetzt wo die Menschen nicht mehr hier übernachteten und die Goblins es übernommen hatten, um es in ein überfülltes Hostel zu verwandeln, das vage nach abgestandenen Maiswürstchen roch.

Ich schloss die letzte Tür auf und trat in das kleine Großraumbüro mit grauen Teppichfliesen und Trockenbau ein. Es gab ein paar gemeinsam genutzte Schreibtische, einen leeren Wasserspender und einen uralt aussehenden Drucker. Es war nicht nur frei von Goblins, sondern sah aus, als wäre es schon seit Tagen leer gewesen. Perfekt.

Noch perfekter war der riesige Bildschirm auf der linken Seite des Raumes, an dessen Rändern überall Riech-Es-Zettel klebten. Es war der Goblin City Mainframe, vollgeklebt mit Passwörtern auf duftenden Zetteln. Ich ließ mich in den Bürostuhl fallen und drehte mich zur Maschine. Dieser Tag hatte ziemlich rau begonnen, aber die Dinge fingen definitiv an, sich zum Besseren zu wenden. Ich schaltete den Computer ein, und es dauerte ungefähr ein Schaltjahr, bis der Bildschirm endlich aufflackerte. Während ich wartete, studierte ich die Haftnotizen. Auf einem der Zettel stand *HOBNOB*, was, wie ich wusste, die Online-Dating-Seite für Goblins war. Das Passwort dafür war durchgestrichen. Als die Maschine endlich hochgefahren war, fragte sie nach dem Passwort, das praktischerweise auf der rechten Seite des Bildschirms stand: *SNOZZCUMBER*. Ich tippte es ein, hämmerte auf *Enter*, und ich war drin.

Ich hatte keine Ahnung, wonach ich suchte. Ich starrte auf die hellgrünen Pixel und blinzelte. Dann blinzelte ich noch mehr. SaltySnap hatte mir diese Zugangskarte aus einem bestimmten Grund gegeben; es gab etwas auf dieser Maschine, das mir helfen würde. Es sei denn natürlich, sie spielte mir nur einen Streich, was ein typischer Goblin-Zug wäre. Ich öffnete zögernd ein paar Ordner und schloss sie dann wieder. Meine Vermutung war, dass dieser Computer hauptsächlich zum Spielen von Scharade und Strip-Poker verwendet wurde. Das würde die herzgemusterte Goblin-Unterhose erklären, die vom Deckenventilator hing, obwohl man sich da nie ganz sicher sein kann.

Es gab die üblichen Symbole auf dem Desktop, aber es gab auch eines, das ich nicht erkannte. Das Logo war ein glänzender schwarzer Kieselstein. Ich klickte darauf.

Ein Internetbrowser öffnete sich, aber er sah nicht aus wie einer der Browser, die ich je zuvor benutzt hatte. Er hieß *Onyx*. War es ein Goblin-spezifisches Programm? Ich tippte etwas in die Suchleiste, aber sie blockierte mich und verlangte ein weiteres Passwort. Ich tippte alle anderen Codes ein, die ich auf den Haftnotizen fand, aber keiner davon war richtig, und die Anwendung warnte mich, dass ich nur noch eine Chance hätte, oder sie würde für 24 Stunden in einen automatischen Sicherheits-Lockdown gehen.

»*Filius Canis*«, sagte ich, als ich mich vom Schreibtisch wegschob, und der Stuhl rollte mit mir. Ich war bereit aufzugeben, aber dann erinnerte ich mich an das, was Salty zu mir gesagt hatte, als wir uns trennten. *Labyrinth.*

Ich tippte es ein, und der Browser animierte sich vor mir. Ich fiel durch einen pixeligen Tunnel (oder zumindest fühlte es sich so an). Der schwarze Tab saugte mich ein, als seine Mitte dunkel wurde und die Ränder sich öffneten und wie eine quadratische schwarze Blume erblühten, immer und immer wieder. Schließlich ließ er meine Augäpfel los, und ich lehnte mich im Stuhl zurück, mit dem Gefühl, als wäre meine Seele aus meinem Körper gesaugt und dann wieder zurückgesetzt worden.

Es war das Darknet. Nicht das menschliche Unberührte Darknet, sondern das Darknet der Dunklen Künste, was alle Arten von Schrecken beherbergte. Ich wollte gar nicht wissen, was für abgefahrene Dinge man dort finden konnte. Mein Mund wurde trocken, und ich schaute sehnsüchtig zum leeren Wasserspender. Würde ich das wirklich tun? Ich kannte die Antwort, und sie ließ mein Wurzelchakra zucken.

Mit einer Hand über meinen Augen und der anderen, die unsicher über der Tastatur schwebte, tippte ich *SPIRITUS MORBUS* und klickte auf das Lupen-Symbol.

Der übermäßig paranoide Teil von mir fürchtete, dass der Ratsagent sofort aus dem Nichts erscheinen würde (sie sind dafür bekannt), und mir ein Paar verzauberte Handschellen an die Handgelenke legen würde. Der weniger paranoide Teil von mir dachte, dass irgendeine Art von schriller Alarm im Goblin City HQ ausgelöst worden wäre und es nur Momente dauern würde, bis die Goblin-Sicherheitspolizei eintreffen und mich wegen Einbruchs einsperren würde. Dann gab es noch die Gefahr, dass mich jemand durch diesen Computer sehen könnte, was eigentlich überhaupt nicht paranoid war, denn böse Mächte können so ziemlich alles benutzen, um dich zu finden, einschließlich Fenster, Spiegel und Goblin-Mainframe-Bildschirme in verlassenen Hotelbüros.

Der Darknet-Browser hielt mich einen Moment in Spannung, dann erschien nur ein Ergebnis.

SPIRITUS MORBUS, stand da. *AKA Voodoo-Serum. EVERSHADE NACHTMARKT.*

»*Faex*«, fluchte ich und ließ mich in meinem Stuhl zurückfallen.

Warum musste das Leben so unnachgiebig sein? Ehrlich. Nur einmal, *nur ein einziges Mal*, könnte die Antwort die einfache sein? Warum konnte das Suchergebnis nicht sagen, dass ich das Voodoo-Serum von einem netten, warmen, sicheren Ort bekommen könnte, zu dem ich wusste, wie man hinkommt? Der Törtchen und Sahne servierte, und wo man eine Schulter-massage bekommen konnte, während man wartete? Nein. Natürlich musste der Ort, zu dem ich gehen musste, tief im

Ork-SubRealm liegen, in einem Tunnel, von dem ich nur in besorgten Flüstereien gehört hatte, und selbst dann war niemand wirklich sicher, dass er existierte. EverShade war Stoff für urbane Legenden, und Spoiler-Alarm: keine der Legenden endete jemals glücklich und zufrieden.

Ich holte tief Luft und rieb mir das Gesicht. Die Gefahr war zweifach: die Gefahr, entführt, ermordet und/oder zerstückelt zu werden für *Muti*, während man dort unten war, und die Gefahr, vom Rat erwischt zu werden. Deine Anwesenheit auf dem Markt allein reichte aus, um dich zu einer lebenslangen Haftstrafe im Schwarzen Turm auf der Ember-Insel zu verdammen, oder, wenn dein Glück aus war, das Storm Bay Boulder-keep Arbeitslager vor der Küste von Kapstadt.

Allein an die möglichen Folgen zu denken, ließ mein Herz gegen meine Rippen hämmern. Ich war es gewohnt, mit dem Feuer zu spielen, aber dem Rat zu widersprechen, war eine ganz neue Dimension. Wenn die Konfrontation mit einer gefährlichen Goblin-Bande mit einem kleinen Feuer in deinem Hinterhof verglichen werden könnte, perfekt zum Grillen einiger Koteletts, dann war die Missachtung des Rates wie ein tobender Ofen, der sich in einen Feuer-Tornado verwandelt, der versehentlich dein ganzes Haus und möglicherweise deinen Nachbarn nebenan verbrennt.

Ich war gerade dabei, mich selbst davon zu überzeugen, dass ich dort nicht wirklich hinuntergehen musste, den schwarzen Magie-Markt nicht besuchen musste – weil es sicherlich einen weniger gefährlichen Weg gab, herauszufinden, wer das Voodoo-Serum kaufte? – aber dann hörte ich ein Geräusch außerhalb der dünnen Wände. Ein grunzender Goblin. Es dauerte einen Moment, bis ich registrierte, was passierte. Als mir klar wurde, dass ein schnaubender Goblin in meine Richtung unterwegs war, kurz davor, mich beim Herumstöbern an seinem Computer zu erwischen, ließ ich mich zu Boden fallen und versteckte mich unter dem Schreibtisch. Das Schloss an der Tür piepte grün, und der Goblin stürzte herein.

Warum stolperte er? fragte ich mich. *War er betrunken von Goblin-Gin?*

Aber dann sah ich ein weiteres Paar schleimiger Beine und zuckte zusammen. Ich verstand mit einem unbehaglichen Gefühl, dass dieses bestimmte Paar Goblins trotz ihrer Geschäftskleidung nicht hier waren, um den Goblin City Jahresbericht auszudrucken.

Der männliche Goblin knurrte und jagte die weibliche, die lachte und errötete und über ihre Schulter auf ihren Verfolger blickte. Er hatte ihren Lippenstift auf seinem weißen Hemd mit Kragen verschmiert. Sie hörte auf zu laufen, drehte sich um und schüttelte ihr Haar aus, wie eine Stripperin an einer Stange bei *KandyKane* (wenn Stripperinnen bei *KandyKane* dünnes blondes Haar und Bierbäuche hätten).

Der männliche Goblin knurrte noch mehr, zog seine gepunktete Krawatte ab, während er zusah, wie seine Eroberung ihre Bluse aufknöpfte. Jetzt machte das Paar Unterhosen, das vom Ventilator hing, mehr Sinn. Dies war der perfekte Raum für Büroliebeleien.

Ich hatte zwei Möglichkeiten: unter dem Schreibtisch versteckt bleiben, mir die Ohren zuhalten, die Augen schließen, an Welpen und Regenbögen denken und für immer auf einer tiefen psychologischen Ebene traumatisiert sein, oder versuchen, rauszukommen, ohne dass sie mich sehen. Ich hatte keine Zeit, von der Goblin-Polizei eingesperrt zu werden, also entschied ich mich stattdessen für die Welpen und Regenbögen.

Das war ein Fehler.

Was ich nicht in die Gleichung einbezogen hatte, war Herr Polkadots sexuelle Ausdauer (oder KandyKanes unersättlicher Appetit). Aus irgendeinem Grund hatte ich in meinem Kopf angenommen, dass Goblins im Allgemeinen einen mehr *Rein-Raus*-Ansatz verfolgten, wenn es um Rammeln ging, aber ich lag falsch. Ich lag sehr, sehr falsch. Ich lag falsch auf dem Schreibtisch im Großraumbüro, ich lag falsch gegen den Wasserspender gedrückt, ich lag falsch schreiend und vom Deckenventilator schwingend. Ich lag auf so vielen Oberflächen und in so vielen Stellungen falsch, dass selbst ich mich erschöpft fühlte. Das Schlimmste daran war, dass sie keine Anzeichen zeigten, aufzuhören, also war ich gezwungen, die Welpen aufzugeben und mich von dort hinauszuschleichen.

Ich schloss meine Augen wieder und dachte so klar wie möglich: *Invisibilis Factus.*

Ein Gefühl von kaltem Wasser überspülte mich. Ich überprüfte meine Hände, um sicherzustellen, dass der Unsichtbarkeitszauber richtig gewirkt hatte, und begann dann, unter dem Schreibtisch hervorzukriechen. Als ich stehen konnte, bewegte ich mich leise in Richtung Ausgang und hoffte, dass ich keine Schimmerspur hinterließ, was manchmal passiert, oder irgendeine Art von Geruch. Einen Meter von der Tür entfernt – die nur leicht angelehnt war, ich müsste mich wirklich quetschen, um durchzukommen – fing ich unbeabsichtigt einen Blick auf das nackte Paar auf. Der Anblick ließ mich die Augen zusammenkneifen, was mich in einen Stuhl laufen ließ, den sie in ihrem Kielwasser zurückgelassen hatten.

Ich keuchte überrascht auf, und beide hörten auf zu schnaufen und schauten in meine Richtung, erschrocken. Ich blieb stehen, atmete kaum, in der Hoffnung, dass sie das Geräusch ignorieren und ihren Ultramarathon fortsetzen würden, aber sie blieben still und starrten weiter. Ich konnte jetzt unmöglich die Tür öffnen, nicht einmal einen Zentimeter, oder sie würden wissen, dass ich da war. Wir waren in einem seltsam erstarrten Moment gefangen: die halbnackten Goblins, die aneinander klammerten und mich anstarrten; und ich, unsichtbar, den Atem anhaltend.

»Da ist etwas«, keuchte KandyKane.

»Jemand«, sagte Polkadot.

Ich hielt meinen Atem an und versuchte, die Luft nicht schimmern zu lassen (was ziemlich unmöglich zu kontrollieren ist, wie deiner Milz zu sagen, sie solle aufhören, was auch immer Milze so tun).

Sie bewegten sich nicht. Ich bewegte mich nicht. Meine Lungen begannen zu brennen. Irgendetwas musste nachgeben.

Aversum! dachte ich und hoffte, dass ein Ablenkungszauber ihren Blick zwingen würde, sich abzuwenden.

Der urzeitliche Drucker begann zu knurren. Er erwachte nach einem längeren Winterschlaf und schien hungrig zu sein.

Die Goblins keuchten auf und schauten hinter sich auf den Drucker, der einen Sprung in ihre Richtung machte.

KandyKane schrie. Die Oberseite flog auf, das Licht unter dem Glasschirm blitzte, und er begann, Papierblätter auf sie zu spucken. Ich hoffte, dass sie keine Papierschnitte bekommen würden. Das würde wehtun. Als ich aus dem Büro schlüpfte, hörte ich Polkadot vor Schreck schreien, und ich presste mich gegen die Wand, als sie herausgerannt kamen und sich dabei anzogen. Ich verließ das Gebäude auf demselben Weg, auf dem ich hereingekommen war, und ließ mich durch die Hintertür hinaus. Die Gasse war immer noch verlassen.

KAPITEL 17
GEBROCHEN

Widerwillig machte ich mich auf den Heimweg. Ich wollte nicht sehen, was aus meinen Ork-Leibwächtern geworden war, wollte nicht in meiner Küche stehen und den Vampir riechen, der nur Stunden zuvor dort gestanden hatte. Aber ich wollte auch nicht in das SubRealm gehen, also war es die bessere von zwei schlechten Optionen. Zum Teil war es Aufschub, zum Teil Überlebensinstinkt. Jedes Mal, wenn ich auch nur daran dachte, zum EverShade-Nachtmarkt zu gehen, fühlte sich mein Körper kalt an, als stünde ich am Rande einer besonders fiesen Grippe. Ich habe immer noch Albträume von meinem letzten Besuch im SubRealm, als dieser Ork mein Getränk mit Drogen versetzt hatte. Es war reines Glück und Magie, dass ich von dort (größtenteils) unbeschadet entkommen bin. Es sind die möglichen Folgen, die meine Träume heimsuchen.

Ich joggte die letzten sechs Blocks zu meiner Wohnung, um fit zu bleiben und auch um die restliche Angst in meinem Körper abzuschütteln, nachdem ich von diesen Duracell-Kobolden fast erwischt worden wäre. Apropos Albträume... nach dem, was ich in diesem Job alles zu sehen bekomme, wundert es mich, dass ich überhaupt schlafen kann.

Als ich ankam, verlangsamte ich mein Tempo zu einem Gehen und grüßte die Drogendealerin aus der Nachbarschaft. Sie hob ihr Kinn in meine Richtung, ihre Kapuze bedeckte den Großteil ihres dunklen Gesichts. Ich schaute in ihre Augen: eins braun, eins chininfarben, und drückte die Tür zu meinem Gebäude auf. Ich nahm den Swift nach oben zu meinem Stockwerk und beobachtete, wie die Zahlen stiegen, während das schwere Gefühl in meinem Magen mit jeder Zahl schwerer wurde. Ich wollte nicht sehen, was auf mich wartete, aber ich konnte es nicht für immer vermeiden.

Ich trat hinaus und näherte mich langsam Gnor, der, wie ich vermutet hatte, leblos in seinem Stuhl hing.

Oh nein, dachte ich. *Oh nein. Armer Gnor.*

Dieser verdammte blonde Vampir hatte ihn getötet, um in meine Wohnung zu gelangen. Und wofür? Ein Bild der Pflanze auf meiner Fensterbank. Und eine deutliche Warnung.

Ich trat näher und überlegte, dass ich den Chef des Khargol-Sicherheitsteams, Boss, anrufen müsste, um ihm zu sagen, was passiert war. Ich streckte die Hand aus, um Gnors Schulter zu berühren, auf der Suche nach dem Blut, von dem ich wusste, dass es auf seiner Brust vergossen worden war. Als meine Finger seine Uniform berührten, packte er mich, und ich wäre vor Schreck fast durch die Decke gegangen. Sein Griff war wie der eines Megalokraken. Ich sprang automatisch zurück, aber mein Arm blieb zurück, riss ihn aus seiner Gelenkpfanne, und als er aus dem Gelenk sprang, schrie ich vor Schmerz auf. Er schrie ebenfalls, weil er tief geschlafen hatte und mich gedankenlos gepackt hatte. Gnor wusste eigentlich nicht, was passierte, außer dass ein Zauberer ihm ins Gesicht schrie.

Wir schrien uns noch ein bisschen länger an, bis wir verstanden, was passiert war, und dann hörten wir auf. Ich wäre vor Schreck, dem stechenden Schmerz in der Schulter und, am schlimmsten von allem, dem Ork-Atem fast ohnmächtig geworden. Schwindel drückte mich zu Boden.

»Alles okay?« fragte Gnor, seine buschigen Augenbrauen zogen sich besorgt zusammen, vielleicht weil er sich fragte, ob er mich kaputt gemacht hatte. Er hatte einen aufrichtig besorgten Gesichtsausdruck, aber ich vermutete, dass es mehr um seine Jobsicherheit als um meine Gesundheit ging.

»Nicht okay«, sagte ich. »Dachte, du wärst tot.«

»Nicht tot«, sagte er.

»Das sehe ich jetzt.«

»Du kaputt?« fragte er mit Blick auf meine Schulter.

Mein Arm hing schlaff herab, meine ausgerenkte Schulter brannte höllisch. Ich hatte keine Zeit für einen Arzt. Ich wartete, bis mein Kopf sich klärte, dann stand ich auf, wobei Funken meinen Arm herunter schossen.

»Ich mach heile«, sagte Gnor und bewegte sich auf mich zu, die Hände ausgestreckt.

»Nein!« schrie ich. Auf keinen Fall würde ich ihn mit seinen rauhäutigen Baseballhandschuhen an mich ranlassen.

Er sah verwirrt aus. »Ich weiß, wie man das repariert.«

»Auf gar keinen Fall«, sagte ich. Ich konnte mir das Knirschen vorstellen, das meine Knochen machen würden, wenn er versuchte, meinen Arm zurück in die Gelenkpfanne zu zwingen. Er würde wahrscheinlich das Schulterblatt und das Schlüsselbein brechen, und auch mein Handgelenk, nur so zur Sicherheit. Aber als der Schock nachließ, wurde der Schmerz unerträglich. Ich musste ins SubRealm, und es gab keine Möglichkeit, mit solchen Qualen dorthin zu gelangen. Ich konnte fühlen, wie das Blut aus meinem Gesicht wich.

»Ich hab dich kaputt gemacht?« fragte er.

Ich schüttelte den Kopf. »Nicht deine Schuld.«

»Mein Job, dich zu beschützen.«

Ich sah auf meine Wohnungstür und blinzelte heftig, um den Schmerz unter Kontrolle zu bringen. Ich machte ein paar unsichere Schritte; ich wollte in die Wohnung kommen, bevor ich ohnmächtig wurde.

»Du hast Besuch«, sagte Gnor.

Ich hielt an und drehte mich auf meinen wackeligen Füßen um. »Was?«

Was für ein Sicherheitsmann war er eigentlich? Es sah so aus, als müsste ich doch Boss anrufen. Ich benutzte meine linke Hand, um die Armbrust von meinem Rücken zu nehmen und sie in Position zu bringen. Ich hatte schon früher Vampire mit der linken Hand erschossen, und ich konnte es wieder tun.

Der Ork öffnete die Tür, und ich schlich hinein, bereit, den Eindringling zu Asche zu verwandeln. Gnor folgte.

Ich konnte den kupferrot-karmesinroten Duft riechen. Er saß dort, im Dunkeln, und wartete auf mich.

KAPITEL 18

ILLUMINO

Ich entsicherte meine Armbrust und richtete sie auf die Gestalt, die auf dem Sofa saß, während ich Druck auf den Abzug ausübte.

Illumino, dachte ich, und mein Zauberstab, der immer noch an meinem Gürtel befestigt war, erleuchtete den kleinen Raum.

»Darick«, sagte ich außer Atem, das Adrenalin pulsierte durch meinen Körper. Mein Finger glitt vom Abzug. »Was zum Teufel machst du hier?«

Falls Darick leicht nervös war, weil er beinahe von einem Zauberer einen Bolzen ins Herz bekommen hätte, ließ er es sich nicht anmerken. Er stand auf und kam auf mich zu.

»Dein Arm«, sagte er, und seine Stimme beruhigte meinen Körper sofort.

»Er war's«, sagte ich und deutete über meine brennende Schulter auf den Ork, der anständig genug war, beschämt auszusehen und auf seinen Posten zurückzukehren.

»Was ist passiert?«, fragte Darick.

Ich schaltete das Wohnzimmerlicht ein und löschte meinen Zauberstab. Darick nahm sanft meinen Unterarm in seine Hände. Das Gefühl seiner warmen Haut auf meiner war den Schmerz wert, den es verursachte.

»Es war ein Unfall«, sagte ich und verzog das Gesicht. »Warum hast du im Dunkeln gesessen?«

Darick ignorierte meine Frage und zeigte auf meine Couch. Die, auf der Gizmo so gerne schlief. »Leg dich hin«, sagte er.

Mein erster Instinkt war zu sagen *Ich habe keine Zeit*, aber dann erinnerte ich mich an das Gefühl von Daricks magischen Händen an mir, wie er mich im Haus der Khargols geheilt hatte, und ich tat, was er sagte. Er kniete sich neben mich und legte seine Handflächen auf meine Schulter. Sofort spürte ich ein blaues Kribbeln unter meiner Haut und der Schmerz ließ auf ein erträgliches Maß nach. Ich liebte das Gefühl von Daricks Griff und die Art, wie er mich mit solch intensiver Konzentration ansah. Wenn er mich so anblickte, hatte ich das Gefühl, dass der Rest der Welt verschwand und nur noch wir existierten. Nur ein Zauberer und ein Magier-Slash-Attentäter auf einer mottenzerfressenen Couch aus einem Wohltätigkeitsladen. Ich stieß einen Seufzer der Erleichterung aus, als der Schmerz vollständig nachließ. Es war nicht nur so, dass der Schmerz verschwunden war, sondern mein ganzer Körper vibrierte mit der Magie, die er mir gegeben hatte. Wärme durchströmte jeden Teil von mir.

Darick bewegte sein Gesicht näher an meines, und ich sah in seine Augen und dann auf seine Lippen.

»Jax«, sagte er, seine Stimme verstärkte das Glühen in meinem Inneren.

»Ja?« Ich war bereit, allem zuzustimmen. Was auch immer er wollte, ich war dabei.

Ein Schatten huschte über sein Gesicht. »Das wird wehtun.«

Was? Ich war so verloren in Tagträumen von Darick gewesen, dass ich vergessen hatte, dass meine Schulter ausgerenkt war. Bevor ich antworten konnte, packte er meinen Arm, zog ihn in einem Winkel, und der Knochen glitt zurück an seinen Platz.

Ich schrie vor Schmerz auf, als die Schulter wieder eingerenkt wurde, aber sobald sie zurück an ihrem Platz war, verspürte ich sofortige Erleichterung. Darick ging in die Küche und ich hörte, wie er den Gefrierschrank öffnete. Bald lag Eis, in ein Geschirrtuch gewickelt, auf meiner Schulter.

»Dein Kühlschrank ist leer«, sagte er.

»Erzähl mir was, das ich noch nicht weiß«, sagte ich, immer noch benommen von der Erleichterung, die ich fühlte.

Was sollte dieser Smalltalk? Was war der Sinn, wenn so viele Fragen zwischen uns in der Luft hingen? Wie zum Beispiel, warum er dachte, dass es in Ordnung war, sich in meine Wohnung zu schleichen, wenn ich nicht da war, oder wie es kam, dass er fast immer auftauchte, wenn ich ihn brauchte?

Dennoch erschien es mir unhöflich, ihn zu verhören, nachdem er mich gerade geheilt hatte. Schon wieder. Darick reichte mir ein Glas Wasser und das Paracetamol aus meinem Badezimmerschrank.

»Etwas Stärkeres wäre besser«, sagte er.

»Ja.«

»Entzündungshemmer«, sagte er.

»Ich besorge welche.«

»Ich habe getan, was ich konnte, um den Schaden zu begrenzen«, sagte er. »Aber meine Heilkräfte sind immer noch erschöpft, nach-«

Nachdem du im Vulkan fast gestorben wärst.

Er reichte mir ein altes T-Shirt von mir, zu einem Dreieck verknotet: eine improvisierte Schlinge. Er war in meiner Wohnung gewesen, in meinem Kühlschrank, im Badezimmerschrank und in meinem Kleiderschrank.

»Hast du dort irgendwelche Skelette gefunden?«, fragte ich.

»Wo?«

»In meinem Schrank.«

»Ha«, sagte er, mit funkelnden Augen. »Nein. Ich habe nicht nach Skeletten gesucht. Ich habe genug eigene.«

»Ha«, sagte ich.

Er schaute auf das verknotete *The Cure*-Shirt. »Du wirst es für die nächsten Tage tragen müssen.«

»Es ist mein Zauberstabarm«, sagte ich. »Mein Armbrustarm. Ich kann keine Schlinge tragen.«

»Du scheinst mit der Armbrust in deinem anderen Arm ganz gut klarzukommen«, sagte er, und ein Hauch eines Lächelns umspielte seine Lippen. Die Lippen, von denen ich dachte, sie würden mich küssen, anstatt zu sagen *Das wird wehtun.*

Ja, dachte ich, während ich ihn ansah. *Ja. Das wird definitiv wehtun.*

~

Darick brachte mich dazu, zu versprechen, dass ich mich ausruhen würde. Er half mir, meinen Schlafanzug anzuziehen, und beobachtete, wie ich ins Bett stieg. Ich lag da und hörte, wie er zur Tür hinausging, dann warf ich die Decke ab, zog mich aus und zerrte eine frische Jeans an. Es war nicht leicht, sie mit einem Arm hochzuziehen, aber ich schaffte es. Die Schnürsenkel meiner Stiefel zu binden, war unmöglich, also steckte ich die Schnürsenkel einfach in die Oberseiten der Schuhe und hoffte auf das Beste. Ich justierte die improvisierte Schlinge und zog meinen Trenchcoat darüber an. Ich konnte meine Armbrust nicht auf meinen Rücken schnallen, was mich nervös machte. Bei dieser Mission würde ich alle Hilfe brauchen, die ich bekommen konnte. Ich war nicht in Topform, nicht wirklich, aber es würde reichen müssen.

Ich konnte nicht gehen, ohne die Frettchenvilla nach Gizmo zu durchsuchen (leer) und meine Küche auf verirrte Vampire zu überprüfen (ebenfalls leer), obwohl ich die Kreatur immer noch riechen konnte. Die Vorstellung, dass ein Mörder genau da auf meinen rissigen Küchenfliesen gestanden hatte, ließ mir das Blut in den Adern gefrieren.

War er an Gnor vorbeigekommen (was, zugegeben, nicht sehr schwierig gewesen wäre) oder hatte er ein Fenster benutzt? Ich schloss jedes einzelne, nur für den Fall, und als ich gerade zur Tür hinausgehen wollte, sprang das rote Hardcover-Buch vom Bücherregal und knallte auf den Boden.

KAPITEL 19

EMBER ISLAND

Wäre Gizmo bei mir gewesen, hätte ich ihn gefragt, wo die Portaltür nach EverShade ist, aber heute Abend war ich auf mich allein gestellt. Als ich meine Wohnung verließ, fragte ich mich, ob es das letzte Mal sein würde, dass ich sie sah. Mein Magen knurrte, eine Mischung aus Hunger und Furcht, und ich fragte mich, wie das Essen in den bevorzugten Gefangenlagern des Rates auf den Ember-Inseln und in der Sturmbucht wohl schmeckte.

Auf dem Weg nach draußen kam ich wieder an der Drogendealerin aus der Nachbarschaft vorbei, dann drehte ich nach ein paar Schritten um und ging auf sie zu.

»Hey«, sagte ich.

Sie schaute mich ausdruckslos an. »Hey.«

Ich zögerte. Wenn ich sie fragen würde, wie man nach EverShade kommt, und sie eine Undercover-Agentin des Rates wäre, wäre meine Mission beendet, bevor sie überhaupt begonnen hätte. Welchen besseren Ort gäbe es für einen Spion des Rates? An einer belebten Ecke, wo sie den ganzen Tag und die ganze

Nacht das Kommen und Gehen beobachten und naive Zauberer gefährliche Fragen stellen konnte.

Sie schaute mich noch immer an, wartend. Ich sah, wie sie blinzelte. Sie war ungefähr in meinem Alter, aber das Leben auf der Straße hatte ihr zugesetzt. Ihre verschiedenfarbigen Augen, obwohl wunderschön, hatten den Blick einer viel älteren Frau.

»Hast du Schmerzmittel?«, fragte ich.

Ich dachte, sie würde lachen, etwas sagen wie *Geh nach Hause, Zauberer*, aber stattdessen blinzelte sie erneut und schaute dann auf meine Schlinge. »Welche Art?«

»Irgendwelche«, sagte ich, und dann erinnerte ich mich an Daricks Worte: »Entzündungshemmer?«

Sie senkte den Kopf, sodass ich nur die Oberseite ihrer Kapuze sehen konnte, während sie in der Ledertasche kramte, die sie um ihre Hüften geschnallt hatte, und schaute dann wieder zu mir hoch. Sie warf eine Plastikflasche mit Pillen in meine Richtung, und sie landeten mit einem klackernden Geräusch in meiner Hand.

»Sie ist nur halb voll«, sagte sie. »Genug für einen Tag oder zwei.«

Ich tastete meinen Mantel nach meiner Brieftasche ab, die, wie mir in diesem Moment einfiel, leer war. Ich hatte mein letztes Bargeld für SaltySnaps Kaugummi-Eis ausgegeben, und das letzte Mal, als ich meine Bankkarte in die Nähe eines Geldautomaten gebracht hatte, hatte dieser mich nur ausgelacht.

»Wie viel?«, fragte ich.

»Ich lasse es dich wissen«, sagte sie.

Ich schaute sie an.

Was meinst du damit? wollte ich gerade fragen.

Aber ich wusste, was sie meinte. Sie würde mich in naher Zukunft um einen Gefallen bitten.

Ich schüttelte zwei Kapseln auf meine Hand. Sie waren giftig grün; die Farbe des Apfels, den Schneewittchen von der Königin bekommen hatte.

»Pass auf«, sagte sie. »Die sind stark.«

Ich schluckte sie trocken, und sie blieben auf dem Weg nach unten in meinem Hals stecken. Sie wartete, bis ich ging.

»Brauchst du noch was?«

Ich hatte immer noch nicht entschieden, ob ich sie nach EverShade fragen sollte oder nicht. Es war äußerst riskant, aber wie sonst sollte ich es finden? Ich holte tief Luft, die Pillen steckten immer noch unangenehm in meinem Hals, und ich beugte mich vor.

»Wohin würdest du gehen«, sagte ich im leisesten Flüsterton, den ich konnte, »wenn du etwas brauchst, das... verboten ist?«

In ihren Augen blitzte etwas auf.

»Ich meine, ich weiß, wohin man geht«, sagte ich. »Ich weiß nur nicht, wie man dorthin kommt.«

»Du hast dort nichts zu suchen«, sagte die Dealerin. »Am besten bleibst du fern.«

»Normalerweise würde ich zustimmen«, sagte ich. »Aber ich habe einen Klienten... einen ehemaligen Ratszauberer. Er wird sterben, wenn ich nicht finde, wonach ich suche.«

Ihr Gesicht veränderte sich nicht. »Lass ihn sterben«, sagte sie.

»Er ist alt. Er hat große Schmerzen. Ich kann ihn nicht leiden lassen.«

»Du kannst nicht alle retten«, sagte sie. »Wenn du zum Markt gehst, werdet ihr beide leiden. Wenn ich du wäre, würde ich vergessen, dass ich den Namen je gehört habe.«

War sie eine Agentin? Warnte sie mich? Gab sie mir eine letzte Chance, aus dem Gespräch auszusteigen und zurück in meine Wohnung zu gehen, zurück ins Bett, wo Darick mich zurückgelassen hatte?

»Es gibt ihn also wirklich«, flüsterte ich. »EverShade.«

Sie starrte mich an. »Deine Entscheidung steht also fest?«

Dies war meine letzte Chance, einer lebenslangen Strafe in einem Arbeitslager zu entgehen.

»Meine Entscheidung steht fest«, sagte ich.

Ihre Augen zuckten wieder, dann schaute sie von mir weg, die Straße hinauf, und legte ihre Finger an die Lippen und pfiff.

Faex, dachte ich. *Faex, faex, faex.*

Mein Instinkt sagte mir, ich solle wegrennen, aber dann war ein Schatten an meinem Ellbogen.

»Belästigt dich dieser Zauberer, Lou?«, sagte er. Ich erhaschte einen Blick auf das Gold, das auf seinen Zähnen aufgemalt war.

Er trug dunkle Haut, eine Schirmmütze und eine Sonnenbrille, obwohl die Sonne auf der gegenüberliegenden Seite des Globus war.

Sie waren Ratsagenten und würden mich mitnehmen. Mein Verstand begann zu rattern, was ich als Nächstes tun sollte. Mein rechter Arm war außer Gefecht, aber ich konnte ihm immer noch in die Eier treten und dann meinen Zauberstab greifen-

»Ich gehe zum Markt. Ich bin in einer Stunde zurück. Pass auf meinen Posten auf«, sagte sie zu dem Mann, und er nickte. »Und gib mir deine Brille.«

Es dauerte einen Moment, bis ich verdaut hatte, was sie gesagt hatte, und dann war ich so erleichtert, dass ich fast auf dem Pflaster zerschmolz. Er reichte ihr seine Sonnenbrille, und sie setzte sie auf. Die Dealerin – *Lou* – packte meinen Arm. »Lass uns gehen«, sagte sie.

MEIN HERZ RASTE NOCH IMMER, als wir die Ecke verließen. Die Erleichterung, der Verhaftung entkommen zu sein, sowie die pharmazeutischen Wirkungen der Schmerzmittel ließen mich seltsam fröhlich und leicht high fühlen. Lou hielt meinen linken Arm fest umklammert, während wir durch die Stadt-straße eilten, die von Wasser aus einem sprudelnden, kaputten Rohr glitzerte. Autos hupten und Tuk-Tuks rollten vorbei, während wir uns durch Menschenmengen in Lederjacken bahnten, die nach Zigaretten und Stadtverschmutzung rochen. Einige Geschäfte waren noch geöffnet und beschallten die Umgebung mit Musik aus billigen Lautsprechern, und vor dem Laden für gebratenes Hähnchen zum Mitnehmen war eine Schlange so lang wie vor einem Wahllokal am Wahltag.

Wir bogen rechts an einem Discount-Modegeschäft mit beschädigten Schaufensterpuppen ab, dann rannten wir einen Block nach Westen und ließen die Menschenmassen hinter uns. Es war jetzt dunkler, und Gefahr funkelte in der schwarzen Luft um uns herum.

»Bist du sicher, dass du das willst?«, fragte Lou und schaute zu mir herüber. Ich nickte. Sie hatte ihre Tasche wieder geöffnet und zog etwas heraus. Ich fragte mich, wo wir als Nächstes abbiegen würden, aber dann war da ein schwarzer Stoffsack über meinem Kopf und das knackende Geräusch von Klebeband, das von seiner Rolle gezogen wurde. Niemand konnte meinen gedämpften Schrei hören, als die Dealerin das Band über dem Stoff um meinen Mund wickelte.

»Ganz ruhig«, sagte sie zu mir und zog mich weiter in die Dunkelheit. Ich versuchte, meinen Zauberstab zu greifen, aber mein rechter Arm nahm keine Anrufe entgegen. Es war dunkel und fast unmöglich zu atmen. Sie drehte mich herum, bis ich schwindelig war und mein Orientierungssinn verloren gegangen war, dann zog sie mich in eine enge Gasse, die nach Urin, Müll und Reue roch. Sie schmetterte mich gegen die Wand, was Blitze des Schmerzes von meiner Schulter durch meinen ganzen Körper jagte. Ich versuchte immer noch zu schreien, als sie ihre Handfläche gegen meinen mit Klebeband verschlossenen Mund drückte, und ich keuchte, um Luft durch meine Nase zu bekommen. Mein Herz versuchte, sich durch meinen Brustkorb zu hämmern.

»Ganz ruhig«, sagte sie wieder und lehnte sich gegen mich, drückte mich härter gegen die schmutzigen Ziegelsteine. »Ganz ruhig.«

Und dann murmelte sie etwas. Ich hörte nur den letzten Teil des Portalzaubers.

»... *Ianua sit.*«

Ich war gerade dabei, in ihre Hand zu beißen, als ich spürte, wie die Wand hinter mir weicher wurde. Es fühlte sich an, als würde sie kippen und nachgeben. Die Stellen, an denen ihr

Körper meinen berührte, fühlten sich elektrisch an, als würde sie einen Strom halten, der auf mich überging. Das Gefühl der Elektrizität wurde stärker und heißer, bis ich in ihre Handfläche schrie, und mit einem Lichtblitz fielen wir beide gemeinsam durch die Wand.

KAPITEL 20
SCHICKSALE &
ZUKUNFTSDEUTUNG

Wir fielen durch die Wand und einen Tunnel aus Staub und Funken hinab. Ich spürte, wie mein Körper gegen harte Oberflächen prallte: Sandkurven und Felsen. Als wir schließlich auf dem Boden aufschlugen, fühlte sich meine verletzte Schulter an, als stünde sie in Flammen. Ich hörte ein Klicken neben meinem Kopf.

»Tut mir leid«, sagte Lou, riss das Klebeband ab und zog den schwarzen Sack von meinem Kopf. »Ich weiß, es ist eine harte Reise, aber es dient deinem eigenen Schutz.«

Sie hatte eine Taschenlampe dabei, und das Klicken war das Einschalten gewesen. Sie ließ den Lichtstrahl um uns herum wandern und beleuchtete die dunklen Wände des Tunnels. Dies war kein gewöhnlicher SubRealm-Tunnel; es war kein alter Minenschacht oder aufgegebenes Abwasserrohr.

Ich rieb meine Schulter und funkelte Lou böse an. Ich war wütend auf sie, weil sie mich so behandelt hatte, wütend darüber, nicht die Kontrolle zu haben. Aber ohne ihre Hilfe hätte ich das Portal nie gefunden. Sie half mir vom harten Boden auf, und ich stieß mir den Kopf an der Decke.

»Was ist das für ein Ort?«, fragte ich und kämpfte darum, trotz der Panik und der Pillen, die noch immer in meinem Hals steckten, zu sprechen.

»So kommen wir nach EverShade«, sagte Lou.

Ich versuchte mich zu erinnern, wie wir hierher gekommen waren, aber alles war verschwommen.

Lou setzte ihre Sonnenbrille ab. »Versuch nicht, dir den Weg zu merken«, sagte sie mit elektrisch funkelnden Augen. »Du wirst nie wieder hierherkommen.«

Sie begann durch den Tunnel zu gehen, den Kapuzenkopf leicht gesenkt, und ich folgte ihr. Es fühlte sich fast wie im Ork-SubRealm an, aber etwas war anders. Es fühlte sich dunkler an. Wenn es so etwas gibt wie die Fähigkeit, das Böse in der Luft zu riechen, dann stank dieser Tunnel danach. Wir liefen zehn Minuten lang, und der Geruch wurde stärker, je weiter wir vorankamen, dann blieb Lou stehen.

»Bist du sicher, dass du weitergehen willst?«, fragte sie. Ihre Bedeutung war klar: Dies war der Punkt ohne Wiederkehr.

Du kommst vielleicht lebend heraus, aber du wirst nie mehr derselbe sein.

»Wir können umkehren. Wir können zurückgehen. Es ist noch nicht zu spät.«

»Ich will weitergehen«, sagte ich. Das stimmte nicht ganz. Was ich wollte, war ein Drink, ein warmes Abendessen, ein Bad und eine gute Nachtruhe. Ich wollte, dass meine Schulter aufhörte, vor Schmerz zu pulsieren. Aber nichts davon würde passieren, bevor ich nicht herausfand, wer das Voodoo-Serum kaufte.

Sie sah mich an, und ich sagte: »Ich habe keine Wahl.«

Wir liefen etwa weitere zwanzig Minuten, wobei der Tunnel sich in alle Richtungen wand, bis mein Orientierungssinn so verwirrt war, dass ich hätte schwören können, wir liefen dorthin zurück, wo wir hergekommen waren. Der schwingende Lichtstrahl der Taschenlampe und die Monotonie des Gehens wirkten hypnotisierend, und der Schmerz in meiner Schulter verblasste zu einem leisen Summen.

»Fast da«, sagte Lou, als sie bemerkte, dass ich langsamer wurde. Meine Nerven begannen zu knistern und weckten mich auf.

»Gibt es etwas, das ich wissen sollte?«, fragte ich.

Lou wollte gerade etwas sagen, als ein Schimmern im Strahl der Taschenlampe erschien; etwas Silbernes an der Wand. Wir hielten an, und ich sah die Markierungen: Kratzer und einen Strich alter blauer Farbe. So subtil, dass man daran vorbeilaufen würde, wenn man nicht wüsste, wonach man sucht. Lou packte das silberne Ding, das sich als eine Art Griff herausstellte, und zog daran. Eine kleine Tür öffnete sich mit einem schweren *Klonk*, und der Lärm einer geschäftigen Straße strömte aus der Türöffnung. Ich trat vor, bereit hineinzuschlüpfen, aber dann spürte ich eine Hand, die gegen meine Brust drückte.

»Warte«, sagte Lou. »Du kannst nicht einfach so reingehen, wie du aussiehst.«

Ich schaute auf das, was ich trug, und hätte mich am liebsten selbst getreten, dass ich den Glamour-Trank nicht mitgebracht hatte, den ich bei *Mason & Sons* gekauft hatte.

»Hast du einen Hut oder so was?«, fragte sie.

Ich schüttelte den Kopf und fühlte mich wie ein Trottel, als ich auf Lous Kapuze blickte und mich an meinen Nano erinnerte.

»Nano. Kapuze.« Mein Nano schlängelte sich aus meiner oberen Tasche und verwandelte sich in eine Kapuze, die sich an meinen hochgestellten Kragen heftete.

»Besser«, sagte sie, nahm dann die Sonnenbrille ab und reichte sie mir.

Ich nahm sie dankbar an und setzte sie auf. Ich hatte erwartet, in dem ohnehin dunklen Tunnel nichts mehr sehen zu können, aber sobald sie an Ort und Stelle saß, schaltete sie die Brille ein, und alles erstrahlte in leuchtendem Grün. Nachtsichtbrille. Ich schaute zu Lou, die jetzt ein neongrüner Geist war.

»Was ist mit dir?«

»Ich gehe nicht hinein«, sagte sie, und bevor ich etwas anderes sagen konnte, schob sie mich durch die Tür in das summende Gedränge des Nachtmarktes. Als ich zurückblickte, war die Tür verschwunden, und an ihrer Stelle stand ein alter hölzerner Handkarren.

An die Nachtsichtbrille musste ich mich erst gewöhnen, und ich stolperte über das Kopfsteinpflaster, bis ich mit der geringen Tiefenwahrnehmung zurechtkam. Ich hatte das Gefühl, als hätte Lou mich nicht nur in ein paralleles Reich, sondern auch in der Zeit zurück geportet. Die Szene hätte direkt aus dem 16. Jahrhundert stammen können, wenn man die Lichterketten ignorierte, die von den oberen Enden der Holzstände hingen.

Die Menschenmenge war auch desorientierend, weil es so viele verschiedene Arten gab und alle so beschäftigt waren mit Reden und Feilschen und Handeln, dass ich das Gefühl hatte, in diesem tosenden Meer zu ertrinken, wenn ich nicht zurückblieb. Ich hatte noch nie so viele verschiedene Kulturen an einem Ort gesehen. Einige der Kreaturen hatte ich noch nie in meinem Leben gesehen, und sie jagten mir das Herz in die Hose. Ein Mann mit dem Brustkorb eines Supermodels und einem wütenden Oktopuskopf: ein Feuerwehrmannskörper, aber vom Hals aufwärts *Cthulhu*. Die gierigen Arme des Kopffüßers peitschten und wanden sich, als er an mir vorbeiging, und es war, als könnte ich sein gallertartiges Fleisch auf meinem spüren, an meine Haut gesaugt, und ich schauderte. Ich ging langsam und versuchte, mein Gesicht zu verbergen, ohne durch dieses Verhalten Aufmerksamkeit zu erregen. Es gab Kobolde und Orks in Hülle und Fülle, wie ich es vermutet hatte, und die meisten der Marktstände wurden von ihnen betrieben. Die Nachtluft war schwer von einer Suppe aus Gerüchen. Verzaubertes Räucherwerk, magische Kerzen, Trankzutaten. Ork-Körpergeruch und Koboldatem und Werwolfräude. Über dem geschäftigen Treiben blinkten und funkelten die Lichter, die über den provisorischen Kiosken aufgehängt waren. Der ganze Markt sah aus, als könnte man ihn in wenigen Minuten einpacken und weglaufen, was, wie ich vermute, manchmal passiert, wenn es eine Razzia gibt.

Eine Frau ging an mir vorbei und warf mir einen seltsamen Blick zu, und ich wandte mein Gesicht ab. Sie hatte langes blondes Haar, stumpf geschnitten wie eine billige Perücke, und ein plastisch aussehendes Gesicht. Ich war mir sicher, dass es ein Glamour war. Sie erinnerte mich an eine echte Barbie, was mich an Gizmos leere Villa denken ließ. Wenn es je einen Zeitpunkt gab, an dem ich das magische Frettchen brauchte, dann jetzt. Wie sollte ich überhaupt herausfinden, wer das Serum verkaufte? Und selbst wenn ich den genauen Stand fände, wie würde ich herausfinden, wer das Zeug kaufte? Ich versuchte, die Fragen, die meinen Kopf füllten, zu ignorieren und mich nur auf den nächsten Schritt zu konzentrieren. Ich ging an einer alten Vettel vorbei, die Hexereien und Tinkturen verkaufte. Als ich ihr Gesicht betrachtete, runzelig und ohne die meisten ihrer Zähne, spuckte sie in meine Richtung und spuckte auf den Boden. Der nächste Stand wurde von einem Oger betrieben, der mindestens vier Meter groß gewesen sein muss, und der nächste war ein Ork, der Bane-Gewänder – vergiftete Kleider – in allen Größen verkaufte, darunter auch orkgroße Dessous und gemütlich aussehende Pyjamas, was mir besonders grausam erschien.

Ein Mann rempelte mich an. Ich entschuldigte mich automatisch, aber er ging einfach weiter, den Kopf gesenkt. Es dauerte einen Moment, bis ich begriff, was gerade passiert war, und als ich meine Tasche nach meiner Geldbörse durchsuchte, war sie weg.

Ich hätte es wissen müssen. Ein dunkler Markt wie dieser ist der perfekte Ort für Taschendiebe. Zuerst fühlte ich mich ausgeraubt – was technisch gesehen auch stimmte –, aber dann erinnerte ich mich daran, wie leer der Geldbeutel war, und ich dachte, *Ha, der Witz geht auf seine Kosten*. Ehrlich gesagt war ich froh, das Ding los zu sein. Es war wie mein Kühlschrank, da seine ständige Leere mich täglich daran erinnerte, wie ich im Leben versage. Eine Erinnerung daran, wie leer ich bin.

Eine Frau ergriff meine linke Hand, eine Zigeunerin mit einem Deck Tarotkarten, die auf ihrem Tisch aufgefächert waren.

»Hallo, Liebes«, sagte sie, ihre Augen wie feuchte, mit Kajal umrandete Juwelen. »Komm her, komm näher.«

»Nein, danke«, sagte ich und versuchte, meine Hand aus ihrem drängenden Griff zu befreien. Sie trug einen Knäuel wollener Schals mit blinkenden goldenen Pailletten, und ihr Haar war ein Vogelnest aus üppigen braunen Locken, die mit einem spitzen Elfenbeinstab festgesteckt waren. Das Schild über ihrem mit lila Samt verhängten Stand trug die Aufschrift *CHIROMANTIE: Schicksale & Zukunftsdeutung*.

»Ich lege dir die Karten«, sagte sie, ihre Schichten bunter Kleider wogten, als sie mich näher zog, ihr Atem nach billigem Rotwein riechend.

»Nein«, sagte ich, aber sie ließ nicht los. Ich saß fest und wusste, dass ich keine Szene machen konnte.

»Du musst nur bezahlen, wenn du weißt, dass es stimmt«, sagte die dunkelhaarige Frau, ihr Make-up aus Glitzer und Holzkohle verlief ineinander auf ihren glänzenden Augenlidern.

»Ich habe keine Zeit«, sagte ich. »Lass los.«

Sie tat so, als hätte sie mich nicht gehört, und drehte meine Hand um, bewegte die Kuppe ihres alten, glänzenden Fingers über meine schweißnasse Handfläche. Ihr Mund bewegte sich in lautlosen Formen, als sie die Augen in Konzentration verengte und die Karte der Falten auf meiner Hand las.

Ich wollte meinen Arm zurück. »Ich habe kein Geld«, sagte ich, aber diesmal war sie so tief in ihrer Trance, dass sie mich wirklich nicht hörte. Kurz bevor ich ihn ihr entreißen wollte, öffneten sich ihre Augen weit, und dann wurde ihr Körper nach hinten geschleudert, als hätte ich einen Blitzzauber auf sie geschleudert. Der Tisch landete auf der Seite, und die Tarot-karten flogen um uns herum in die Luft. Die Leute drehten sich um und schauten, und ich senkte mein Gesicht, zog die Kapuze zurecht, um mein Gesicht zu verbergen. Die Wahrsagerin schrie auf, als ob sie Schmerzen hätte, umklammerte ihre Hände und blickte mich mit einem vor Schreck weißen Gesicht an, dann begann sie, in einer fremden Sprache zu schreien, die ich für Romani hielt.

Hat sie einen Zauber gesprochen? Hat sie mich verflucht?

Ich wollte nicht herumstehen, um es herauszufinden. Ich begann mich zu entfernen, vorbei an der Menge, die sich um uns versammelt hatte, und sie schrie mir zu, anzuhalten. Ich duckte mich und bog um einen Eckkiosk herum und huschte zur nächsten Gasse, während ich meine schwitzenden Hände an meiner Jeans abwischte.

KAPITEL 21
UNTER KEINEN UMSTÄNDEN EINEN GEFALLEN VON EINEM WERWOLF ANNEHMEN

Es dauerte eine Weile, bis sich meine Atmung normalisierte. Ich bahnte mir meinen Weg an weiteren Ständen und seltsamen Kreaturen vorbei. Ein Mann, außer einem Kilt völlig nackt, sang ein betrunkenes Lied, während er hicksend die Gasse der Buden entlanglief. Erst als er an mir vorbeiging, sah ich seinen Alligator-Schwanz, der hinter ihm über das Kopfsteinpflaster schleifte. Eine Gruppe junger Hexen mit knallrotem Lippenstift kreischte im Vorbeigehen. Es schien, als würde ich mich der geselligeren Seite des Schwarzmarktmarktes nähern.

»Hemlock Daiquiri?«, flüsterte mir ein Mann ins Ohr.

Erschrocken schaute ich auf und sah einen schlanken Mann mit einer Anonymous-Maske, der mich anlächelte und mir einen gefährlich aussehenden Cocktail entgegenhielt. Er stand vor seiner provisorischen Bar auf Rädern. Flaschen verschiedenster Formen und Farben säumten die Theke, dazu Schalen mit anderen Zutaten: gegrillte Orangenscheiben, frische Thymianzweige, Muskatnusszucker. Zimtrindenrauch strömte aus einer silbernen Dose, die mich an den Blechmann aus dem Zauberer von Oz erinnerte.

»Nein, danke«, antwortete ich.

Machte mich das zu Dorothy?, fragte ich mich.

Der schmierige Kopfsteinpflasterweg unter mir war kaum die gelbe Backsteinstraße, aber hier gab es sicherlich jede Menge Scharlatane und böse Hexen. Es hätte mich nicht überrascht, wenn auch noch fliegende Affen aufgetaucht wären.

»Natürlich nicht«, sagte er. »Kein Daiquiri für dich. Du bist eher ein Wodka-Mädel.« Das blaue Crushed Ice verwandelte sich in einen Martini, und der weiße Rauch strömte heraus und erfüllte die Nachtluft mit warmem Gewürz. Der Mann in der Anonymous-Maske bewegte das Getränk näher zu mir. »Geräucherter Martini?«

»Nein.«

Der Martini verschwand und an seiner Stelle erschien ein limetten-grün leuchtender Manhattan. »Magischer Manhattan«, sagte er.

Ich ging weg von dem maskierten Mann und seiner Bar auf Rädern. Es wurde spät, und einige der Händler packten bereits zusammen. Ich musste die Kreatur finden, die das Voodoo-Serum verkaufte, bevor er oder sie den Schwarzmarkt verließ.

Ich zuckte zusammen, als eine Schlange in einem Käfig mich anzischte, und als ich den Verkäufer ansah, zischte er mich ebenfalls an. Alles an seinem Stand war mit Schlangenhaut überzogen, einschließlich seines Stabes, der einen Schlangen-kopf aus Kupfer am Griff hatte.

»Du bist weit weg von zu Hause«, kam eine Stimme vom nächsten Stand.

Ich begann mich trunken zu fühlen von all den Eindrücken, Geräuschen und seltsamen Dingen um mich herum. Außerdem wirkten die Pillen des Dealers jetzt richtig, und meine Sicht prickelte an den Rändern.

»Ist das so offensichtlich?«, fragte ich den Mann hinter dem Tresen. Aus seinem Kragen und seinen Ärmeln sprossen Haarbüschel, und sein Gesicht war ein einziger großer Einheitsbart. Er roch nach Hundespeichel, warmen Steinen und frisch geschlachtetem Fleisch.

»Du auch«, sagte ich, und er lachte.

Es gibt etwas an einem Werwolf-Lachen. Es ist ansteckend.

»Ich kann dir helfen zu finden, wonach du suchst, wenn du willst.«

»Ich kann dich nicht bezahlen«, sagte ich, und als er anfing zu antworten, unterbrach ich ihn. »- und ich will einem Werwolf keinen Gefallen schulden.«

Er lächelte mich an, und seine großen Eckzähne glänzten unter dem Schein der Lichterketten über uns. Nun, ich würde Leuten wie Bron raten, dass man unter keinen Umständen jemals einen Gefallen von einem Werwolf annehmen sollte, aber mir lief die Zeit davon.

»Ich wollte sowieso gerade zusammenpacken«, sagte er und blickte zum Himmel. Da sah ich, dass Vollmond war. »Es wird Zeit für mich, von hier zu verschwinden.«

Ein zusätzlicher Büschel braunen Fells wuchs oben aus seiner Hand, als er seine Sachen packte, und er wurde ein paar Zentimeter größer, aber gebeugter. Er bündelte die Felle von seinem Tresen und verschnürte sie mit einer Schnur, dann warf er sie in den klaffenden Schlund seiner Tasche am Boden.

»Wonach suchst du?«, fragte er und blinzelte mich mit seinen langen Wimpern an. Die Kette aus Tierzähnen um seinen Hals klickte bei jeder Bewegung.

»Tränke«, sagte ich.

»Ah, damit wirst du keine Probleme haben. Die gibt's überall auf dem Markt. Gleiche Tränke, gleiche Preise. Wie McDonald's. Es gibt einen in dieser Gasse, nur ein paar Stände weiter. Der hässlichste Troll, den du je zu Gesicht bekommen wirst. Er nennt sich Alchemist Larson, aber eigentlich ist er nur ein pensionierter Bibliothekar. Wir nennen ihn den krummen Larry.« Der Werwolf schenkte mir ein schiefes Lächeln, das ich nicht erwiderte.

»Nicht irgendein Trank«, sagte ich und blickte in seine hungrigen braunen Augen. Er hörte auf zu packen und richtete sich auf. »Ah.«

Ich roch die Waldblätter auf seinem Fell und das Blut. Ich konnte sehen, dass er darüber nachdachte, mir einen Vortrag zu halten, dass ich nicht in EverShade sein sollte, nicht mit einem Werwolf reden sollte und ganz sicher nicht in Erwägung ziehen sollte, vom Rat verbotene Substanzen zu kaufen, aber dann zuckte seine Nase und er sprach weiter.

»Dann suchst du die Ork-Enklave.« Er zeigte mit zwei seiner langen, behaarten Finger, die mit schmutzigen gelben Klauen gekrönt waren, nach Nordosten. »Sie mischen sich nicht gern unter uns Schlammvolk.«

Ich wollte ihm etwas geben, aber meine Taschen waren leer.

»Du schuldest mir nichts«, sagte er, hüpfte auf der Stelle und schulterte seinen Rucksack. Er salutierte mir, und ich beobachtete, wie das Mondlicht auf seinem flaumigen Rücken glänzte, als er davonging.

DIE ORK-ENKLAVE ERINNERTE MEHR an das SubRealm, das ich kannte, mit breitbrüstigen Orks, die herumstolzierten, sich gegenseitig angrunzten und *Ork Extra Lager* tranken. Als ich mich näherte, hörte ich Goblin-Punk-Musik, die mich an die Nacht erinnerte, in der die Gang den Ork-Paten niedergeschossen hatte. Er hatte überlebt, nur um am nächsten Tag durch die Hände seiner Frau zu sterben und eine ganze Nation von Orks führungslos zurückzulassen. Man konnte es in der Luft spüren. Sie waren schon immer wilde Kreaturen gewesen, aber jetzt, da sie niemanden mehr hatten, dem sie Rechenschaft ablegen mussten, konnten sie ihre Hemmungen vergessen – die, um fair zu sein, ohnehin minimal waren – aber es machte sie auf jeden Fall gefährlicher.

Überall, wo ich hinschaute, sah ich das Hammerskin-Logo, was mein Adrenalin in die Höhe schießen ließ. Die Khargol-Familie war bösartig, mörderisch und kannte keine Gnade, aber die Hammerskins ließen sie im Vergleich wie die verdammte Brady Bunch aussehen. Die Hammerskins waren Neonazis mit einem Beweisdrang. Sie hatten sich jahrzehntelang gegen Don Vito Or'Capone aufgelehnt, und jetzt, da er mit den Fischen schwamm, wussten sie, dass es ihre Chance war zu glänzen (*glänzen* ist in diesem Fall ein passendes Wort, denn der Durchschnitts-Ork ist eine abstoßende Kreatur, und das Einzige, was an ihnen glänzt, sind ihre Hinterhof-Ork-Stahl-

Messer, mit denen sie kein Problem hätten, dir in den Rücken zu stechen).

Im Hauptteil des Schwarzmarktes konnte ich mich bis zu einem gewissen Grad einfügen, wegen des Schmelztiegels der Kulturen, aber als ich in die Ork-Enklave kam, wurde ich zu einem Alien. Ich verfluchte mich erneut dafür, nicht vorausgedacht zu haben und den Glamour-Trank mitzubringen. Die Orks hielten inne und starrten, als ich durch ihren Bereich lief, als wäre ich neonpink angemalt. Sie lachten und vergossen Bier übereinander und pfiffen mich an, als ich vorbeilief, fragten mich, ob ich mich verlaufen hätte und warum ich nicht lächelte. Es gibt nichts Schmeichelhafteres als von einem Tisch betrunkener, kahlköpfiger, neonazistischer Orks angebaggert zu werden.

Ich schlängelte mich durch die Orks, die nur zum Feiern hier zu sein schienen, und bewegte mich in Richtung der seriöser aussehenden Typen. Hier gab es mehr Bierstände und Foodtrucks als auf dem allgemeinen Markt, und die geschäftlicheren Stände befanden sich im Schatten, ganz hinten. Während ich versuchte, die in meinen Rücken schneidenden Blicke abzuschütteln, überprüfte ich schnell die angebotenen Artikel. Verzauberter Schmuck; »Liebestränke« (ich hatte das Gefühl, dass dies nur ein Pferde-Beruhigungsmittel war, nicht unähnlich dem, mit dem ich bei meinem letzten Besuch im SubRealm betäubt worden war); magische Perücken und Selbstbräuner sowie Elvish-Presley-Westen. Als ich am Ende der Standreihe ankam, die auf eine Straße mündete, raste ein Motorrad vorbei und schnitt mir den Weg ab.

War das alles? dachte ich, als ich mich umdrehte und die Verkäufer noch einmal anschaute. Ich muss zugeben, dass ich eher enttäuscht war über den Mangel an Schmugglerware im

Angebot. Und ich verstand nicht, warum sie das Risiko eingingen, auf einem verbotenen Markt in China hergestellte Westen zu verkaufen, wenn sie das auch auf einem lokalen (legalen) Flohmarkt tun konnten.

Nein, ich übersah etwas. Ich übersah definitiv etwas.

Da sah ich das Motorrad wieder. Ein Goblin parkte es am anderen Ende der Standgasse. Er zog seinen übergroßen weißen Helm ab, verstaute ihn im Staufach und steckte etwas Kleines in die Gesäßtasche seiner Hose. Während ich zusah, machte er ein paar Schritte nach vorne, öffnete einen unsichtbaren Vorhang, trat hindurch und verschwand. Ein Portal innerhalb eines Portals.

Das ist nicht EverShade, wurde mir klar. *Was auch immer hinter diesem Vorhang ist, das ist EverShade.*

Ich folgte eilig den Fußstapfen des Goblins, fand den Vorhang und zog ihn auf. Dahinter schien nichts zu sein, aber als ich meinen Fuß nach vorne schob, verschwand er. Ich holte tief Luft und trat durch das Portal.

KAPITEL 22
SCHWARZER SIRUP

Von hier kam also dieser Gestank des Bösen. Die Luft war davon geschwängert, und ich versuchte, nicht zu würgen, als er mir in die Nase und den Hals kroch. Er war unheimlich und abstoßend und ließ Orkatem wie Rosen an einem frischen Frühlingstag riechen. Sogar meine Augen, durch die Sonnenbrille geschützt, begannen zu tränen. Wie hielten sie das aus? Es war wie in einem Nagelstudio, das von Psychopathen betrieben wurde. Ich nahm die Sonnenbrille ab, um mein Gesicht abzuwischen.

»Nano. Maske«, sagte ich, und mein Nano verwandelte sich von einer Kapuze in eine schwarze Maske, die perfekt auf mein Gesicht passte. Das Netz vor meinem Mund beseitigte den Geschmack der schwarzen Magie nicht vollständig, aber zumindest konnte ich atmen, ohne zu würgen.

EverShade war ein hungriger schwarzer Raum. Schwarz auf Schwarz auf Schwarz. Die Schmerzmittel sorgten für einen Hauch Farbe, und es sah aus, als würden Nordlichter am Rand meines Sichtfelds schimmern. Mit der Maske über meinem Gesicht fühlte ich mich sicherer, um mich zu bewegen, aber der physische Akt des Durchschreitens dieses dunklen Ortes war schwierig, als würden Finger mich zurückhalten. Als ob all die gute Magie in mir rebellierte und mich von innen zurückzog, wollte, dass ich gehe. Ich konnte die Präsenz der Leere überall um mich herum spüren. Normalerweise schien sie eine glückliche und wohlwollende Energie zu sein, aber hier flackerte sie gefährlich. Ich musste so schnell wie möglich aus diesem seltsamen Ort raus.

Die Wesen hier trugen alle schwarze Roben und schlichen mit gesenkten Köpfen umher, wie depressive Mönche. Es gab minimale Kommunikation, überhaupt nichts wie auf dem Markt, von dem ich gerade kam. Fragen, Antworten und Geld wurden alle unter einer schweren Decke der Stille ausgetauscht. Ich ging zum ersten Tisch, auf dem keine Waren ausgestellt waren, und der Mann mit dem reptilienartigen Gesicht sah mich an, seine Schuppen glänzten im schwachen Licht. Sein Echsengesicht erschreckte mich, und ich war doppelt dankbar für die Maske, die meinen entsetzten Gesichtsausdruck verbarg. Seine dünne rote Zunge schoss in meine Richtung, die Luft zwischen uns witternd.

»Sie gehören nicht hierher«, zischte er. »Spion.« Er sah sich um, wahrscheinlich überlegte er, ob er es verkünden und mich auf der Stelle lynchen lassen sollte.

»Nein!«, sagte ich mit hartem Flüstern. »Kein Spion.« Ich sah mich ebenfalls um und hoffte, dass niemand ihn hatte sprechen hören.

Er starrte mich an, seine Zunge bewegte sich schnell vor und zurück. Versuchte, meine Essenz zu schmecken und den Grund, warum ich dort war, wo ich nicht hingehörte.

»Ich brauche etwas«, sagte ich, und er starrte mich weiter an, seine kleinen Echsenaugen verrieten nichts. »Voodoo-Serum«, flüsterte ich. *»Spiritus Morbus.«*

Er hörte auf, mit der Zunge die Luft zu schmecken.

»Verschwinden Sie, Zauberer«, sagte er, »oder Sie werden es bereuen, mich je gesehen zu haben.«

Um seine Drohung zu veranschaulichen, öffnete er seine schwarze Robe und entblößte einen Werkzeuggürtel mit verschiedenen silbernen Werkzeugen, die daran hingen. Sie sahen aus wie Gerätschaften von einem Foltertisch: Spieße, Klingen, Zangen. Ich riss meinen Blick weg und gab mein Bestes, um zu verschwinden.

Die Situation erschien aussichtslos. Ich war weit weg von zu Hause und völlig überfordert. Ich hatte es schon früher mit dem Bösen zu tun gehabt, meist in Form von gewalttätigen Vampiren, aber in EverShade fühlte es sich an, als würde ich in schwarzem, sinkenden Sand laufen. Jede Person, an der ich vorbeiging, hatte ihre eigene Art von Bösartigkeit, die wie dunkle, rauchige Heiligenscheine um ihre Köpfe wirbelte. Ich wusste nicht, wie ich das Serum finden sollte, und ich begann zu denken, dass der Besuch des schwarzmagischen Marktes von Anfang bis Ende eine schreckliche Idee gewesen war. Ich hätte Willard einfach sagen sollen, dass ich nichts für Abarim tun könnte. Aber dann dachte ich an den alten Zauberer, der in seinem von Schweiß und Blut befleckten Bett schrie, und ich wusste, dass ich niemals mit mir selbst leben könnte, wenn ich einfach weggegangen wäre.

Meine Energie begann zu schwinden, als ob der Markt an meiner Kraft zehrte. Ich beobachtete die Menschen in schwarzen Roben, die umherwanderten, und ich fühlte mich außerordentlich müde und einsam, als ob ich nie wieder Glück empfinden würde. Der Boden strahlte eine magnetische Kraft aus, die versuchte, mich nach unten zu ziehen. Ich ging weiter durch den schwarzen Sirup, mein Licht verblasste mit jedem Schritt. Der böse Gestank hatte jeden Teil von mir bedeckt, und ich spürte ihn auch in meiner Brust und in meinem Gehirn.

Dieser Ort sollte mit einer Warnung versehen sein, dachte ich. *Wie diese Zigarettenschachteln mit Bildern von kranken Organen. Holzkohle-Hals und getinte Lungen. Dieser Ort gibt dir ein sternenloses Herz.*

Ich entdeckte den Kobold wieder, denjenigen, der mir unwissentlich den Weg hinein gezeigt hatte. Vielleicht war ich verzweifelt, aber ich dachte in diesem Moment an ihn als meinen Glücksbringer. Ich beschleunigte mein Tempo, da ich nicht wollte, dass er wieder verschwindet. Er besuchte verschiedene Stände, übergab Goldmünzen und Kreditkartenbelege und erhielt im Gegenzug Taschen und Kartons mit Produkten. Ich folgte ihm und versuchte zu hören, was er zu den Verkäufern sagte.

»... es muss bis ein Uhr morgens dort sein, Zeel«, sagte der Besitzer und reichte eine schwarze Plastiktüte. Auf seinem Tisch oder in der Auslage hinter ihm waren keine Produkte zu sehen.

»Kein Problem«, sagte der Kobold und schaute auf seine Uhr. Er kritzelte in sein kleines Notizbuch und steckte dann seinen Bleistift über sein ledernes Ohr. »Ich mache es zu meinem ersten Halt.« Die Beute wanderte in seine Tragetasche und das Buch in die Gesäßtasche seiner schmutzigen Jeans.

Der Kobold war ein Kurier. Ein Funken Hoffnung erhellte meine Gedanken. Ich musste nicht herausfinden, wer das

Serum verkaufte, alles, was ich brauchte, war dieses kleine Buch.

Ich folgte Zeel heimlich zu seinem nächsten Halt, wo ein Ork ein kleines Tier auf seinem Tresen häutete. Es war ein brutaler Anblick. Ich musste meine Augen abwenden, und dabei fiel mir das Tattoo auf seiner Schulter auf. Er war ein Hammerskin. Der Kobold schien überhaupt nicht beunruhigt von dem Kadaver.

»Zeel«, grunzte der Ork und deutete auf die zwei kleinen Schachteln neben ihm. »Zwei.«

Der Kobold nahm sein Buch heraus und griff nach seinem Bleistift, notierte die Adressen und lehnte sich dann über das blutende rosa Fleisch auf dem Tresen, um die Pakete zu greifen, die auf ihn warteten. Wie zuvor ging sein Bleistift hinter sein Ohr, sein Buch in seine Gesäßtasche. Als er den Hammerskin-Stand verließ, stellte ich sicher, dass ich direkt hinter ihm war, aber nicht zu nah, um ihn auf meine Anwesenheit aufmerksam zu machen. Ich klippte meinen Zauberstab ab und hielt ihn unter meinem Mantel.

Perfekter Ort zum Taschendiebstahl.

Ich spürte, dass ich sehr vorsichtig sein musste, wenn ich an diesem Ort Magie einsetzte. Es wirbelte so viel von dem dunklen Zeug herum, dass es leicht wäre, einen Fehler zu machen. Mein Griff um den Zauberstab meiner Mutter festigte sich. Ich sprach leise, kaum laut genug, um es selbst zu hören. Als Zeel langsamer wurde, um sich dem nächsten Tresen zu nähern, sagte ich *»Volas«*, und das Notizbuch glitt aus der Tasche des Kobolds und schwebte in die Luft. Ich schnappte es mir im Vorbeigehen, steckte es ein und duckte mich in den nächsten Gang, wobei ich so schnell wie möglich zum Portal zurückging, ohne Aufmerksamkeit auf mich zu ziehen. Am gegenüberliegenden Ende des Marktes fand ich den Stand des Echsenmannes, dann das Tor. Ich riss die unsichtbaren Vorhänge beiseite, trat hinauf und hinaus in die Ork-Enklave, die jetzt lärmender war als zuvor. Mein Herz hämmerte hart gegen meine Rippen, als ich an Zeels stehendem Motorrad vorbeiging, vorbei an den betrunkenen Anpöblern, und zurück zum kopfsteingepflasterten Nachtmarkt.

KAPITEL 23

BEGRABEN

D iese Nächte auf der Straße als Kind waren die härtesten Jahre meines Lebens. Ich erinnere mich an den Hunger, die Kälte, den bitteren, aschigen, sauren Gestank von uns Ferals. Die Art, wie die Leute uns anschauten, als wären wir etwas, das sie von ihren Schuhen kratzen wollten. Ich habe wichtige Lektionen von den Ferals gelernt, aber das Wissen, das ich am meisten schätze, ist die schnelle und dreckige Magie, die sie mir beigebracht haben. Genauer gesagt, wie man Taschen klaut. Ich zog meinen Trenchcoat enger um mich, während ich durch den Nachtmarkt zurückging, unter den Lichterketten. Ich steuerte direkt auf die alte Holztrollbahn in der dunklen Ecke zu, wo Lou mich abgesetzt hatte, aber ich konnte keinen Weg finden, das Portal zu öffnen. Ich schrammte meine Hand an den schmutzigen Ziegeln schwarz, als ich versuchte, den silbernen Griff zu finden.

»*Deodamnatus*«, fluchte ich, schlug frustriert gegen die Wand und lehnte mich dann dagegen. Ich schob die Maske hoch, von meinem Gesicht weg, damit ich richtig atmen konnte. Zeel hätte inzwischen schon bemerkt, dass sein Notizbuch fehlt, und ich wollte nicht in der Nähe sein, wenn die Schwarzmagie-Lieferanten Wind von dem bekommen würden, was passiert war. Ich hämmerte erneut gegen die Wand, aber sie blieb störrisch aus Ziegeln und Mörtel. Dann wuchs ein Schatten darüber.

»Wir treffen uns wieder«, sagte eine geschmeidige Stimme hinter mir.

Ich wirbelte herum. Es war die große, unbeholfene Frau mit dem Plastikgesicht und der stumpf geschnittenen blonden Perücke. Während ich zusah, krümmte sie ihre Finger unter der Perücke und zog sie ab, und ihre Maske löste sich mit ihr. Es war der Vampir mit den Wangenknochen. Blondie.

»Hallo«, sagte er. »Was für ein glücklicher Zufall.«

Nicht glücklich, dachte ich. *Kein Zufall.*

»Du hättest diesen Glamour anlassen sollen«, sagte ich. »Es war eine Verbesserung.«

Er grinste. Wir wussten beide, dass das nicht stimmte.

»Du bist mir gefolgt«, sagte ich.

»Es hat Spaß gemacht, dir zuzuschauen.«

Ich stellte mich auf die Zehenspitzen und schaute hinter ihn. Es gab einige Aktivitäten in der Enklave. Einige Leute sprachen mit erhobenen Stimmen.

Er schaute über seine Schulter. »Da scheint es unten etwas Aufregung zu geben.«

Ich blinzelte ihn unschuldig an und zuckte dann mit den Schultern.

Blondies Augen bohrten sich in meine. »Du hast nicht zufällig etwas in diesem Mantel versteckt, oder? Etwas, das dir nicht gehört?«

»Geht dich nichts an«, sagte ich.

»Weißt du nicht, dass dieses Portal um Mitternacht schließt?«, fragte er.

Was war das?, dachte ich. *Eine verzerrte Version von Cinderella? Nein, ich wusste nicht, dass das Portal um Mitternacht schließt. Ich war noch nie auf einem illegalen Nachtmarkt. Aber mit etwas Glück würde sich dieser nervige Vampir in einen Kürbis verwandeln. Wenn er etwas über meine Tage am Copperfield-Institut wüsste, würde er wissen, dass Kürbisse die besten Ziele für Bogenschieß-übungen abgeben.*

»Sie werden in ein paar Minuten hier sein«, sagte er. »Sie werden dich bei lebendigem Leib fressen. Weißt du, was sie mit Leuten wie dir machen?«

Ein Eiswürfel lief meinen Rücken hinunter. Ich schluckte schwer. Die Ziegelwand, an die ich mich gelehnt hatte, fühlte sich so fest an wie immer.

»Ich sollte dich gleich zu Asche verbrennen«, sagte ich. »Das würde dich davon abhalten, zu unpassenden Zeiten aufzu-tauchen.«

Der Lärm wurde lauter.

»Aber wenn du das tun würdest«, sagte der Vampir, »könnte ich dich nicht hier rausbringen.«

Ich erstickte an einem Lachen. »Du?«, sagte ich. »Glaubst du, ich würde irgendwohin mit dir gehen? Einem *Vampir*?«

Von hinter ihm kam Geschrei, Tische wurden umgestoßen, Lichter heruntergerissen. Ein Wirbelwind aus bösartiger Energie, der drohte, auch uns niederzumähen.

»Es sieht nicht so aus, als hättest du viel Auswahl«, sagte er und schaute wieder zurück.

Mein Gehirn surrte vor Panik. »Du würdest mich an einen schlimmeren Ort bringen als hier.«

»Das ist keine nette Art, deine Wohnung zu beschreiben«, sagte er, und ein Lächeln umspielte seine Lippen.

»Du bringst mich nach Hause?«

»Ich bringe dich, wohin du willst.«

»Ich glaube dir nicht.«

»Pfadfinderehrenwort«, sagte er. Er wusste, besser als *Vampirehrenwort* zu sagen, weil er wusste, dass es das nicht gab.

Es gab absolut keine Möglichkeit, dass ich freiwillig irgendwohin mit einem Vampir gehen würde. Keine Möglichkeit, nicht die geringste Chance.

Auf. Keinen. Fall.

»Jax«, sagte er dringend. »Sie kommen wegen dir.«

Ich schaute wieder hinter ihn, und diesmal entdeckte ich das reptilienartige Gesicht, und er sah mich gleichzeitig, und schrie auf, dann schritt er auf uns zu, seine Folterwerkzeuge schwangen an seinen Oberschenkeln und glänzten im Licht. Angst zerfraß mein Inneres, und ich blickte zu Blondie auf.

Besser der Teufel, den man kennt, richtig?

»Okay«, sagte ich, jede Silbe tat mir weh. »Bitte hilf mir.«

Der Vampir zog meinen Körper auf das fettige Kopfsteinpflaster und warf seinen Umhang über mich.

»*Ianua Sit*«, sagte er und verstärkte seinen Griff, verletzte meine Schulter, als er zudrückte. Ich stieß einen scharfen Atemzug aus, aber dann verschwand der Schmerz mit einem Lichtblitz, als wir zwischen den Steinen durchfielen und durch die Luft taumelten, dann in der Dunkelheit so schnell rutschten, dass ich nicht atmen konnte.

ALS ICH AUFWACHTE, saß ich in einem bequemen Sessel, in einer gemütlichen Lounge, die ich nicht kannte. Klassische Musik spielte durch ein unsichtbares Soundsystem. Der Raum war warm, das Licht war gedämpft, und die Einrichtung war stilvoll und teuer. Es war definitiv nicht meine Wohnung.

Blondie erschien, ein Wasserglas in jeder Hand. Ich griff nach meinem Zauberstab, aber er war weg. Meine Armbrust war zu Hause. Ich hatte einen Arm, um mich zu verteidigen.

»Wo bin ich?«, fragte ich. »Wo ist mein Zauberstab?«

Er reichte mir eines der Wassergläser, und ich schlug es ihm aus der Hand, bereit, es auf dem teuer aussehenden Boden zerschellen zu hören. Stattdessen hielt es inne, bevor es den Boden traf, und das Wasser, das herausgeschwappt war, wackelte in der Luft, dann fand es seinen Weg zurück ins Glas, das in Blondies Handfläche zurückflog.

»Sollen wir das noch einmal versuchen?«, sagte er. »Ich bin sicher, du musst durstig sein.«

Ich war durstig. Ich fühlte mich, als wäre ich eine Woche lang in einer Wüste gelaufen, nur mit Salz- und Essigchips als

Begleitung. Er hielt es mir noch einmal hin, und ich schüttelte den Kopf. Ich hatte in dieser Nacht schon viel zu viele Gefallen von viel zu vielen gefährlichen Kreaturen angenommen.

»Wo ist mein Zauberstab?«

»Ich gebe ihn dir zurück«, sagte er. »Ich wollte nur nicht, dass du mich hier in meinem eigenen Wohnzimmer zu Asche verbrennst.«

Ich starrte ihn an.

»Hab gerade erst die Teppiche neu machen lassen«, sagte er und lächelte.

Ich lächelte nicht zurück. »Du hast gesagt, du würdest mich nach Hause portieren.«

»Ich habe gesagt, ich bringe dich, wohin du willst. Du hattest keine Zeit, mir eine Adresse zu geben.«

»Also hast du mich hierher gebracht. Wie praktisch.«

»Das Angebot gilt noch. Ich bringe dich, wohin du willst. Aber-«

»Ja«, sagte ich. »Ich habe auf das *Aber* gewartet.«

»Aber wir haben etwas zu besprechen, zuerst.«

»Natürlich haben wir das«, sagte ich und trat mit meinen dreckigen Stiefeln gegen den Glascouchtisch.

Der Vampir starrte mich an. »Du könntest etwas Dankbarkeit zeigen, weißt du.«

»Dafür, dass du mich entführt hast?«

»Dafür, dass ich dein Leben gerettet habe. Du hast keine Ahnung, was sie mit dir gemacht hätten.«

Ich erinnerte mich an die züngelnde Zunge des Reptiliengesichts, seine glitzernden Werkzeuge.

»Worüber werden wir reden?«, fragte ich.

Blondie lachte. »Es gibt nur eine Sache, die wir von dir brauchen, Jacquelyn Denna Knight, und du weißt, was es ist.«

Frustration wütete durch mein Gehirn, und ich trat wieder gegen den Tisch, verletzte meine Zehen. »Ich habe dir gesagt, ich habe die HighFire-Krone nicht!«

»Aber du wirst sie für uns finden«, sagte er.

Jetzt war ich an der Reihe zu lachen. »Nein. Diese Krone ist geschmolzene Lava, Vampir. Geschmolzene Lava in einer Vulkan-Taschenrealm, die nicht einmal mehr existiert. Also nein. Ich werde sie nicht finden. Und wenn ich sie durch ein Wunder finden würde, würde ich sie sicherlich nicht an Vampire übergeben.«

Er neigte seinen Kopf und betrachtete mich nachdenklich. »Nichts, was ich sage, wird dich überzeugen?«

Ich dachte an seine Versprechungen über meine persönliche Akte. Die Namen meiner Eltern, die Adresse unseres Familienhauses, meinen eigenen echten Nachnamen, der mir verloren gegangen war. Ich wollte die Informationen so sehr, dass es in meinem Inneren schmerzte.

»Kannst du mir nur eine Sache sagen?«, fragte ich. »Nur eine Sache, die ich nicht weiß?« Dann räusperte ich mich und versuchte, die Verzweiflung aus meiner Stimme zu nehmen. »Nur damit ich weiß, dass du nicht über die Akte lügst?«

Blondie starrte mich noch eine Weile an, nachdenklich. »Okay«, sagte er.

Meine Lungen schwollen an.

»Was willst du wissen?«

Hundert schreiende Fragen stießen sich gegenseitig mit den Ellbogen, um an die Spitze der Schlange zu gelangen. Ich wollte die Antworten auf alle von ihnen wissen, ich war verzweifelt darauf aus, alles über das Leben zu erfahren, das mir entrissen wurde. Ich dachte an die Belore-Beerdigung: das üppige grüne Gras, die magischen Eichen, die hungrigen Löcher im Boden.

Ich räusperte mich erneut. »Ich möchte wissen, wo meine Eltern begraben sind.«

Der Vampir tat wenig, um die Überraschung in seinem Gesicht zu verbergen. Er nahm sich ein paar Momente, runzelte die Stirn und strich sich die Haare aus dem Gesicht. Dann schaute er mich an. »Du denkst, sie wurden *begraben*?«

KAPITEL 24

DAS MITLEID EINES VAMPIRS

Es war eine schwierige Entscheidung, die Adresse auszuwählen, zu der Blondie mich bringen sollte. Seine Portalmagie war beeindruckend, und ich konnte nicht anders, als eine widerwillige Bewunderung für seinen Zauber zu empfinden. Normalerweise mochte ich die Tatsache nicht, dass Vampire Zaubersprüche wirken konnten, aber sein elegantes Zaubern war mit Sicherheit der einzige Grund, warum ich noch atmete. Ich überdenke also meinen Standpunkt in dieser Sache, auch wenn es mir die Eingeweide verdrehte.

Blondie – dessen richtiger Name, wie er mir mitteilte, Lysander ist – hatte mir meinen Zauberstab zurückgegeben, nachdem ich angefangen hatte zu weinen. Ich war nicht stolz auf die Tatsache, dass ich mitten im Wohnzimmer eines Vampirs völlig zusammengebrochen war, aber es war ein langer Tag gewesen, und die Erwähnung meiner Eltern hatte mich bis ins Mark getroffen. Ich hatte mir meine Eltern immer friedlich in ihren Gräbern auf einem wunderschönen verzauberten Zaubererfriedhof vorgestellt, aber jetzt wusste ich, dass das nur eine kindische Fantasie war. Natürlich hatte dieser vernarbte Vampir in der Ecke ihres Schlafzimmers, dieser Mörder, ihre Körper nicht dort gelassen. Warum sollte er auch? Nein. Er hätte die Beweise mitgenommen, um sie zu beseitigen. Wie? Das war eines der wenigen Details, die ich nicht wissen wollte. Der Schmerz, der in mir liegt – der für immer in mir liegen wird – dehnte sich aus und heulte, und ich heulte mit ihm, was dazu führte, dass Lysander Mitleid mit mir hatte. Das Mitleid eines Vampirs! Was war aus meinem Leben geworden? Das brachte mich nur noch mehr zum Weinen.

Lysander gab mir meinen Zauberstab zurück und wiederholte den Deal. Die Akte im Austausch für die Krone.

»Versuch bis dahin am Leben zu bleiben«, scherzte er, was mich tatsächlich aufhören ließ zu weinen. Nicht weil es lustig war, sondern weil ich verstand, dass die Vampire mich am Leben halten wollten, wenn sie glaubten, dass ich die Einzige sei, die die HighFire-Krone finden könnte. Deshalb hatte Lysander mein Leben verschont – zweimal – und deshalb half er mir allem Anschein nach.

Aber ich durchschaute das Ganze und würde mich nicht von äußerst gutaussehenden Vampiren einlullen lassen, die es sich offenbar zur Gewohnheit gemacht hatten, meine Haut zu retten. Ich weigerte mich, mich in falscher Sicherheit zu wiegen. Lysander sorgte sich nicht um *mich*, er sorgte sich um die Krone, die, wie ich vermutete, das fehlende Puzzleteil für die Mission des Silvano-Clans war, das Reich zu übernehmen. Und wenn das passierte, wäre ich so gut wie tot, genau wie der Rest der erklärten Feinde der Silvanos – die in die Hunderte gingen – und dazu gehörten Ferras ganze Familie, die Belore-Zwillinge und Darick.

Als Lysander mich fragte, wohin ich wollte, war das keine leichte Entscheidung. Es gab vier verschiedene Orte, an denen ich sein musste: zu Hause, für eine wohlverdiente Pause. Ein Arzt, um normale, legale Schmerzmittel zu bekommen, die mich nicht die Nordlichter am Rand meines Sichtfelds sehen ließen. Der Bahnhof von *The Olde Worlde Railway*, um Tambo Vuleka und die verträumten Touristen zu schützen... und die Adresse, die ich im Liefernotizbuch des Goblinkuriers gefunden hatte. Seine Handschrift war grauenhaft, aber ich schaffte es, genau das zu finden, wonach ich suchte. Es war ein paar Wochen zuvor datiert.

2 oz SPIRITUS MORBUS V/S, stand da. S ABARIM. 106 MERLIN DRIVE. ORANGE GROVE.

Wenn ich nicht fast gestorben wäre, um dieses verdammte Notizbuch zu bekommen – und wahrscheinlich Jahre meines Lebens verloren hätte – hätte ich gesagt, dass es zu einfach war, dass die Adresse einfach so hingekritzelt wurde. Dann erinnerte ich mich an Lous grobe Portalmagie, an die Atemnot unter dem schwarzen Sack über meinem Kopf, an die verrückte Zigeunerin, den Werwolf, die Hammerskins, den gruseligen Reptilienmann, den schwarzen Sirup und die Entführung durch einen Vampir. Es war überhaupt nicht einfach gewesen.

Ich gab die Adresse an Lysander weiter, der sein Versprechen eingelöst und mich durch einen funkelnden grauen Tunnel direkt vor das Haus von Blimaex Abarims Bruder transportiert hatte.

Es war groß, weitläufig und sah von außen postapokalyptisch aus. Es war alles, was Blimaex' Haus war, nur auf den Kopf gestellt und in Bösartigkeit getaucht. Die Holzverkleidung verrottete und fiel ab, der Garten war ein Dschungel aus stacheligen Unkräutern und Brennnesseln, was ich erst bemerkte, als ich den Weg hochging, denn es war nach Mitternacht und ich hatte Lous Nachtsichtbrille irgendwo in EverShade verloren. Die Pflanze stach mich an meiner gesunden Hand; stach mich, als hätte sie eine persönliche Vendetta gegen mich. Als hätte ich ihre ganze Familie ausgelöscht und dies ihre einzige Chance wäre, Rache zu nehmen. Das Gift der gehässigen Pflanze knisterte auf meiner Haut und schickte einen scharfen, stechenden Schmerz meinen Arm hinauf. Steine ließen mich im Dunkeln stolpern, und Kletten sprangen wie hungrige Flöhe auf meine Kleidung.

Ich verstand die Botschaft laut und deutlich: Ich war nicht willkommen.

Ich schlich die verrottenden Stufen zur Haustür hinauf, die mit einem alten rostigen Vorhängeschloss gesichert war. Nur die 0 der Hausnummer 106 war noch an der Wand zu sehen.

»*Rumpis*«, flüsterte ich, und das Vorhängeschloss zerbröckelte mühelos in meinen Händen. Es hatte nur einen Hauch zerstörerischer Energie gebraucht, um auseinanderzufallen.

Ich legte meine Hand auf die Tür, bereit, sie aufzudrücken. Ich zögerte. Würde ich wirklich in das Haus eines Zauberers einbrechen, der sich der dunklen Seite zugewandt hatte? Ich hatte Glück, nach der Art von Tag, den ich erlebt hatte, noch am Leben zu sein. Als ich die Tür aufdrückte, hatte ich das furchtbare Gefühl, dass mein Glück gleich aufgebraucht sein würde.

KAPITEL 25

EINE BEWEGUNG DES HANDGELENKS

Die Tür knarrte, als ich sie öffnete. Natürlich tat sie das. Slyden Abarims Haus war wie das Musterbeispiel eines Spukhauses aus deinen schlimmsten Albträumen. Aber es war nicht auf die fröhliche Art spukhaft wie meine Wohnung, mit einem munteres Gespenst, das mir Streiche spielt und meine Wäsche macht. Dieses Haus wurde nicht von einem Geist heimgesucht, sondern von den bösen Taten, die der Zauberer vollbracht hatte. Die Dunklen Künste haben die Angewohnheit, dir in allem, was du tust, zu folgen. Es ist nichts, womit man beim Frühstück herumspielt und bis zum Abendessen sind deine Hände wieder sauber. Es heftet sich mit seinen schmutzigen Widerhaken an dich, krallt sich in deine Haut, dringt in dein Fleisch ein und verfärbt dein Skelett.

Dunkler Knochen, hatte Direktorin Copperfield uns damals im Klassenzimmer gesagt, ihr titanfarbenes Haar glänzte im Licht. Alles an diesem Haus war dunkel. Kein Wunder, dass sich jemand wie Slyden unter den Kreaturen in EverShade wohlfühlte. Er war einer von ihnen, und sein Haus war eine Verlängerung dieses Bösen.

163

Ich bahnte mir langsam und vorsichtig meinen Weg durch die Eingangshalle und widerstand dem Drang, meinen Zauberstab zu entzünden. Selbst im Dunkeln konnte ich erkennen, wie schmutzig und verfallen das Innere war. Ratten quiekten und huschten umher, Verwesungsgerüche umhüllten mich, und auf Tellern mit halb gegessenen Speisen wimmelte es von Maden. Saure Flüssigkeit blubberte in meiner Kehle und ich musste kämpfen, um sie unten zu halten. Ich musste aufhören mich zu bewegen, die Augen schließen und mich darauf konzentrieren, mich nicht zu übergeben. Da hörte ich die Beschwörung, wie das Summen einer riesigen Fliege, aus dem Zimmer im Obergeschoss, das vom sanftesten Flackern des Kerzenlichts umrahmt wurde. Mein Magen verwandelte sich in Stein.

Slyden war wach und er wirkte Magie. Das Murmeln hatte eine Wut in sich, eine Dringlichkeit, und ich wettete, dass er versuchte, seinen Bruder zu erledigen. Meine Wut begann in meiner Brust zu köcheln. Ich war nicht glücklich genug, Geschwister zu haben, und ich sehnte mich nach der Verbindung, die mir verwehrt wurde, besonders nachdem meine Eltern getötet worden waren. Aber dieser alte Zauberer hielt es für in Ordnung, nicht nur seinen eigenen Verwandten zu quälen, sondern seinen eigenen Blutsverwandten, seinen Bruder. Es war Zeit, dass jemand ihn aufhielt.

Ich stieg die Treppe hinauf, meine Wut und Entschlossenheit trieben meine Glieder an und ließen mich vergessen, wie müde meine Beine waren. Der Schmerz in meiner Schulter verblasste zu einem Hintergrundrauschen. Ich löste den Zauberstab von meinem Gürtel und ging im Kopf die Zaubersprüche durch, die ich einsetzen würde, um den Mann zu schwächen. Ich versuchte, meine Atmung zu kontrollieren, die angespannt war; versuchte, mein Herz davon abzuhalten, zu hämmern. Ein dunkler Zauberer kann dich mit einer Bewegung des Handgelenks töten. Ich musste schnell und hart vorgehen und hoffen, dass das Überraschungsmoment mir einen Vorteil gegenüber seiner Macht verschaffen würde.

Das Summen wurde lauter, und jetzt konnte ich einige Worte erkennen, von denen ich einige kannte, und sie ließen mich erschaudern. Wenn diese Beschwörung an seinen Bruder gerichtet war, würde Blimaex sicherlich sterben. Ich stellte mir vor, wie er starb, während ich dort stand, vor Slydens Zimmer. Stellte mir vor, wie Willard um ihn herumwuselte, ihm Wasser anbot und seine Laken wechselte, wohl wissend, dass all das keine Rolle mehr spielte. Nicht mehr.

Ich nahm einen tiefen, lautlosen Atemzug und hielt meinen Zauberstab fest. Ich ließ die Wut und Trauer in meiner Brust hochkochen, in meinen Hals und meine Arme hinunter, bis ich mich fühlte, als würde ich glühen. Ich sammelte all die Kraft, die ich anhäufte, und zwang sie durch meinen linken Arm und in meinen Zauberstab, als ich um die Ecke bog. »*Ignem Exquiris!*« schrie ich, und der heiße blaue Blitz schoss aus meinem Zauberstab in den Raum, in Richtung des schwarz gewandeten Zauberers, der in der Mitte stand.

Die Elektrizität prallte auf ihn, und ich beobachtete sein kreidiges Gesicht und seine schwarzen Augen, als er mich anstarrte, direkt in meine Seele blickte.

»*Ignem Exquiris!*« rief ich erneut, und ein weiterer Stromschlag durchschnitt ihn. Er starrte weiter, und ich hasste es, hasste, wie es sich auf meiner Haut anfühlte, als würde er mir etwas stehlen. Mein linker Arm war nicht so stark wie mein rechter, und zwei Blitzzauber reichten aus, um ihn auszubrennen. Ich riss meinen rechten Arm aus der *The Cure*-Schlinge und fing meinen Zauberstab mit meiner stärkeren Hand auf.

»*Glaciem Exquiris!*« rief ich und ich zwang die Angst in mir, zu Eis zu werden und durch meinen Zauberstab zu fließen und in Slyden Abarim einzudringen, der immer noch meine Augen und meine Haut in sich aufsog. Ein Eisstrom schoss aus meinem Zauberstab und durchbohrte den Zauberer in der Brust.

Hab ihn! dachte ich. *Hab ihn!*

Aber er ignorierte den Eiszapfen, der in seiner Brust steckte. Er stand immer noch und starrte.

»*Rumpis!*« rief ich. *Zerstöre!* Es gab ein Krachen und grauen Rauch. Aber er stand immer noch.

Ich würde den Todeszauber einsetzen müssen, dachte ich. Es ist kein Zauber, den ich jemals gerne benutzt habe; er war launisch und äußerst gefährlich, besonders wenn er gegen einen mächtigeren Zauberer eingesetzt wurde, aber keine meiner Elementarmagien wirkte. Ich sammelte meinen Mut und hielt meinen Zauberstab hoch. Es ist nicht einfach, einen Zauber zu schleudern, von dem man weiß, dass er sehr wohl dein letzter sein könnte.

Ich begann den Singsang, hielt aber inne, als ich bemerkte, dass Slyden nichts gesagt oder getan hatte, um sich zu schützen. Er hatte keinen Muskel bewegt. Ich schaute noch einmal in sein Gesicht und spürte, wie seine Augen sich in mich bohrten. *Was ging hier vor?*

Da war es schon zu spät. Ich trat vor und verstand, dass es überhaupt kein Zauberer war, sondern eine Chimäre. Ich drehte mich um, um dem Türrahmen entgegenzublicken, durch den ich gerade getreten war, und dort stand der echte Slyden Abarim. Er ragte über mir auf, sein schwarzgeädertes, blutleeres Gesicht lugte aus seiner Kapuze hervor, seine Augen tote Murmeln, schwarz glänzend. Er hob seinen Ebenholzstab und peitschte einen schwarzen Wirbelwind aus Seidenbändern um mich herum, der meinen Körper, meine Augen und meinen Mund fesselte. Mein Zauberstab klapperte zu Boden, als ich fiel, bewegungsunfähig, und Slyden packte meine Füße und begann, mich die Treppe hinunterzuziehen.

KAPITEL 26

FRIEDHOFSERDE UNTER MEINEN FINGERNÄGELN

Slyden Abarim schleifte mich an den Füßen die Treppe hinunter, und jeder Aufprall jagte einen grellen blauen Schmerzblitz durch meinen Körper. Er zog meinen Körper durch sein schmutziges, von Kakerlaken verseuchtes Haus, und als ich dachte, es könnte nicht schlimmer kommen, hörte ich das *Rumms* einer schweren Falltür, die geöffnet wurde, und mit rasselndem Atem zog er mich eine weitere Betontreppe hinunter in seinen Keller, wo die Wände so dick waren, dass unsere Geräusche – mein Stöhnen, sein Atmen – übertrieben klangen und die Außenwelt völlig verstummte. Nur ein schmaler Lichtstreifen drang durch das Band über meinen Augen, und er bewegte sich. Ich vermutete, dass es eine nackte Glühbirne war, die von der niedrigen Decke baumelte.

Dann ertönte ein nervenzerreißendes Krachen, und ich zuckte zusammen. Es war ein Drahtkäfig, der gewaltsam geöffnet wurde. Slyden warf mich hinein, und der Draht bohrte sich in meine Haut. Der Käfig war groß genug, um mich in eine sitzende Position zu ziehen, aber nicht hoch genug, um zu

169

stehen. Er erinnerte mich an die Käfige in der Reef Hall im SubRealm, in denen die magischen Tiere eingesperrt waren, die die Orks bei ihren brutalen Käfigkämpfen als Köder benutzten.

Diesmal war ich die magische Kreatur im Käfig, nur dass meine Arme an meinen Seiten gefesselt waren und mein Zauberstab oben in Slydens Zauberraum lag. Es würde nicht viel Magie von diesen Wänden abprallen. Ich hörte, wie der Käfig abgeschlossen wurde und Slydens Schritte sich entfernten. Dann stieg er die Treppe hinauf und knallte die Falltür zu.

Ich gönnte mir eine Minute Ruhe, den Kopf an die Rückseite des Käfigs gelehnt, dann war es Zeit, an die Arbeit zu gehen. Ich geriet nicht in Panik... noch nicht. Ich war schon einmal in dieser Lage gewesen, auf dem Obsidian Hill Friedhof, als ein riesiges Spinnennetz scheinbar zum Leben erwacht war und beschlossen hatte, mich zusammenzunähen und zu Tode zu sticken, wobei es mich fast erstickte. Ich hatte mich aus diesem verfluchten Kokon herausgeschnitten, und ich würde auch in der Lage sein, mich aus dieser Seide zu befreien.

Ich holte ein paar Mal tief Luft und versuchte, mein Herz zu beruhigen, das in meiner Brust Purzelbäume schlug. Mit jedem Atemzug verlangsamte ich meinen Körper und meinen Geist, bis er wie ein stiller Teich war und ich mich konzentrieren konnte. Ich war ohne Zauberstab und mein Mund war geknebelt, also brauchte ich Laserfokus, damit der Zauber wirkte. Ich ließ die Angst hervortreten und über mich hinwegwaschen: Angst vor dem, was Slyden mit mir vorhatte; Angst vor dem, was mit Blimaex passiert war; Angst davor, für immer hier unten in diesem gruseligen Keller festzusitzen. Die Angst durchströmte meinen Körper, und ich leitete sie zu meinen Fingern.

Ignem Exquiris, dachte ich so klar wie möglich.

Ich erwartete, dass die Angst in Form von heißen Laserstrahlen aus meinen Fingern ausbrechen und das Seidenband aufschneiden würde, wie sie es mit der Spinnenseide getan hatte, aber das tat sie nicht. Die Magie stoppte an meinen Händen und weigerte sich, meinen Körper zu verlassen.

Ignem Exquiris, dachte ich noch einmal und spürte wieder die Hitze in meinen Fingern, aber die Magie wurde nicht freigesetzt.

Ventum Exquiris! dachte ich. Nichts, nicht einmal ein Lufthauch.

Contendis!

Grillen.

Metaphorisches Steppenläufergras rollte durch den Raum.

Meine Magie funktionierte nicht.

Dann begann die Schwere meiner Situation einzusinken. Slyden, dieser böse *fillius canis*, hatte irgendeine Art von Zauber auf seinen Keller gelegt. Eine Art Barriere, sodass ich nicht auf die Energie der Leere zugreifen konnte; sodass jeder Zauber, den ich zu schleudern versuchte, im Keim erstickt wurde. All die Arbeit, die ich in die Beruhigung meines Körpers gesteckt hatte, verflog, als ich in kalten Schweiß ausbrach und frisches Adrenalin durch meine Adern jagte. Da hörte ich das Quieken und das magenverkrampfende Schmatzen der Ratten, die zum Spielen hervorgekommen waren.

Ich schrie in meinen Knebel und versuchte, nach ihnen zu treten, aber meine Beine waren genauso fest gefesselt wie der Rest meines Körpers. Trotz meines Bockens und Zappelns war ich keine Bedrohung. Sie kamen stetig näher, und ich konnte ihre hungrigen Schreie und klappernden Zähne hören, als sie auf mich kletterten und ihre Schnurrhaare in meine Ellenbeuge, meinen Hals und meine Ohren steckten.

Nano. Helm! dachte ich, aber der Nano steckte in meiner Tasche und konnte sich nicht herauswinden, um sich zu verwandeln. Selbst wenn er entkommen könnte, war die Magie, auf die er angewiesen war, um zu funktionieren, von Slyden abgeschnitten worden. Ich spürte einen Stich in meiner Hand, als eines der Geschöpfe zubiss, und ich schrie auf und trat wieder aus, wobei ich einige von ihnen abschüttelte. Aber ich hatte das Gefühl, dass sie seit langer Zeit nichts gefressen hatten und mich als das Festmahl sahen, von dem sie geträumt hatten. Sie verloren keine Zeit, wieder auf mich zu krabbeln, zu nagen und zu quieken und mich mit ihren stechenden Nadeln von kontaminierten Krallen zu kratzen.

Ich dachte wieder an die Nacht, die ich in Obsidian verbracht hatte. Ohne es zu wollen, erinnerte ich mich daran, wie ich Ametrix Belores verwesenden Körper in der Holztruhe gefunden hatte, von Ratten zerfetzt. Das Bild seines zerstörten Gesichts blitzte in all seinen grausamen Details vor mir auf. Ich schrie auf, als wäre ich immer noch dort auf dem Friedhof, mit Friedhofserde unter meinen Fingernägeln. Diesmal konnte ich das Erbrochene nicht zurückhalten, das aus mir her aussprudelte, aber der Knebel hielt es zurück und erstickte mich. Ich bekam keine Luft. Die Galle drang in meine Lunge und meine Nebenhöhlen, und ich hustete und kämpfte gegen den Knebel an, ertrank in meinem eigenen Erbrochenen, während die Ratten auf meinem zitternden Körper tanzten.

Würgend, versuchend, Luft in meine Lungen zu ziehen, kratzte ich mit aller Kraft, die ich hatte, mein Gesicht am

Boden des Käfigs entlang, um den Knebel zu lösen, damit ich atmen konnte. Meine Lungen brannten, meine Wange war wund und blutete, aber das war mir egal. Alles, was ich brauchte, war Luft. Ich kümmerte mich nicht einmal mehr um die Ratten, kümmerte mich nicht darum, dass sie überall auf mir waren und feierten, als wäre es 1999. Das Einzige, worum ich mich kümmerte, war der nächste Atemzug, und als meine Lungen schrien, begann ich zu denken, dass ich nie wieder atmen würde. Mein Körper begann aufzugeben. Er brach Glied für Glied zusammen, bis ich mit dem Gesicht nach unten auf dem Boden des Käfigs lag, mein Kopf pochte, meine Augen quollen hervor. Meine Gedanken verblassten, mein Bewusstsein schrumpfte zu einem kleinen Flackern.

Ich hielt durch. Trotz meines kapitulierenden Körpers, trotz meiner hungernden Organe, hielt ich an diesem winzigen Flackern fest, dieser winzigen Flamme des Bewusstseins, weil es alles war, was ich noch hatte. Ich wusste, dass ich verloren wäre, wenn dieses Licht erlöschen würde, und der nächste Atemzug, den ich tun würde, wäre ein abstrakter, in der Unterwelt, in meinem Halloween-Himmel, der sicher viel weniger süß ist, als er klingt.

Eine der Ratten platzierte ihr warmes Fellbündel hinter meinem Ohr und begann, meinen Nacken anzuknabbern. Ich schüttelte sie nicht ab. Ich behielt die kleine Flamme im Auge und hielt sie am Brennen.

Meine Lungen hörten auf zu schreien.

Es herrschte Stille; eine wunderschöne Stille, die über meinen seidengebundenen Körper kaskadierte, und der dunkle Keller verschwand, und der Käfig verschwand. Ich ließ mich nicht in Richtung des dunklen Portals schwimmen, das sich geöffnet hatte – des Tors, das mir Frieden versprach – aber ich trieb trotzdem darauf zu.

Gerade als ich spürte, wie mein Körper wegfiel – oder mein Geist sich erhob, ich war mir nicht sicher, welches – fiel der Knebel ab und schleuderte mich zurück auf die Erde. Ich konnte tiefe, zitternde Atemzüge nehmen, und das Licht kehrte in meinen Verstand zurück. Zuerst langsam, fast widerwillig, dann in einem hellen Strahl, der mir versprach, dass ich überleben würde, um einen weiteren Tag zu kämpfen. Die Ratte hatte das Band durchgenagt, das mich erstickt hatte, und es durchlöchert. Als ich versuchte, meine Arme zu strecken, riss das verzauberte Band.

Ich bin frei, dachte ich, Erleichterung und Schmerz vermischten sich. Ich drehte mich auf den Rücken und wischte mir das Erbrochene mit meinem Ärmel vom Mund.

Ich bin frei.

Aber dann öffnete ich meine Augen und sah die Oberseite des Käfigs, den ich in meinem Kampf ums Überleben vergessen hatte. Ich war immer noch in einem verschlossenen Käfig in einem verschlossenen Keller. Nicht nur ein gewöhnlicher Keller, wohlgemerkt, sondern ein Keller, der meine Magie ausgelöscht hatte. Ich begann wild zu zittern. Ich stand unter Schock, mir war kalt, und ich war allein. Die Dunkelheit in mir wirbelte hoch, und als ich die schnüffelnden Nagetiere anstarrte, die mich umgaben, fragte ich mich, ob sie mir einen Gefallen getan hatten, indem sie mein Leben retteten, oder ob sie nur dazu gedient hatten, meine Qual zu verlängern.

KAPITEL 27

DIE VORTEILE DES FEGEFEUERS

Ich biss die Zähne zusammen und zwang mich, meine Segnungen zu zählen. Ich atmete. Ich hatte noch meine Finger und Zehen, meinen Nano und meinen Mantel. Am wichtigsten war, dass ich meinen Verstand hatte, der stark und klar war, und ich würde einen Weg aus diesem Keller finden.

Ich untersuchte das Schloss am Käfig. Es war eine kleine Stahlkonstruktion und hätte mit meinem *Rumpis*-Zauber keine Chance gehabt, wenn ich ihn nur hätte wirken können. Ich fragte mich, warum Slyden überhaupt einen Käfig hier unten hatte und welche Arten von Dingen er darin hielt oder zu halten plante, und es jagte mir einen Schauer über den Rücken. Das Bild von Blimaex' Bruder, das ich im Kopf hatte, als ich zum ersten Mal von seiner Existenz erfuhr, war das eines neutralen Zauberers, der nur in den Dunklen Künsten herumgestümpert und dafür entsprechend bestraft worden war, aus der angesehenen Familie ausgeschlossen und aus dem Testament gestrichen. Aber das war nicht der Zauberer, dem ich heute begegnet bin – und ich benutze den Begriff „begegnet" nur im weitesten Sinne – dieser Mann hatte seinen Weg völlig

175

verloren. Er war so in seine dunkle Welt eingetaucht, dass alles andere aufgehört hatte zu zählen. Ich konnte das Bild von ihm nicht aus meinem Kopf bekommen: seine mondbleiche Haut, seine toten, abgrundschwarzen Augen. Slyden war das pure Böse, und ich war sein Gefangener.

Ich setzte mich in die Ecke des Käfigs und versuchte, einen Fluchtplan zu entwickeln. Mein Körper erholte sich von dem Trauma, und als der Schock nachließ, kam der Schmerz, der in Wellen über mich hereinbrach. Ich verzog das Gesicht, als ich meine geschwollene Schulter massierte, der es nicht gut getan hatte, zwei Stockwerke betonierte Treppen hinuntergeschleift zu werden. Ich fühlte in meiner Tasche nach den Schmerzmitteln, die ich von Lou bekommen hatte, und schüttelte zwei Kapseln in meine Handfläche. Mein Mund war trockener als ein Wüstentrocknungsmittel, aber ich zwang die Pillen trotzdem runter. Ich würde sie brauchen, wenn ich es im Nahkampf mit Slyden aufnehmen wollte.

Ich rüttelte an der Oberseite des Käfigs, um das Schloss zu testen, und erschreckte dabei unbeabsichtigt die Ratten. Das Schloss gab nicht nach.

»Entschuldigung«, sagte ich zu den Nagern, und sie schnüffelten nur in der Luft und zuckten mit ihren Schnurrhaaren.

Ich setzte mich wieder zurück und lehnte mich an den Metalldraht. Ich musste zugeben, die Situation sah ein wenig hoffnungslos aus, aber ich hatte mich noch nie davon abhalten lassen. Es gab einen Ausweg, ich musste ihn nur finden.

Die Drogen begannen zu wirken, und eine wunderbar warme Welle der Schmerzlinderung umspülte meine verletzte Schulter. Ich weiß nicht, warum ich zu einem normalen Arzt für normale Schmerzmittel gehen wollte, wenn ich diese hatte, die viel, viel besser waren. Sie nahmen nicht nur den Schmerz meiner Schulter weg; mein ganzer geplünderter Körper begann sich besser zu fühlen, und dann erschienen wieder Polarlichter am Rand meines Sichtfelds, und es fühlte sich gut an. Ich lehnte mich gegen das Gitter und schloss die Augen, während ich das Pharma seine Magie wirken ließ.

»Du steckst ganz schön in der Klemme«, sagte eine Frauenstimme.

Ich zuckte zusammen und meine Augen öffneten sich ruckartig.

Was zum Teufel? War noch jemand hier unten? Ein weiterer Gefangener von Abarim?

Ich schaute in den dunklen Nischen des Raumes umher, mein Kopf bewegte sich in ruckartigen Bewegungen.

»Hallo?«, sagte ich.

»Hallo«, sagte sie, und da war sie, direkt vor mir. Sie saß auf einem imaginären Tisch und schwang ihre mit schwarzem Latex bedeckten Beine. Es war Liz Durison, gekleidet als Domina. Oder vielmehr war es der Geist von Liz Durison, gekleidet als Domina.

»Liz«, sagte ich blinzelnd. *Diese Pillen sind* stark.

»Das bin ich«, sagte sie und wirbelte ihre Peitsche. »Ich bin überrascht, dass du meinen Namen kennst.«

Deinen Namen kennen?, dachte ich. *Dein Name ist in jeden Tag eingraviert. Dein Gesicht ist das, was ich sehe, wenn ich in einen unruhigen Schlaf gleite, und es ist da in den Dämmerungsstunden, wenn ich mich hin und her wälze. Ich könnte dein Gesicht nicht vergessen, selbst wenn ich es versuchen würde.*

»Natürlich erinnere ich mich an deinen Namen«, sagte ich. »Ich versuche, deinen Mord aufzuklären.«

Sie machte ein überraschtes Gesicht. »Wirklich?«

»Ja«, sagte ich.

»Das ist komisch«, sagte sie und justierte ihren Stiletto. »Denn ich habe dich beobachtet, und ich glaube nicht, dass du dich besonders anstrengst.«

»Doch, das tue ich«, sagte ich. »Ich musste nur unterwegs einige andere Brände löschen.«

Liz lachte und schaute sich die trostlosen Kellerwände an, dann sah sie mich auf eine intensive Art an. »Du verstehst es nicht.«

»Was verstehe ich nicht?«, fragte ich.

Sie riss ihr Korsett auf, um mir das eingebrannte Symbol auf ihrer Brust zu zeigen. »Du verstehst nicht, wie wichtig es ist, dass du die Leute findest, die mir das angetan haben.«

Ich erinnerte mich an Durisons nackten Körper, tote Haut wie Wachs.

»Ich werde die Leute finden, die es getan haben«, sagte ich. »Ich gebe mein Bestes.«

»Streng dich mehr an!«, schrie sie und peitschte den Tisch, das knallende Geräusch ließ mich zusammenzucken.

»Ich war heute in deinem Haus«, sagte ich.

»Ich weiß«, sagte sie. »Ich war da.«

»Ich habe nach dem ersten Dominostein gesucht.«

»Und du hast ihn gefunden«, sagte sie. »Verdammt noch mal. Du hast ihn gefunden.«

Ich sah sie stirnrunzelnd an. »Hab ich das?«

»Muss ich dir alles buchstabieren?«

»Naja«, sagte ich. »Da du es angeboten hast. Das wäre sehr hilfreich.«

Sie sah angewidert aus. »Du weißt, dass es nicht so funktioniert.«

Sie schnippte mit den Fingern, und ein Glas Roséwein erschien in ihrer Hand. Sie kippte es hinunter und schnippte dann erneut für einen Nachschub.

»Was?«, schnappte sie, als sie sah, dass ich starrte. »Glaub mir, es ist einer der sehr wenigen Vorteile, im Fegefeuer festzusitzen.«

»Wie *funktioniert* es denn?«, fragte ich. Ich hatte Erfahrung mit Vampiren, Werwölfen, Gestaltwandlern, Kobolden, Elfen und Feen. Aber ich hatte noch nie einen Geist, der sich zu mir setzte und mit mir plauderte wie dieser, rosa Wein trinkend, als wären wir in einem Buchclub. In jemandes gruseligem Keller.

Liz verdrehte ihre Augen so weit nach hinten, dass ich mir Sorgen machte, sie könnte sie ganz verlieren. »Verdammt noch mal!«, sagte sie wieder. »Womit habe ich es hier zu tun? Ich dachte, du wärst angeblich der beste Okkultdetektiv der Stadt!«

»Ich bevorzuge *paranormaler Privatermittler*«, sagte ich. Ich wollte sagen, dass es die Alliteration ist, die ich mag, aber ich änderte meine Meinung. Durison und ich waren kaum auf vertraulichen Füßen, und ich hatte Fragen an sie.

»Verdammt noch mal!«, schrie sie erneut, sprang vom Tisch und warf ihr Glas gegen die Wand, wo es in Stücke zersprang. Die Ratten quiekten und huschten in Sicherheit.

»Ich weiß, dass du wütend sein musst«, sagte ich. »Das wäre ich auch.«

»Wütend?«, kochte sie. »Wütend?«

»Gibt es irgendetwas, das du mir über das Geschehene sagen kannst? Über das, was sie dir angetan haben?«

»Nein«, sagte sie, während sie durch den Raum lief und wieder zurückkam. »Glaubst du nicht, ich hätte dir das gesagt?«

»Ich weiß nicht«, sagte ich.

Halluzinierte ich vom Schock meines früheren Traumas, gemischt mit pferdestärkigen Schmerzmitteln, oder war dies wirklich Liz' Geist, der kam, um mich zu verfolgen (oder zu helfen)?

»Ich wusste es«, knurrte Durison. »Ich wusste es in dem Moment, als ich dich bei Morgans Nachbarschaftsgrillparty sah. Du bist ein Scharlatan. Du bist ein Betrüger.«

»Bin ich nicht«, sagte ich.

Sie lachte, und der bittere Klang hallte von den feuchten Wänden wider. »Du nennst dich einen Zauberer. Du bist nichts weiter als ein Taugenichts. Schlimmer noch. Du bist ein Schwindler.«

Und du bist nichts weiter als eine Zicke, dachte ich. *Kein Wunder, dass du eine Dating-App brauchtest, um Männer kennenzulernen.*

Liz hörte auf zu knurren, hörte auf sich zu bewegen, und sah mir direkt in die Augen, dann verschwand sie wie das Bild im Fernseher, wenn man den Stecker zieht.

Lag es an etwas, das ich gesagt habe?

Meine Gedanken blitzten zurück zu dem Moment, als ich am Computer im Goblin City Hotel war und diesen parfümierten Klebezettel sah, der am Rahmen klebte. *HobNob,* stand darauf. Die Dating-App für Kobolde. Es hatte mich gestört, und ich war mir nicht sicher warum. Ich dachte, vielleicht, besonders nachdem ich unbeabsichtigt Zeuge von Polkadots und Kandy-Kanes Paarungsolympiade geworden war, dass ich nur verstimmt war, weil es schien, als würde jeder außer mir daten.

Der Grund, warum es mich störte, war, dass es ein blinkendes rotes Licht war, ein Hinweis auf den Fall des V-Kult-Killers.

Du hast ihn gefunden, hatte Liz gesagt.

Ich kramte in der Tasche meines Mantels nach Durisons kleinem schwarzen Buch, das ich aus ihrer S&M-Kammer in ihrem Haus geklaut hatte. Ich blätterte zur letzten Seite mit Einträgen.

Shining_Knight *(4 Sterne)*

HotBloodedBear *(1 Stern)*

Rednasyl *(5! Sterne)*

Dies waren keine Männernamen, dies waren Benutzernamen aus einer Dating-App. Liz arrangierte all ihre Sexdates online. Natürlich tat sie das. Sie hatte einen Vollzeitjob und zwei Kinder, um die sie sich als alleinerziehende Mutter kümmern musste. Sie hatte keine Zeit, in schmuddeligen Bars herumzu-hängen und zu versuchen, Gelegenheitsliebhaber aufzugabeln. Sie stand auf S&M; sie liebte es, die Kontrolle zu haben. Online-Dating passte perfekt zu ihren Bedürfnissen. *HobNob* war die Kobold-App, was war die App für unberührte

Menschen? Ich sah mir das Buch noch einmal an und blätterte dann zum Anfang. Mit weichem Bleistift geschrieben stand auf der ersten Seite das Wort FLINT.

In meinem Kopf gab es ein Durcheinander von Bildern, als alles zusammenpasste. Die anderen ermordeten Frauen waren ebenfalls Singles, und ich vermutete, dass sie alle dieselbe App benutzten.

Die V-Kult-Killer fanden ihre Ziele über *Flint*. Es war perfekt für sie: Sie konnten nicht nur alleinstehende Frauen anvisieren, sondern auch Frauen, die genau dem Profil entsprachen, nach dem sie suchten. 1,73 m, athletischer Körperbau, dunkles Haar. Alle Details lagen offen; alles, was man brauchte, war ein *Flint*-Profil und eine Internetverbindung. Und wenn sie ein Profil hätten, das wir mit den ermordeten Frauen in Verbindung bringen könnten, würden wir unsere Killer finden.

Begeistert lehnte ich mich zurück und schaute zur Decke und der nackten Glühbirne. Endlich hatte ich einen Weg nach vorn. Aber dann fokussierten sich meine Augen auf den Metalldraht des Käfigs, und ich fühlte mich so frustriert, dass ich die Beherrschung verlor. Ich dachte, ich könnte wissen, wie man die Killer findet, aber ich steckte hier fest, und die Vorstellung, dass jemand anderes kaltblütig ermordet werden könnte, während ich in einem bösen Keller schmachtete, ließ mich ausrasten. Ich schlug auf den Käfig ein, trat gegen den Deckel, zertrümmerte die Seiten (und zertrümmerte dabei fast meine Knochen). Normalerweise, wenn ich die Beherrschung verliere, verliere ich auch die Kontrolle über meine Magie, aber meine Magie war ausgelöscht worden, was mich noch wütender machte. Und dann hielt ich mitten im Wutanfall inne, keuchend.

Ich konnte meine Magie *nicht benutzen, aber könnte ich die eines anderen benutzen?*

Ich steckte Durisons Flint-Buch zurück in meine Unendlichkeitstasche und holte den neuen Trank heraus, den ich bei *Mason & Sons* gekauft – und dann prompt vergessen – hatte. Die kleine Flasche Inhalat namens *Nebulam*: ein Zaubertrank, der einen Dampfzauber erzwingen kann.

KAPITEL 28

NEBULAM

Ich verlor keine Zeit. Ich drehte den Verschluss von der kleinen Plastikflasche mit *Nebulam* ab und führte sie an meine Nase, spritzte den Trank in beide Nasenlöcher, als hinge mein Leben davon ab. Ich musste nicht lange warten, bis ich das Rauschen in meinem Kopf und in meinen Fingern und Zehen hörte und spürte, wie Eiswasser-Nadelstiche. Zu spät fragte ich mich, ob der Trank sich vielleicht nicht gut mit den hochdosierten Schmerzmitteln vertragen würde, die ich vorher eingenommen hatte. Das Rauschen wurde immer lauter, bis es alles war, was ich hören konnte, und ich fühlte mich, als würde ich von arktischen Ozeanwellen immer wieder niedergeschmettert, bis eine der Wellen mich hochhob. Dann war ich komplett aus dem Wasser und flog durch die Luft, als hätte mein Geist meinen Körper in diesem Käfig verlassen, aber als ich nach unten schaute, war der Käfig leer. Ich schwebte zur Decke, dann zur Treppe, und ich strömte durch das Schlüsselloch der verschlossenen Kellertür in das untere Stockwerk von Slyden Abarims Haus. Ich schwebte an dem Chaos vorbei und die Treppe hinauf zu seiner Zauberkammer, wo sein Licht noch an war. Dieses Mal war es der echte Slyden, der an seinem Schreibtisch saß. Die Erscheinung, die er erschaffen hatte, um mich zu täuschen, war verschwunden. Als Dampf drang ich in den Raum ein und beobachtete, wie er arbeitete. Er bemalte eine Voodoo-Puppe mit einer Flasche klarer Flüssigkeit, die, wie ich annahm, der *Spiritus Morbus* war. Die Puppe sah aus wie Blimaex und hatte echtes Haar, das an Kopfhaut und Kinn geklebt war. Der Gestank des Bösen quoll wie schwarzer Nebel aus seinen schwarzen Gewändern.

Ich trieb zum schmutzigen Teppich hinunter, zu der Stelle, wo ich meinen Zauberstab verloren hatte. Als der Zauberer mich gefesselt hatte, hatte ich ihn fallen lassen, und er war unter die alte Holzkommode gerollt, in der Slyden, wie ich vermutete, seine Trankzutaten und diverses Krimskrams aufbewahrte. Ich schwebte hinunter, bis ich ihn entdeckte, dann lag ich auf dem Boden, außerhalb von Slydens Blickfeld, bis ich mich zurück in meine menschliche Form verwandelte. Ich lag auf dem Boden und holte so leise wie möglich Luft. Dann griff ich langsam und lautlos nach dem Zauberstab und hob ihn auf. Slyden hustete, was mich zusammenzucken ließ, und ich hätte ihn fast fallen gelassen, aber mein Griff blieb fest. Meine ganze Konzentration lag darauf, meine Atmung zu kontrollieren und den Zauberstab festzuhalten. Obwohl ich den Dreck des Teppichs und den Gestank der schmutzigen Pantoffeln des alten Zauberers einatmete, war ich in einer ausgezeichneten Position, um einigen Schaden anzurichten. Slyden konnte mich nicht sehen, aber ich hatte einen klaren und ungehinderten Blick auf seine weit gespreizten Beine und, was noch wichtiger war, seinen Schritt.

Ich schürte all die Emotionen, die ich gefühlt hatte, während ich unten im Käfig eingesperrt gewesen war. Die Angst vor den Ratten, das Erbrochene, in dem ich fast ertrunken wäre, der Schmerz beim Versuch, den Käfig aufzubrechen. All das war direkt da, das Gefühl, und es war so intensiv, dass es sich anfühlte, als würde ich davon leuchten, als hätten meine Organe ein radioaktives Neongrün angenommen. Mein Zauberstab begann zu vibrieren von der potenziellen Energie, die er von meinem Körper aufnahm. Ich schürte die Energie noch mehr an, bis ich das summende, glühende Gefühl nicht mehr ertragen konnte, bis es drohte, mich zu blenden, oder aus mir herauszuplatzen, oder beides. Ich bändigte den Schmerz wie das wilde Tier, das er war, und zwang ihn dann aus meinem Körper: ein rasender Strom, der schwarz war, als er in mir war, aber der Zauberstab bündelte die Energie zu einem klaren blauen Blitzstrahl.

Fiat Fulgar!

Der feurige Lichtblitz schoss direkt auf sein Ziel: Slyden Abarims Gemächt.

Als der Zauber den alten Zauberer in die Eier traf und ihn auf die schmerzhafteste Art und Weise elektrisierte, schrie er auf und fiel mit seinem Stuhl nach hinten. Meine Hand brannte; es war mit Abstand der stärkste Blitzzauber, den ich je gewirkt hatte. So etwas hatte ich noch nie gefühlt. Ich starrte auf die geschwärzte Haut meiner Hand. Mein Zauberstab glühte. Ich roch versengte Haare und gekochtes Fleisch und versuchte, nicht darüber nachzudenken. Ich war nicht hier, um Gnade zu zeigen, ich war hier, um ihn zu erledigen. Ich trat vor, mit dem brennenden Zauberstab in der Hand, und blickte über den Schreibtisch. Slyden lag in Embryonalstellung, die Hände an seiner Werkzeugkiste – oder wo seine Werkzeugkiste einmal gewesen war – und wimmerte wie ein Fußballspieler. Er sah gebrechlich aus und alt, aber ich weigerte mich, Mitleid mit ihm zu haben. Er verdiente mein Mitgefühl nicht. Er verdiente nichts außer genau dort zu sterben, weinend in seinen stinkenden, fleckigen Teppich.

Ich bemerkte dann den medizinischen Fangzahn auf seinem Tisch und ein paar Plastikschläuche, die aus einer kleinen weißen Kühlbox führten. Mein Verstand konnte sich keinen Reim auf diese Utensilien machen.

Warum würde Slyden sein eigenes Blut abzapfen?

Meine Hand konnte keinen weiteren Blitz verkraften, also überlegte ich, einen Eisdolch in seinen gekrümmten Rücken zu schießen, um ihn endgültig zu erledigen, aber sein Schreien war so laut, dass es in meinem Kopf widerhallte und meine Gedanken durcheinanderbrachte.

Deodamnatus, dachte ich, während mein Zauberstab in meiner Hand abkühlte.

Ich begriff, dass ich ihn nicht töten konnte; konnte keinen alten Mann töten, der sich auf dem Boden wand. Ich würde den Rat sich mit ihm befassen lassen. Mit zitternden Händen holte ich mein Handy heraus und schickte dem Rat einen Notfall-Hotline-Alarm mit Slydens Adresse. Aus der Todeszone des Kellers befreit, erwachte mein Handy zum Leben, und Dutzende von Nachrichten kamen durch, eine nach der anderen. Ich nahm die kunstvoll geschnitzte Voodoo-Puppe von Blimaex von Slydens Schreibtisch und steckte sie ein, um sicherzugehen, dass sie in Sicherheit war. Ich überlegte, die Flasche mit dem *Spiritus Morbus* gegen die Wand zu schmettern, *à la* Liz Durison, und die braunen Glassplitter zu beobachten, aber ein dunkles Flüstern ließ mich sie stattdessen in meine Tasche gleiten.

Mit der verbliebenen Emotion in meiner Brust richtete ich meinen Zauberstab wieder auf Slyden und sagte »*Impedio!*«, wodurch er in seiner zusammengekauerten Pose eingefroren wurde. Dann schleifte ich ihn mit so viel Sorgfalt, wie er sie mir entgegengebracht hatte, mittels eines *contendis*-Zaubers aus der Kammer und die zwei Treppen hinunter, wobei sein Kopf auf jeder Betonstufe aufschlug.

Die Ratten im Keller begrüßten mich wie einen alten Freund, quietschend und ihre Schnurrhaare putzend. Der Raum unterdrückte immer noch meine Magie, also musste ich den eingefrorenen Körper des Zauberers körperlich die letzten Stufen hinunterziehen. Leider bekam ich ihn nicht in den Käfig, aber als ich den Schlüssel in der Falltür drehte, dachte ich, dass er, mit oder ohne Käfig, verletzt und in einem magiefreien Keller eingeschlossen war und in nächster Zeit nirgendwohin gehen würde.

Noch immer zitternd rief ich Morgan an, die beim ersten Klingeln antwortete.

»Geht es dir gut?«, fragte sie fordernd. »Ich habe stundenlang versucht, dich anzurufen, aber dein Handy war aus.«

»Tut mir leid«, sagte ich und blickte zur Falltür hinüber. »Ich hatte kein Signal.«

»Eine Frau wird vermisst«, sagte sie, und ich wirbelte herum und trat gegen die bröckelnde Wand, wobei ich auf dem obszönsten Latein fluchte, das ich mir ausdenken konnte.

»Passt zu deiner Beschreibung«, sagte sie. »Genau wie die anderen.«

»War sie auf *Flint*?«, fragte ich.

»Was?«

»*Flint*. Diese Dating-App«, sagte ich.

»Ich weiß es nicht.«

»Hast du Zugriff auf ihr Handy? Überprüfe ihr Handy.«

»Okay.«

»Überprüfe die Handys aller, aller Opfer. Oder ihre Laptops.«

»Langsam, Jax«, sagte Morgan.

»Setz jemanden auf *Flint* an. Lass deine Geek-Spezialisten prüfen, ob die Opfer dort Profile hatten. Dann lass ihn die IP-Adresse desjenigen verfolgen, der die Seite nach ihren persönlichen Informationen gehackt hat.«

»Verdammte Scheiße«, sagte Morgan. »Sie haben eine Dating-Seite gehackt, um die Opfer gezielt zu identifizieren und ihre Adressen zu finden.«

»Es ist eine Ahnung«, sagte ich und dachte an den Roséwein schlürfenden Geist von Liz Durison und den Blick, den sie mir zugeworfen hatte, als ich über die Dating-App nachgedacht hatte.

»Es ist mehr als eine Ahnung«, sagte Morgan, und ihre Aufregung hob die Tonlage ihrer Stimme. »Wenn du Recht hast, haben wir den Dreckskerl an den Eiern.«

Ich zuckte zusammen und dachte an den Geruch von Slydens torpedierter Unterleibsgegend. Ich wollte nicht an Eierhaare denken, versengt oder nicht. Aber ich wollte diese Mörderbande fangen.

»Ich treffe dich im Hauptquartier«, sagte ich und legte auf, wobei ich die achtundzwanzig Nachrichten von Tambo Vuleka, dem Besitzer der *Olde Worlde Railways*, ignorierte. Die Touristen mit Sternchenaugen müssten warten. Wir hatten einen Mörderkult zu fangen.

KAPITEL 29
WINNOW

Als ich im Hauptquartier der Skorpione ankam, standen bereits drei zivile Fahrzeuge mit rotierenden Warnlichtern abfahrbereit da. Agenten überprüften ihre kugelsicheren Westen, kontrollierten ihre Waffen und sprangen in die brummenden Autos.

»Du hattest recht«, sagte Morgan außer Atem. »Sie waren alle auf *Flint*. Die V-Kult-Killer haben die Seite gehackt und Gesichtserkennungstechnologie eingesetzt, um Frauen zu finden, die ins Profil passten.«

Ich nickte.

Morgan riss den Klettverschluss ihrer Jacke auf, um sie enger zu schnallen, ihre roten Nägel leuchteten auf dem schwarzen Stoff der Kevlarweste. »Wir triangulieren gerade die physische Adresse des Täters. Chuck Winnow. Wir fahren los, sobald sie durchkommt. Wir können sie vielleicht sogar noch retten.«

Sie? dachte ich. Ich kannte ihren Namen noch nicht. *Opfer Nummer neun. Rise and Shine.*

»Ich komme mit«, sagte ich und sprang in Morgans SUV, vergessend, dass ich mir geschworen hatte, nie wieder mit ihr zu fahren.

»Es wird gefährlich sein«, sagte Morgan, und ich lachte. Was sollte ich sonst tun nach dem Tag, den ich gehabt hatte?

Sie stieg ebenfalls ein, und die Türen schlossen sich und verriegelten sich um uns herum. Kugelsicher. Sie schaltete die Zündung ein und gab Gas, sodass ihr Wagen mit den anderen im Einklang schnurrte, wartend darauf, dass die Adresse auf dem Bildschirm erschien. Die Sonne begann hinter der Stadtsilhouette hervorzulugen und tauchte die Gebäude in ein marmeladenfarbenes Licht.

»Komm schon«, sagte sie und starrte auf den Bildschirm in der Mitte ihres Armaturenbretts. »Komm schon!«

»Morgan, ich brauche einen Gefallen«, sagte ich.

Sie schaute mit ungläubigem Gesichtsausdruck zu mir herüber, die blinkenden Lichter der anderen Autos erhellten ihr blasses Gesicht abwechselnd mit Rot, dann Blau, dann wieder Rot.

»Gott weiß, dass ich dich liebe, Jax«, sagte sie. »Aber das ist kein guter Zeitpunkt.«

»Es ist wichtig«, sagte ich.

Im Ernst? sagte ihr Gesicht. *Im Ernst?* Aber dann stellte sie den Motor ab und wandte sich mir richtig zu. »Du hast meine Aufmerksamkeit.«

»Kannst du einen Streifenwagen irgendwohin für mich schicken, jetzt sofort?«

»Jetzt?«, sagte Morgan. »Es ist halb fünf morgens.«

»Wir haben keine Zeit, über die Details zu reden«, sagte ich. »Aber da ist ein böser Zauberer in seinem Keller eingesperrt, in der Merlin Drive 106, Orange Grove.«

Sie blinzelte mich an und fragte sich wahrscheinlich, ob ich verrückt geworden war, mich über sie lustig machte oder beides.

»Ich habe bereits beim Rat angerufen«, sagte ich, »aber ich habe nichts zurückgehört. Das ist wirklich ungewöhnlich, also möchte ich nur sicherstellen, dass er nicht entkommt, um jemand anderen zu verletzen.«

Mit *jemand anderen* meinte ich speziell *mich*. Wenn Slyden jemals freigelassen würde, wären meine Tage – meine *Stunden* – gezählt. Und Blimaex wäre auch tot. Ich tastete nach der Voodoo-Puppe in meiner Tasche und hoffte, dass der Zauberer endlich schmerzfrei oder zumindest nicht mehr in unmittelbarer Gefahr war.

»Ich weiß, es klingt verrückt«, sagte ich. »Aber die Bedrohung ist real.«

Morgan schaute wieder nach vorne, presste ihren Kiefer zusammen und trommelte mit den Fingern auf ihr Lenkrad. Ich wusste, warum sie zögerte. Sie hatte weder die Arbeitskräfte noch das Budget für so etwas. Sie hatte bereits Ressourcen für den Einsatz bei Tagesanbruch ausgeliehen. Das zusätzliche Team würde viele Fragen aufwerfen, und die Skorpione mochten keine Fragen. Fragen führten dazu, dass Einheiten wie ihre aufgelöst wurden.

»Ich werde einiges zu erklären haben«, sagte sie, schüttelte

den Kopf und griff dann nach ihrem Funkgerät, um es durch-
zugeben.

Sobald der Disponent Slydens Daten notiert hatte, kam die
Nachricht mit Chuck Winnows Adresse durch. Morgan tippte
sie in ihren Navigationsbildschirm ein und schaltete die Sirene
ein, die aufheulte. Ich wurde durch die Kraft ihres Fußes auf
dem Gaspedal in meinen Sitz gedrückt, als wir aus dem Park-
bereich auf die Autobahn rasten.

Die Adresse lag in Sunninghill, nur ein paar Minuten von
Sandton entfernt, wo das Land bis zum Äußersten bebaut ist.
Sicherheitskomplexe standen dicht an dicht wie Bäume in
einem Wald und reckten sich nach oben zum Sonnenlicht. Der
daraus resultierende Verkehr ist ein Grund, fernzubleiben, die
damit verbundene Überfallrate ein anderer. Sobald die Ampel
rot wird, fällt eine Horde von Straßenhändlern über die einge-
klemmten Autos her und bietet ihre Waren durch die Fenster
an. An einem guten Tag werden dir gefälschte Sonnenbrillen,
Telefonladegeräte und Softdrinks an die Schläfe gehalten. An
einem schlechten Tag ist es eine Neun-Millimeter-Pistole, und
du läufst zu Fuß nach Hause. An einem sehr schlechten Tag
wirst du nie wieder irgendwohin laufen.

Morgan und ihre Begleitung pflügten sich durch die frühmor-
gendlichen Autoschlangen, wobei ihre Sirene und die Blink-
lichter wie ein magischer Stab wirkten, der das Metall und
Gummi teilte, das uns im Weg stand. Als die Autos um uns
herum ausscherten und neugierig gaffen, vergewisserte ich
mich, dass ich für die Konfrontation bereit war. Ich nahm
meinen Arm aus der behelfsmäßigen T-Shirt-Schlinge — er
fühlte sich viel besser an — und knöpfte meinen Trenchcoat bis
zum Kragen zu und schnürte ihn fest.

»Was ist mit deinem Arm passiert?«, fragte Morgan.

Ich dachte an Gnor, der in meiner Türöffnung schnarchte. »Das willst du nicht wissen«, antwortete ich.

»Und deine Hand?«, fragte sie. Sie war immer noch schwarz vom intensiven Blitzzauber, den ich auf Slyden geschleudert hatte. Ich schüttelte sie aus und bedeckte sie dann mit dem Ärmel meines Mantels.

»Wenn wir das hier überleben«, sagte ich, »kannst du mir einen dieser überteuerten Cocktails kaufen, und ich werde dir alles erzählen.«

Morgan prüfte ihren Rückspiegel und überholte einen Minibus-Taxi, der an einer wohl möglich gefährlichsten Stelle der Straße für einen Fahrgast bremste. »Abgemacht«, sagte sie und beschleunigte erneut.

Laut dem Navigationsbildschirm würden wir in zwei Minuten an unserem Ziel sein. Ich spürte, wie meine Angst anstieg, und konnte meinen abgestandenen Schweiß riechen.

Morgan nahm ihr Funkgerät auf, um die anderen Fahrzeuge zu informieren. »Leise Annäherung«, sagte sie, und die Sirenen aller Autos wurden ausgeschaltet.

»Bist du bereit, diesen Typen zu schnappen?«, fragte ich.

»Geboren bereit«, sagte sie mit einem Blick, so grimmig wie ich ihn noch nie gesehen hatte.

Die Einsatzwagen hatten Vorabgenehmigung für den Komplex, der wie eine billige Kopie einer italienischen Villa gestaltet und dekoriert war: billige südafrikanische Ziegel, verputzt und dann bemalt, um wie gebrannter italienischer Ton auszusehen;

struppige Kiefern, gepflanzt, um die unzähligen Mülltonnen zu verbergen; und ein Wasserspiel aus gegossenem Beton in der Mitte des Bewohnerparkplatzes. Die zivilen Polizeiautos rasten hinein, und einige der Beamten sprangen mit gezogenen Waffen aus den Wagen, noch bevor die Fahrzeuge zum Stillstand gekommen waren.

Niemand sagte ein Wort, als wir zu Winnows Tür mit der Nummer 16 rannten. Sie befand sich im Erdgeschoss, am Ende eines kurzen Weges, gesäumt von toten Pflanzen. Das einzige Geräusch war das Aufschlagen von Stiefeln auf Teer und dann auf Tonfliesentreppen. In der Ferne knisterten die Funkgeräte der Autos. Morgan gab einem ihrer Beamten, dem muskulösesten unter ihnen, ein Zeichen, und er nickte. Er war im Begriff, seine Schulter gegen die Tür zu rammen, aber ich hielt ihn gerade noch rechtzeitig fest. Mit Adrenalin und Testosteron vollgepumpt, sah er mich an, als würde er mich auch gerne gegen die Tür schleudern. Ich klappte meinen Zauberstab aus und flüsterte: »*Fiat Fulgar.*«

Ein hellblauer Stromstrom floss aus meinem Zauberstab in den Schlossmechanismus der Tür und schmolz ihn leise, um die Leute im Innern nicht zu alarmieren. Der Geruch von verkohltem Holz erreichte uns, Morgan gab das nächste Zeichen, und die schwarzen Uniformen stießen die Tür auf und huschten in die kleine Wohnung. Ich konnte die Waffen und den Stress in der Luft riechen, wie Ozon, und da war noch etwas anderes. Etwas Süßes.

Die Eingangshalle war leer, ebenso wie die Küche (abgesehen von einer Woche schmutzigem Geschirr). Die Arbeitsplatte war übersät mit alten Kartons von Pizza zum Mitnehmen und Styroporbehältern für Burger. Saure Milch und Barbecue-Sauce.

»Er ist hier«, flüsterte ich Morgan zu und zeigte auf den noch dampfenden Wasserkocher neben einer frischen Bäckereibox, die mit Zuckerguss befleckt war: Erdbeere mit Streuseln. Chuck Winnow war hier, und er fraß verdammte Donuts.

Das Schlafzimmer und das Badezimmer waren leer, was uns mit einem letzten Raum zurückließ, dessen Tür verschlossen war. Der muskelbepackte Mann sah mich an, und ich hob meinen Zauberstab.

»*Fiat Fulgur*«, flüsterte ich, und der Strom verließ meinen Körper und traf das Schloss. Dann war die Zeit für Ruhe vorbei. Der Muskelprotz trat die Tür ein, und die Uniformen stürmten wie Soldaten hinein, alle schrien gleichzeitig. Sie fuchtelten mit ihren schweren schwarzen Pistolen herum und schrien den Mann am Schreibtisch an, der erschrocken aufsprang und die Hände hob.

»Nicht bewegen!«

»Chuck Winnow!«

»Wir haben Sie umstellt!«

Brawn richtete seine Beretta direkt auf Winnows Stirn und übte gerade genug Druck auf den Abzug aus, um Chuck nach seiner Mama schreien zu lassen.

»Bewegen Sie einen verdammten Muskel«, sagte Brawn, »und ich verspreche Ihnen, es wird das Letzte sein, was Sie je tun.«

Winnow hob seine Hände und zeigte seine feuchten Achselhöhlen. Der halb gegessene pinke Donut fiel aus seinen zitternden Fingern. Es roch nach Urin in dem geschlossenen Raum, und ich sah, wie sich der nasse Fleck auf Winnows Chinohose ausbreitete. Sein Gesicht war so rund und weiß wie ein Pappteller.

Enttäuschung durchfuhr meine Knochen wie Eiswasser, als mir klar wurde, dass wir Opfer Nummer neun hier nicht finden würden. Oder die Mörder. Ich nahm Morgans Arm.

»Er ist es nicht«, sagte ich.

KAPITEL 30

LEICHENHAUSFOTOS

Morgan sah mich so grimmig an, dass ich überrascht bin, dass sie sich nicht den Hals verrenkt hat. »Wovon redest du?«, sagte sie. »Natürlich ist er es.«

»Dies ist die richtige Adresse«, sagte Brawn.

Morgan wandte sich an einen der kleineren Polizisten, denjenigen ohne Waffe, der eine schwarzgerahmte Brille trug. »Überprüfen«, sagte sie und deutete auf Winnows Computer. Der Mann übernahm Chucks Computer.

Sie drehte sich zu dem Mann. »Sind Sie Chuck Winnow?«, bellte sie ihn an.

Der Mann schwitzte heftig. Seine Augen huschten im Raum umher, als suchte er nach einem Fluchtweg.

Morgan trat einen Schritt auf ihn zu und richtete ihre Waffe auf seine Brust. »Sind Sie Chuck Winnow?«, fragte sie erneut mit zusammengebissenen Zähnen.

»Ja«, sagte er. »Ja.« Er nickte; kurze, ruckartige Bewegungen. Morgan lächelte mich an. Es war ein harter Gesichtsausdruck, der eigentlich überhaupt kein Lächeln war. Der Beamte mit der schwarzgerahmten Brille begann, auf der Tastatur zu tippen.

Winnow begann, etwas zu stottern.

Morgan hob ihre Waffe erneut. »Sprich lauter!«

»S-sie hat mir g-gesagt, sie wäre achtzehn«, sagte er.

»Wer?«, forderte sie. »Wo ist sie?«

»Was meinen Sie?«, fragte er stirnrunzelnd.

»Das Mädchen!«, schrie Morgan. »Wo ist das Mädchen?«

»Ich weiß nicht!«, sagte Chuck. »Zu Hause? In China? Das war vor Wochen!«

»Nicht dasselbe Mädchen«, sagte ich zu Morgan, obwohl sie das nicht hören wollte. *Nicht Opfer Nummer neun. Nicht der Mörder.*

Chuck Winnow war nicht der Typ, der einen so organisierten Serienmörderkult wie den V-Kult anführen würde. Er wusch nicht ab, und er aß rosa Donuts zum Frühstück. Er trug ein schmutziges Hemd, das über seinem Bierbauch zu eng war. Sein Schreibtisch war übersät mit fleckigen Kaffeetassen – eine davon mit einer *Darth Vader*-Maske – und Spielzeugfiguren. Er hatte sich in die Hose gemacht, nur weil er in einen Gewehrlauf geschaut hatte. Ich wollte, dass dieser Typ so schuldig war, wie Morgan es wollte, wollte, dass die Morde aufhörten, aber Chuck Winnow war nicht unser Mann.

Der Polizist mit der schwarzgerahmten Brille drückte noch ein paar Tasten und drehte dann den Computerbildschirm zu uns um.

»Bingo«, sagte er. Der Bildschirm zeigte das Backend der *Flint*-Anwendung, und Winnows schmutzige Fingerabdrücke waren überall darauf zu sehen.

Morgan senkte ihre Waffe nicht. »Du solltest besser anfangen zu reden.«

»*Flint?* Darum geht es also?«, fragte Chuck. Seine Erleichterung war greifbar, obwohl sein Gesicht immer noch von Verwirrung gezeichnet war. Einer der Beamten kam aus Winnows Schlafzimmer und warf ihm eine Shorts zu. Morgan und ich wandten den Blick ab, während er schnell seine nasse Chinohose wechselte.

»Ich kann Ihnen alles sagen, was Sie über *Flint* wissen müssen«, sagte er. »Ich arbeite schon eine Weile daran.«

»Sie meinen, Sie hacken es«, sagte Morgan.

»Nun«, sagte Chuck achselzuckend. »Ja.« Er fuhr sich mit den Fingern durchs Haar, und ich konnte erkennen, dass er immer noch zitterte.

»Warum?«, fragte Brawn.

»Es begann als Hobby. Ich fand einen Weg, die Algorithmen zu manipulieren, damit ich mehr Impressionen bekommen konnte. Dann lernte ich, dass ich es auch in die andere Richtung manipulieren konnte, damit nur die richtigen Arten von Mädchen auf mein Profil reagieren.«

»Die richtige Art von Mädchen?«, fragte Morgan.

»Sie wissen schon«, sagte er, immer noch schwitzend. »Mein Typ.«

»Und was ist das?«, fragte Morgan. »Groß, brünett, sportlich?«

Chuck runzelte wieder die Stirn. »Nein«, sagte er. »Zierlich. Asiatisch.«

»Fahren Sie fort«, sagte ich.

»Also verwende ich eine Kombination aus digitalem Gesichtsmapping auf den Profilbildern und füge den Datensatz dazu.«

»Datensatz?«

»Profilinformationen, wissen Sie. Größe, Gewicht, Hobbys. Und dann wird die Liste eingegrenzt, damit ich keine Zeit mit unperfekten Übereinstimmungen verschwende.«

»Was machen Sie beruflich, Herr Winnow?«, fragte Morgan.

»Ich bin ein... IT-Berater?«, sagte Chuck.

»Sie sind ein Hacker«, sagte sie.

»Nun ja«, sagte er und fügte hastig hinzu: »Aber ich tue nichts Illegales.«

»Ha«, sagte Morgan. »Berühmte letzte Worte.«

Seine Wangen gewannen etwas Farbe zurück.

»Und dieser spezielle Hack«, sagte Morgan. »Dieses Targeting, das Sie auf *Flint* machen.«

»Ich würde es nicht *Targeting* nennen«, sagte er. »Das scheint etwas-«

»Dieses Targeting, das Sie machen«, wiederholte Morgan, als hätte sie seine Unterbrechung nicht gehört. »Sie machen das für andere Leute. Sie bezahlen Sie.«

»Ja«, sagte er. »Das ist nicht illegal.« Seine Wangen erröteten noch mehr. »Oder?«

Der Polizist mit der Brille schaltete sich ein. Er hatte tiefer in Winnows Computer gegraben. »Er bietet eine ganze Reihe solcher Dienste an. Hat eine Aufzeichnung von Mikrozahlungen aus der ganzen Welt.«

»Lass mich raten«, sagte Morgan und ballte ihre Faust. »Sie sind alle nicht nachverfolgbar.«

»Genau«, sagte der Polizist. »Und die *Flint*-Profile der Männer, mit denen Durison Kontakt hatte, sind alle verschleiert. Das Gleiche gilt für die anderen Opfer.«

Morgans Wangen röteten sich vor Wut.

»Sie haben den Auftrag bekommen, Frauen zu finden, die wie ich aussehen«, sagte ich, und Chuck schaute mich an, als sähe er mich zum ersten Mal im Raum. Er blinzelte und kaute auf seinen Lippen.

Er wählte seine Worte sorgfältig. »Ich bekomme viele verschiedene Aufträge.«

»Aber dieser«, drängte ich. »Dieser spezielle Auftrag. Begann vor etwa einer Woche. Groß. Brünett. Sportlich. Mit einem Gesicht wie meinem.«

»Ich glaube schon«, sagte er.

Er log über irgendetwas.

»Du glaubst schon?«

Morgan trat einen Schritt näher an ihn heran, um ihn daran zu erinnern, was auf dem Spiel stand.

»Okay«, sagte er. »Ja. Ja, ich musste Frauen finden, die wie Sie aussahen.«

Ich starrte ihn an, mein Magen brodelte vor Angst und Wut. Ohne es zu beabsichtigen, strömte wütende Magie aus meinen Fingern und wartete auf meinen Befehl. Ich hatte keinen. Meine Hände funkelten blau, als ich versuchte, mich zu beruhigen.

Chuck starrte noch intensiver. »Was zum-«

Aber ich konnte es nicht mehr zurückhalten. Ich war so wütend darüber, dass das diesen Frauen passierte, jeder einzelnen von ihnen, die ich hätte sein können, dass meine Magie versuchte, aus meiner Haut zu springen.

»Jax«, sagte Morgan, als sie mein Gesicht sah.

Ich musste hier raus, musste Druck ablassen, bevor ich dieses dämliche italienische Villen-Apartment wegsprengte, aber es war, als könnte ich mich nicht bewegen. Meine eigene Magie hielt mich am Boden fest und bestand auf Vergeltung.

Das ist nicht der Richtige, sagte ich mir. Es half nicht.

Ventum Exquiris, hörte ich mich denken, ohne es zu beabsichtigen. Bald wirbelte ein Wind im Raum auf und ließ Papiere und alte Papierservietten um uns herumfliegen. Dann wurde es heftiger, und Tassen begannen, auf den Boden zu krachen, Spielzeuge kippten um, und alle im Raum sahen schockiert aus, auch Morgan.

»Jax«, sagte sie, ihre Augen blitzten warnend.

Ich schaute sie mit verzweifelten Augen an. *Ich bin das nicht*, wollte ich sagen, aber es war ganz offensichtlich so.

Der Wirbelwind wurde stärker, und wir alle suchten nach etwas, woran wir uns festhalten konnten, sonst riskierten wir, gegen die amarettifarbenen Wände geschleudert zu werden.

Die Polizisten hielten ihre Hüte und ihre Waffen fest. Azurblaues Licht strömte aus meinen Handflächen und verband sich mit dem fegenden Wind, bis der Windstoß mit Blau durchzogen war. Meine Arme hoben sich und begannen über meinem Kopf zu schwingen, als würde ich den Wind dirigieren... was ich auch tat, aber ich war es nicht. Dasselbe war mir passiert, als ich in der Woche zuvor den Anführer der Goblinsgang jagte. Qwynkle hatte mich so wütend gemacht, dass ich am Ende eine ganze Tiefgaragenebene zerstörte und mich dabei fast selbst umbrachte. Ich hatte die Kontrolle über meine Emotionen verloren und dadurch die Kontrolle über meine Magie. Ich musste mich beruhigen, aber das Blau strömte weiter aus meinen Händen. Bald flogen die Schubladen von Winnows Schreibtisch heraus und krachten gegen die gegenüberliegende Wand, und der Inhalt wirbelte im Raum umher, darunter auch ein Foto von mir, das Morgan geschickt aus der stürmischen Luft pflückte, als wäre ihre Hand ein hungriger Vogel. Sie schaute es an und dann starrte sie mich an.

»Jax!«, rief Morgan, was den Zauber brach, buchstäblich und im übertragenen Sinne, und die wirbelnde Luft hörte auf. Alles, was in die Luft gewirbelt worden war, fiel mit einem enttäuschten Rumpeln zurück, einschließlich der *Darth Vader*-Tasse, die direkt vor ihm auf Chucks Schreibtisch zerschellte und alle zusammenzucken ließ.

Chucks Körper und Stimme zitterten. »Das war meine Lieblingstasse.«

So viel dazu, dass wir alle unseren Teil zur Wahrung der Maskerade beitragen. Ich hatte mich gerade vor unserem Hauptverdächtigen als Zauberer geoutet.

»Kann mir jemand bitte sagen, was h-hier los ist?«, sagte er. Er blickte mich erneut an. »Wer *bist* du?«

Morgan hielt das Foto hoch. Soweit ich erkennen konnte, war es kürzlich aufgenommen worden, direkt vor meinem Apartmentgebäude. Morgan wirkte genauso erschrocken wie ich mich fühlte. »Wer hat Sie beauftragt?«

»Ich weiß es nicht!«, sagte Chuck. »Ich weiß es nie. Es ist am besten, beide Parteien anonym zu halten.«

»Sie werden ins Gefängnis gehen«, sagte Morgan.

Die Farbe wich erneut aus Chucks Wangen. »Aber ich habe nichts Falsches getan!«

Morgan, die immer noch das Foto von mir umklammerte, lehnte sich zu ihm und sprach mit einem furchteinflößenden Flüstern. So furchteinflößend, dass ich mir Sorgen um die Trockenheit seiner neuen Shorts machte. »Sie werden ins Gefängnis gehen, weil Sie einem Serienmörder Beihilfe geleistet haben.«

»Nein!«, rief Chuck. »Das habe ich nicht!«

Mit einem Brüllen fegte Morgan mit ihrem Arm über den Schreibtisch und wischte alles auf den Boden, einschließlich der Fragmente von Chucks Lieblingstasse. Als die Arbeitsplatte frei war, riss sie die Klettverschlüsse ihrer kugelsicheren Weste auf und griff mit der Hand in ihre Tasche darunter, wobei sie einen Stapel kleiner Fotos hervorholte: Leichenhausfotos.

»Liz Durison!«, schrie sie und knallte das erste Foto vor ihm auf den Schreibtisch. Seine Augen wurden größer, und seine Haut nahm einen grünlichen Farbton an. Es war klar, dass er sie erkannte.

»Ich wusste nichts davon«, sagte er.

»Stacy Morrow!«, schrie Morgan, und das nächste Foto wurde auf den Tisch geknallt. Winnows Gesicht war eine Maske des Grauens. Er sah zu mir auf und dann wieder auf das Foto.

»Nein«, sagte er. »Nein, nein, nein.«

»Tammy Bachman!«, brüllte Morgan und machte weiter, bis acht Fotos auf dem Tisch lagen.

»Nein«, sagte Winnow erneut.

»Doch!«, schrie Morgan. »Und Sie werden uns sagen, wer Sie dafür bezahlt hat, diese Frauen zu finden!«

»Ich weiß es nicht!«, schrie er zurück. »Ich schwöre, ich weiß es nicht!«, und dann griff er nach dem Papierkorb zu seinen Füßen und erbrach sich hinein. Wieder wandte ich meinen Blick ab.

Der halb gegessene Donut lag vergessen auf dem Boden.

KAPITEL 31
ANSTECKENDE MAGIE

Als Morgan mich vor meinem Apartment absetzte, war ich extrem angespannt. Wer hatte dieses Foto von mir gemacht? Und wer hatte es an Chuck Winnow geschickt? (Chuck Winnow, der jetzt im Hauptquartier der Skorpione von Eisenhoden, alias Captain Morgan, verhört wurde. Er hatte keine Chance.) Falls es etwas gab, das er uns nicht erzählt hatte, würde Morgan es aus ihm herausholen. In der Zwischenzeit hatte ich die strikte Anweisung zu schlafen, weil ich so erschöpft war, als wir alle zurück in die Streifenwagen stiegen, dass ich vor Müdigkeit kaum noch sprechen konnte. Eigentlich wollte ich mit zum Hauptquartier für Chuck Winnows Verhör, aber ich konnte kaum einen Satz zusammenhängend formulieren und erinnerte mich, dass ich seit über 24 Stunden kaum gegessen oder geschlafen hatte. Eine Zauberin muss ihre Grenzen kennen. Ich fühlte mich schrecklich, als ich ins Bett kletterte, ohne die Angriffe im *Olde Worlde Railway* untersucht zu haben, und noch schlimmer, weil ich nicht nach Blimaex geschaut hatte, nachdem ich seinen Bruder eingesperrt und die Voodoo-Puppe gestohlen hatte, aber wenn ich nicht etwas Schlaf bekam, würde ich für niemanden von

Nutzen sein. Kennt ihr diesen Ratschlag, den sie bei der Sicherheitseinweisung im Flugzeug geben?

Im Notfall ziehen Sie zuerst Ihre eigene Sauerstoffmaske auf, bevor Sie anderen helfen.

Nun, meine ganze Woche war ein Flugzeugabsturz gewesen, und ich brauchte verdammt noch mal meine Sauerstoffmaske. Es fühlte sich an, als wäre ich seit Jahren nicht mehr zu Hause gewesen. Ich begrüßte Gnor, meinen Sicherheitsmann, mit der ganzen Begeisterung, die ich aufbringen konnte, und fiel praktisch in meine Wohnung. Ich schluckte die letzten beiden Schmerztabletten aus der Flasche mit einem Glas dringend benötigtem Leitungswasser hinunter, dann füllte ich den Becher noch einmal. Ich war so durstig, dass ich fast auf das Glas verzichtet hätte. Meine Haut hatte eine so dicke Schmutzschicht, als hätte ich den ganzen Tag Schornsteine gefegt. Mein Hemd roch so übel, dass ich mir nicht einmal die Mühe machte, es in den Wäschekorb zu werfen. Stattdessen landete es direkt im Mülleimer. Ich konnte Ghost praktisch hören, wie er über mein schlampiges Verhalten schimpfte. Ich wartete nicht einmal auf die Zurechtweisung-mit-Begrüßung des roten Hardcovers, das zu Boden knallte. Ich kroch einfach unter die Dusche und drehte sie voll auf. Nach einer Minute fühlte ich mich spürbar besser. Nach zehn Minuten hatte ich meine Haut geschrubbt, meine Haare gewaschen, und die Medikamente hatten gewirkt. Ich fühlte mich millionenfach besser – ich war praktisch high – und begann zu singen, um es zu beweisen.

Nun, wenn ich ein gewöhnlicher Mensch mit gewöhnlichem Stimmumfang und Rhythmusgefühl wäre, wäre das vielleicht kein Problem gewesen, aber ich bin für meine erschütternde Singstimme bekannt. *Das reicht, um Werwölfe in die Flucht zu schlagen*, hatte Ferra einmal gesagt, als wir einen magischen

Karaoke-Abend im *The Copper Cog & Ale* hatten. Und was sollte ich sagen? Ich stimmte zu. Also sang ich nicht. Es sei denn, ich war allein, unter der Dusche, fühlte mich glücklich, am Leben zu sein, und war high von Schmerzmitteln, die so stark waren, dass sie einen Troll hätten umhauen können.

Ich drehte die Dusche ab, immer noch trällernd, und griff nach meinem Handtuch, das ich vergessen hatte über die Seite der Duschtür zu hängen.

»Faex!«

Plötzlich erschien in der Dampfwolke das fehlende Handtuch.

Oh mein Gott, dachte ich, *verbessert Ghost sein Spiel? Reicht mir Handtücher nach der Dusche? Das ist wie ein Butler! Daran könnte ich mich gewöhnen.*

»Ghost?«, fragte ich. Das war beispiellos. Ich begann, von all den Dingen zu fantasieren, die Ghost für mich tun könnte. Im Sommer *Piña Coladas* für mich mixen, im Winter würzigen *Glühwein* brauen. Würde er jetzt anfangen, die Tür zu öffnen und meine Zeitungen zu bügeln?

»Ghost?«

Ich wickelte das Handtuch um mich und stieg aus der kobold-großen Dusche. Das goldene Licht des Sonnenaufgangs strömte ins Schlafzimmer und vergoldete den Mann im Sessel.

Darick sah zu mir auf und grinste. »Ich wurde schon schlimmer genannt«, sagte er.

Ich errötete. Nicht weil ich halbnackt war, sondern weil er meinem Gesang ausgesetzt gewesen war. War das der Grund, warum er wie ein Verrückter grinste? Wahrscheinlich.

Ich wusste, dass ich hätte sagen sollen:

Darick, du kannst nicht einfach so auftauchen. Ich war unter der Dusche.

Ich bin halbnackt, um Faex's *Willen.*

Du kannst nicht kommen und gehen, wie es dir gefällt.

Das ist mein persönlicher Raum.

Ich werde Gnor feuern.

Du musst vorher anrufen, du musst an die Tür klopfen, du musst fragen, ob du reinkommen kannst.

Aber ich wusste, dass ich nichts davon ernst meinte. Ich liebte es, dass Darick die Angewohnheit hatte, genau dann aufzutauchen, wenn ich ihn brauchte. Und dieser *persönliche Raum* war zu lange zu einsam und kalt gewesen. Wir standen da, sagten kein Wort, und es war, als würden wir uns verstehen. Auf seltsame Weise hatten wir uns immer verstanden. Ich machte ein paar Schritte auf ihn zu.

Darick betrachtete das Charm-Armband an meinem tropfenden Handgelenk, das er mir geschenkt hatte, mit der explodierten Koboldkugel als einzigem Anhänger. Die, die er aus meinem Herzen gegraben hatte, bevor er seine Kraft einsetzte, um mich zu heilen.

Darick. Magier. Attentäter.

Er hörte auf zu lächeln. Jetzt lag etwas anderes auf seinem Gesicht.

»Du trägst es immer noch«, sagte er mit rauer Stimme.

»Ich habe es nie abgenommen«, sagte ich.

Er stand auf, aus dem Sessel, in dem er ganze Nächte wachend verbracht hatte, mich beim Schlafen beobachtend, über mich wachend. Er bewegte sich auf mich zu, seine breite Brust hob und senkte sich, das bronzefarbene Honig-Licht strömte über uns beide. Und dann standen wir zusammen, berührten uns fast, schauten einander in die Augen. *Fast berührten wir uns.* Mein Körper summte vor Sehnsucht nach ihm, und sein Gesicht spiegelte mein Verlangen wider. Er griff nach meinem Gesicht, legte seine Handfläche sanft an die Seite meines Kopfes. Er warf einen Blick auf die Tätowierung an meinem Hals – ein Vampirbiss – und mit seiner anderen Hand zog er mich näher, eine schnelle, entschlossene Geste, die mich elektrisierte, und ich ließ das Handtuch auf den Boden fallen. Seine Augen standen in Flammen, ebenso wie meine Haut, wo er mich berührte. Ich brauchte mehr. Ich wollte jeden Zentimeter von ihm. Ich streckte mich und unsere Lippen waren nur einen Hauch voneinander entfernt, als mein Telefon zu klingeln begann.

KAPITEL 32

GRAUSAME SCHNITZEREIEN

Darick hob mein Handtuch vom Boden auf und reichte es mir. Ich wickelte es schnell um meinen schmerzenden Körper und prüfte mein Handy, das ich in diesem Moment aus tiefster Seele hasste. Die Anrufer-ID zeigte *SKORPIONE*, also blieb mir nichts anderes übrig, als ranzugehen. Darick verließ den Raum und schloss die Tür, um mir etwas Privatsphäre zu geben.

»Morgan?«

»Jax. Du solltest eigentlich schlafen.«

»Also hast du beschlossen anzurufen und mich aufzuwecken, um das zu überprüfen?«

»Ich muss dir etwas sagen.«

»Ich höre ganz gespannt zu«, sagte ich.

»Die Adresse, die du uns gegeben hast. Orange Grove? Wir haben einen Streifenwagen geschickt, um den Typen abzuholen. Da war niemand.«

Mein Körper wurde eiskalt.

»Im Keller«, sagte ich. »Ich habe ihn im Keller eingesperrt.«

»Ich weiß. Sie haben nachgesehen. Die Falltür war offen. Alles, was sie dort unten gefunden haben, war ein leerer Käfig.«

»Nein!«, schrie ich ins Telefon und trat gegen die Wand, wobei ich mir fast die Zehen brach.

»Es tut mir wirklich leid«, sagte sie.

»Er hatte Hilfe«, sagte ich. »Jemand hat ihm bei der Flucht geholfen.«

»Wer?«

Ich schüttelte den Kopf. »Ich weiß es nicht.«

»Es war ein harter Tag. Und es ist erst sechs Uhr morgens.«

Wenn Slyden frei war, würde es wahrscheinlich mein letzter Tag auf Erden sein. Ich ließ mich auf mein Bett fallen.

»Es könnte besser werden«, sagte Morgan.

»Irgendwie glaube ich nicht, dass das passieren wird.«

»Es gibt auch gute Neuigkeiten«, sagte sie.

»Was?«

»Ich habe eine einstweilige Verfügung bekommen, um die Dienste von *Flint* vorübergehend auszusetzen.«

»Das sind gute Neuigkeiten«, sagte ich. »Gut gemacht.«

»Der Richter hat uns 48 Stunden gegeben.«

»*Filius Canis*«, murmelte ich.

»Immerhin etwas.«

Ich stellte Morgan auf Lautsprecher und begann, meine Kleidung anzuziehen.

»Was machst du da?«, fragte sie.

»Ich ziehe mich an.«

»Nein«, sagte sie. »Du solltest eigentlich schlafen.«

»Das sagst du immer wieder«, erwiderte ich, während ich mir meine engen Jeans hochzerrte und auf der Stelle hüpfte, um den Vorgang zu beschleunigen.

»Jetzt? Morgengymnastik?«, fragte Morgan.

»Skinny Jeans«, sagte ich.

»Ah.«

Die Türklingel läutete.

»Argh«, sagte ich. »Die Tür. Ich muss los. Ich rufe dich an.«

»Kann ich helfen?«, sagte sie. »Mit dem verschwundenen Zauberer?«

Bei der Erwähnung von ihm wurde mir kalt. Er würde auf dem Weg sein, um mich zu finden, und diesmal würde er mir keine Chance geben zu entkommen. Ich brauchte jede Hilfe, die ich kriegen konnte, aber auf keinen Fall würde ich Morgan da mit reinziehen. Es war viel zu gefährlich.

Ich öffnete die Tür und sah einen hoffnungsvollen Bron. Er lächelte und hielt einen Kaffee zum Mitnehmen für mich hoch.

»Ah, *faex*«, sagte ich, als ich ihn sah, und sein Gesicht verzog sich. »Tut mir leid, Bron, ich habe unsere Übungsstunde heute völlig vergessen.«

Ich nahm den Kaffee trotzdem an und nahm einen Schluck. Es war genau das, was ich brauchte. »Möge die Leere dich segnen«, sagte ich.

Ehrlich gesagt war ich ein wenig überrascht, dass er aufgetaucht war. Er hatte nach unserer letzten Trainingseinheit ziemlich verängstigt gewirkt, und ich hatte mich gefragt, ob er beschließen würde, dass das magische Leben doch nichts für ihn sei. Gnor schnarchte neben uns, fast horizontal in dem spröden Plastik-Gartenstuhl.

»Ich habe geübt«, sagte Bron, die Jade-Knöpfe seiner Augen leuchteten hell gegen seine dunkle Haut.

»Gut«, sagte ich. »Gut.«

»Ich werde nicht wieder Angst bekommen«, sagte er.

»Glaub mir, du wirst Angst bekommen«, sagte ich zu ihm. »Der Trick ist, die Angst nicht über dich herrschen zu lassen.«

»Ich werde besser werden, ich verspreche es«, sagte er. »Ich habe ununterbrochen geübt. Ich will es dir zeigen.«

Er stand da, beobachtete mich, immer noch hoffnungsvoll.

»Ich muss heute Vormittag irgendwo hin«, sagte ich zu ihm. »Tut mir leid. Wir setzen deinen Unterricht morgen fort.«

Falls ich dann noch atme, dachte ich.

»Ich könnte dir heute einfach folgen«, sagte er. »Ich werde nichts sagen. Ich schaue nur zu.«

»Nein«, sagte ich. »Nicht heute.«

»Ich bin nur dein Schatten«, sagte er.

»Bron«, sagte ich, meine Augen bohrten sich in seine. »Nicht heute. Okay?«

Der Junge war wirklich enttäuscht. Er sagte nicht einmal auf Wiedersehen. Er verengte einfach seine Augen und mit einem lauten Schnappen verwandelte er sich in einen Raben und flog davon.

»Danke für den Kaffee!«, rief ich ihm nach.

Gnor wachte mit einem Ruck auf. »Was das?«

»Vergiss es, Gnor«, sagte ich. »Schlaf weiter.«

Darick war in der Küche, als ich wieder hineintapste. Er untersuchte die Pflanze, die ihre Größe verdoppelt hatte und jetzt den größten Teil des Fensters bedeckte.

»Diese Krone ist irgendwo«, sagte er. »Irgendwo in der Nähe.«

Er brach ein kleines Stück von der Pflanze ab und steckte es in seine Jackentasche.

»Gizmo könnte auch noch leben«, sagte ich, Hoffnung ließ meine Stimme brechen.

»Ja«, sagte Darick, obwohl das Wort in meinen Ohren leer klang.

Ich musste gehen. Ich hätte *Mach's dir gemütlich* gesagt, aber Darick hatte das schon vor langer Zeit getan.

Ich gab ihm den Rest meines Kaffees und zog meinen Trenchcoat an.

»Ich habe einen Auftrag«, teilte ich ihm mit, obwohl er nicht gefragt hatte. Mein Mantel fühlte sich schwer an, was mich daran erinnerte, dass ich all die Dinge in meiner Unendlichkeitstasche hatte. Ich zog Durisons kleines schwarzes Buch heraus und Zeels Notizbuch und quetschte sie in mein ohnehin schon überquellendes Bücherregal, zwischen *Fantastische Feen-Folklore* und *Der Schattenjäger*. Während Darick mit dem Rücken zu mir stand, nahm ich die kleine braune Flasche mit *Spiritus Morbus* und versteckte sie hinter der obersten Reihe Bücher. Dann nahm ich die Voodoo-Puppe von Blimaex Abarim und legte sie behutsam auf die Küchentheke. Das lateinische Märchen war immer noch in ihren Körper eingeritzt.

»Was ist das?«, fragte Darick.

»Es ist eine Puppe, die jemand benutzt hat, um Ansteckungsmagie zu übertragen«, sagte ich. »Eine Voodoo-Puppe.«

Darick beugte sich näher, um die Gravur zu betrachten. »Das muss wehgetan haben.«

»Kannst du sie reparieren?«, fragte ich.

»Sie heilen?«, sagte er. »Eine Puppe?«

»Sie ist immer noch mit dem Empfänger verbunden«, sagte ich. »Ich weiß nicht, wie ich die Verbindung brechen kann.«

Darick sah nachdenklich aus, dann rieb er seine Handflächen aneinander, als würde er sie aufwärmen.

»Ich weiß nicht, ob es funktionieren wird«, sagte er. »Aber ich kann es versuchen.«

Er rieb weiter seine Hände aneinander, bis sie ein subtiles Leuchten auszustrahlen schienen, das ich vorher noch nie gesehen hatte. Vielleicht war das Leuchten in meinem Körper gewesen, als er mich zusammengenäht hatte. Er starrte mit tiefer Konzentration auf die Holzfigur, dann legte er seine rechte Hand darauf und bedeckte sie von Kopf bis Fuß. Seine Brust hob und senkte sich, während er tief atmete und seinen Blick nicht von seiner leuchtenden Hand abwandte. Als er fertig war und seine Hand wieder hob, hatte die Voodoo-Puppe eine glatte, polierte Oberfläche, ohne eine Spur der vorherigen grausamen Schnitzereien.

»Danke«, sagte ich. »Danke.«

Ich steckte die Puppe zurück in meine Tasche. Ich würde sie Blimaex geben. Er würde wissen, was damit zu tun ist.

Mein Telefon klingelte nach wenigen Minuten. Es war Willard, der Butler. Seine Stimme zitterte vor Erleichterung.

»Ich weiß nicht, was Sie getan haben«, sagte er, »ich weiß nicht, wie Sie es getan haben.«

»Ihm geht es besser?«

»Ms. Knight«, sagte Willard. »Ihm geht es besser. Er lag im Sterben. Er war dem Ende nahe. Aber jetzt geht es ihm besser.« Und dann brach er in Tränen aus.

Ich schaute zu Darick und lächelte ihn an. »Es hat funktioniert«, flüsterte ich vom Telefon abgewandt, und er lächelte zurück.

Ich wandte meine Aufmerksamkeit wieder Willard zu. »Ich bin auf dem Weg zu Ihnen«, sagte ich. »Ich habe etwas für Blimaex.«

»Danke«, sagte er unter gedämpftem Schluchzen.

»Ich muss nur vorher kurz woanders hin.«

»Danke«, sagte er erneut.

»Willard?«, sagte ich. »Ich glaube, ich habe Slyden verärgert.«

Willard hörte auf zu schwärmen; seine Freude verdampfte.

»Was?«

»Ich werde so schnell wie möglich da sein. Aber in der Zwischenzeit... schließen Sie die Türen ab.«

Mein Trenchcoat war eng gegürtet. Ich hatte meinen Zauberstab an meinem Gürtel befestigt und meine nagelneue Armbrust auf dem Rücken. Darick blinzelte mich an.

»Gehst du einkaufen?«, scherzte er.

Jap, dachte ich. *Ich gehe auf Vampirjagd.*

Es kam für mich nicht in Frage, zu Hause herumzusitzen und darauf zu warten, dass Slyden mich und meinen schnarchenden Sicherheitsmann findet, und ich war längst überfällig bei *Der Alten Eisenbahn*.

Mein Plan war, zum Bahnhof zu fahren, die paar Vampire zu Asche zu verwandeln, die dem Besitzer Ärger machten, und dann zum Abarim Manor zu gehen, um die Voodoo-Puppe zu übergeben.

Ich werde nicht einmal versuchen, nach Slyden zu suchen, dachte ich, während mein Magen einen Purzelbaum schlug. Ich wusste, dass er mich finden würde.

KAPITEL 33

EIN KLEINES VAMPIRPROBLEM

Darick nahm seine Schlüssel und sah aus, als wäre er bereit zu gehen. Er fragte nicht, wohin ich ging.

»Ich begleite dich nach draußen«, sagte er mit einem Blick auf seine Uhr. »Ich muss irgendwo hin.«

Ein Teil von mir wollte, dass er mitkommt und hilft, die paar Unruhestifter am Bahnhof zu beseitigen. Ein anderer Teil erinnerte mich daran, dass ich das beruflich machte. Ich stellte mir meinen Bettpfosten vor. Ich brauchte keinen Mann an meiner Seite, um ein kleines Vampirproblem zu lösen.

Trotzdem konnte ich nicht anders. Ich war ein wenig verstimmt, dass er nicht mit mir kam. Auftrag hin oder her, ich begriff mit einem Flattern in meinem Bauch, dass ich mehr Zeit mit Darick verbringen wollte. Die Bedrohung durch Slyden, die wie eine dröhnende Gewitterwolke über mir hing, verstärkte meine Neigung, mich an ihn zu klammern. Ich gebe zu, es ist ziemlich praktisch, einen Heilmagier-Slash-Assassinen in der Nähe zu haben.

223

Wir verabschiedeten uns an meinem Motorrad und hätten uns fast wieder geküsst. Seine Hand auf meinem Rücken war elektrisierend. Ich stülpte mir den Helm über den Kopf, ließ den Motor aufheulen und wir winkten uns zu, als ich vom Parkplatz des Gebäudes davonbrauste.

Die Fahrt zum Bahnhof *Olde Worlde Railway* war berauschend und voller gemischter Gefühle. Mein Kopf und mein Körper vibrierten noch immer von Daricks Anwesenheit in meinem Schlafzimmer, und meine Haut kribbelte überall. Es ist ein einzigartiger Nervenkitzel, wenn man begreift, dass jemand, in den man sich verliebt, sich ebenfalls verliebt. Dennoch durfte ich meine Deckung nicht fallen lassen, erinnerte ich mich selbst. Die harte Wahrheit war, dass ich immer noch keine Ahnung hatte, wer Darick war oder was er in meinem Leben zu suchen hatte. Sein Name klang immer noch irgendwie vampirisch, dachte ich, aber er war kein Vampir. Oder wenn doch, dann verbarg er es extrem gut.

Tatsächlich hatte ich das Gefühl, dass er eine Menge verbarg und darin sehr gut war. Ich nahm mir vor, als ich am Ponte Tower vorbeifuhr – einer gewaltigen zylindrischen Struktur aus grauem Beton, 54 Stockwerke hoch, berüchtigt für seine Architektur des New Brutalism und seine suizidalen Bewohner –, dass ich herausfinden würde, wer Darick war, bevor ich mich noch tiefer verliebte.

Das Bild des Turms blieb in meinem Kopf. Ich hatte irgendwo gelesen, dass als er verfiel, die Leute ihren Müll in den hohlen Kern warfen, und als der Abfall schließlich beseitigt wurde, waren es drei Stockwerke davon, darunter, neben anderen erschreckenden Dingen, tote Körper von Tieren und Menschen. Ich hoffte, dass ich es nicht bereuen würde, in Daricks Vergangenheit zu graben.

Ich kam am Bahnhof an, die Reifen meines Motorrads rutschten leicht auf dem losen Kies auf dem Parkplatz. Der Ort wirkte verlassen, und ich fragte mich, ob es Tambo Vuleka tatsächlich gelungen war, die Touristen davon abzuhalten, herzukommen. Ich ging vorsichtig über die scharfen grauen Steine in Richtung Empfang, der wie ein Bahnhof aus den 1800er Jahren aussah, komplett mit einem prächtigen Gebäude in edlem Marineblau, einer wunderschönen Dampflokomotive auf den Gleisen und dem Geruch von brennender Kohle in der Luft.

»Hallo?«, rief ich. »Herr Vuleka?«

Der Ort blieb still und leer.

Das ist überhaupt nicht unheimlich, dachte ich bei mir. *Nein, gar nicht unheimlich.*

Ich berührte die Armbrust auf meinem Rücken, nur um mich zu beruhigen. Es würden Vampire dort sein, und ich würde sie zu Asche verwandeln. Nichts, worüber man nervös werden müsste. Dennoch spürte ich, wie Adrenalin durch meine Venen pumpte und mich von innen heraus zum Leuchten brachte. Es war, als könnte mein Körper das Böse in der Luft spüren und reagierte entsprechend. Alles, was ich tun konnte, war weiterzugehen.

Ich kam auf dem Bahnsteig an, der picobello sauber und völlig leer war. Der glänzende, weinrote Zug auf dem Gleis vor mir zischte, und eine Wolke weißen Dampfes kräuselte sich in den frischen Morgenhimmel. Er schien bereit, irgendwohin zu fahren, aber Vuleka hatte gesagt, dass er den ganzen Betrieb eingestellt hatte. Hatte er seine Meinung geändert? Waren die Vampire zu anderen Vintage-Touristenzielen weitergezogen? Ich bewegte mich weiter vorwärts.

Der Empfangstresen wirkte verlassen. Ich lehnte mich über den Tresen, um zu sehen, ob ich einen Blick auf jemanden hinter den Kulissen erhaschen konnte, als ein Mann hinter einer Lagerraum-Tür hervorsprang und mich einen Meter in die Luft springen ließ.

»Frau Knight!«, rief er praktisch. »Danke, dass Sie gekommen sind!«

Ich hätte geantwortet, aber ich versuchte gerade, meine Lungen wieder zum Atmen zu bringen und mein Herz davon abzuhalten, einen Herzinfarkt zu erleiden.

Vuleka war als Schaffner gekleidet, in einem schicken altmodischen Anzug mit farbcodierten Epauletten, Fliege und Schirmmütze. Die goldene Kette seiner Taschenuhr glitzerte bei jeder Bewegung.

»Entschuldigung!«, sagte er, »Entschuldigung! Ich sehe, dass ich Sie erschreckt habe. Das war nicht meine Absicht.«

Sie haben sich einfach so gefreut, mich zu sehen, dachte ich.

»Ich freue mich einfach so, Sie zu sehen!«, schwärmte er. Seine Worte klangen irgendwie seltsam. Einstudiert. Vielleicht war ich nur paranoid. Vielleicht war nichts Verdächtiges an ihm, abgesehen von der Tatsache, dass er offensichtlich zu viele Filme mit hölzernen Dialogen schaute.

Wieder war ich nicht in der Stimmung für Smalltalk. »Wo sind sie?«

Der Schaffner sah mich an, nahm meinen Zauberstab und die Armbrust auf meinem Rücken zur Kenntnis.

»Das ist alles, was Sie haben?«, fragte er.

»Das ist alles, was ich brauche«, sagte ich.

»Bitte«, deutete er auf den Zug. »Kommen Sie hier entlang.«

Der Zug zischte erneut, als der Mann auf ihn zuschritt. Vuleka sprang an Bord und bot mir seine Hand an.

»Sie wollen, dass ich in den Zug steige?«, fragte ich.

Mein Bauchgefühl sagte *Auf keinen Fall.*

Vampire zu bekämpfen war eine Sache, aber Vampire in einem fahrenden Zug zu bekämpfen, mit nirgendwo zum Fliehen? Das schien nicht der beste Weg zu sein, um am Leben zu bleiben.

»Nun«, sagte er blinzelnd. »Sie sind im Zug.«

Diese schlechten Filme, die er gesehen hatte: Snakes on a Plane?, fragte ich mich. Nein, dann wüsste er, dass keine vernünftige Person *Vampires on a Train* zustimmen würde.

Ich trat einen Schritt vom Waggon zurück. Ich gebe zu, dass ich viele Fehler mache, aber ich ignoriere selten mein Bauchgefühl. Und mein Instinkt schrie mich an, in die entgegengesetzte Richtung zu rennen, schreiend. Ich trat noch einen Schritt zurück. Ich könnte in weniger als zehn Sekunden auf meinem Motorrad sein.

Jeder Teil meines Körpers schrie *Lauf! Lauf! Lauf!*

»Es tut mir leid«, sagte ich. »Ich glaube, ich kann Ihnen doch nicht helfen.«

Vuleka blinzelte mich an und umklammerte die elegante silberne Pfeife, die um seinen Hals hing.

War es Angst, die mich zurücktrieb ... oder? Ich hatte mich immer wieder meinen Ängsten gestellt, seit ich zu den Waffen gegriffen hatte gegen die Kreaturen, die meine Eltern getötet hatten. Aber sich seinen Ängsten zu stellen war eine Sache, leichtsinnig mit seinem Leben umzugehen eine andere. An guten Tagen halte ich mich für mutig, aber ich bin nicht dumm. Und heute wollte ich leben. Ich wollte Morgan wiedersehen können, und Ferra. Ich wollte Zeit mit Darick verbringen, ob er nun etwas verbarg oder nicht.

Ich trat einen weiteren Schritt zurück. Ich würde wegrennen. Ich wollte mich gerade ein letztes Mal entschuldigen, als mein Körper gegen etwas stieß. Erschrocken drehte ich mich um, griff dabei nach meinem Zauberstab und sah ... den Schaffner. Ich schaute zurück zu dem Schaffner im Zug, der jetzt ausdruckslos war, dann zu dem, gegen den ich gerade gestoßen war, der ebenfalls Vulekas Gesicht und Vulekas Uniform trug, wie ein eineiiger Zwilling. Dann sah ich Bewegung auf dem Bahnsteig; in der Ferne marschierten drei weitere Schaffner auf uns zu. Alle fünf dieser identischen Männer hatten ihre Augen raubvogelartig auf mich gerichtet.

Mein Kopf drehte sich; ich konnte nicht verstehen, was passierte, aber ich spürte die Bedrohung wie blitzende Dolche in der Luft. Meine Armbrust vibrierte auf meinem Rücken, mein Zauberstab summte in meiner Hand. Ich hatte viel, wofür es sich zu leben lohnte. Wenn sie einen Kampf wollten, würden sie ihn bekommen.

Ich könnte mit fünf Männern fertig werden, dachte ich und festigte meine Haltung. Der Schaffner direkt neben mir, gegen den ich gestoßen war, versuchte nach meinem Zauberstab zu greifen, aber ich bewegte ihn gerade noch rechtzeitig von ihm weg, über meine Brust, dann schwang ich meinen Ellbogen in seine Richtung zurück und traf ihn am Hals. Er taumelte zurück, und seine Hände flogen zu seinem Hals, während er würgte.

»Ignem Exquiris!« Mein Zauber brannte durch meinen Körper und durch meinen Arm, und der Strom, der meinen Zauberstab verließ, war ein sengendes, blaues Gewitter, das den Mann an den Knien traf. Er fiel um und schrie vor Schmerz. Die anderen drei waren jetzt näher, fast nah genug, um mich mit ihnen zu befassen.

»Glaciem Exquiris!« rief ich, und mein heißer Zauberstab wurde kalt. Er zog all die Angst, die ich in meiner Brust hielt, und verwandelte sie in gefrorenes Wasser, das eine Wand aus Eis zwischen uns aufbaute. Aber ich hatte keine Zeit zum Feiern. Es kamen weitere dutzend Schaffner-Klone auf mich zu, und sie waren genauso beängstigend ausdruckslos wie die anderen, als ob sie alle superrealistische Masken trügen.

»Monstras!« schrie ich, und ein violetter Wirbel von Magie fegte um mich herum und dann kaskadenartig zu ihnen. Einer nach dem anderen entfernte mein Enthüllungszauber ihre Glamours, und ich sah, dass die Männer, die auf mich zumarschierten, Vampire waren. Da wurde mir klar, dass es eine Falle war.

KAPITEL 34

STIMME MIT BLUTGERUCH

Über ein Dutzend Vampire in türkisfarbenen Umhängen kamen auf mich zu, als hätten sie seit Tagen nichts gegessen und ich wäre ein leckerer Sonntagsbraten mit allem Drum und Dran. Vorher waren ihre Tarnungen farblos gewesen, aber jetzt zeigten ihre wahren Gesichter alle Emotionen, die sie fühlten. Ihre Ausdrücke wechselten zwischen Wut, Zufriedenheit, Ehrgeiz, Gier und Verlangen.

Schnell steckte ich meinen Zauberstab zurück an meinen Gürtel und griff nach meiner Armbrust, die vor potentieller Energie vibrierte. Es war, als wollte die Armbrust die Vampire genauso dringend töten wie ich. Ich zielte auf den Vampir in der Mitte der vorrückenden Menge und drückte ab. Der Pfeil schoss mit einem befriedigenden *Zisch* aus der Armbrust und durchschnitt die Luft zwischen uns, bevor er mein Ziel mitten ins Herz traf. Er schrie vor Schmerz und Wut auf, seine Hände umklammerten den tödlichen Schaft des wärmesuchenden Pfeils. Seine Nase begann zu bluten, dann seine Augen, während er zu Boden sank. Keiner seiner Artgenossen hielt an,

231

um ihm zu helfen. Sie hatten kalte Herzen und wussten, dass es keine Rettung für ihn gab. Dann gab es einen Lichtblitz, als wäre ein Feuerschlucker auf der Party erschienen, als der verwundete Vampir in Flammen aufging. Er schrie, als das Feuer sein Gesicht leckte, und dann folgte eine weitere Explosion, die ihn in beißenden Rauch verwandelte und seinen Körper als Asche auf dem Bahnsteig verteilte.

Ich zielte mit der Armbrust und drückte wieder und wieder ab. Es gelang mir, fünf weitere Vampire zu erledigen, die alle auf ihre eigene Weise verbrannten. Einige der Flammen waren grün, andere lila. Ich hatte keine Zeit, das Feuerwerk zu bewundern. Eine neue Welle von Schaffnern erschien, strömte aus dem Bahnhof, und mir war klar, dass ich keine andere Wahl hatte, als auf den Dampfzug hinter mir zu springen. Es war der einzige Weg, um ihnen zu entkommen, aber nur, wenn ich ihn zum Fahren bringen könnte.

Ich tauschte meine Armbrust gegen meinen Zauberstab und schrie *"Contendis!"*, aber der Zug war extrem schwer, und es sah aus, als würde meine Magie allein ihn nicht bewegen können.

"Contendis!" rief ich erneut. Der Zug bewegte sich zentimeterweise vorwärts und hielt dann an.

Die Vampire waren zu nah. Nah genug, um mich zu packen. Ich würde das nicht zulassen. *"Contendis! Contendis!"*

Der Zug kroch vorwärts, und dann waren die Vampire direkt draußen, bereit, an Bord zu springen. Ich verwandelte den Vampir, der mir am nächsten war, in Asche, dann richtete ich meinen Zauberstab in den Zug, auf den Führerstand im vorderen Wagen, und konzentrierte mich auf die Schiebetür, die uns trennte.

"Rumpis!" schrie ich, und ein Komet aus zerstörerischer gelber Energie floss durch meinen Arm und sprengte die Tür auf, wodurch die Feuerbox des Heizers sichtbar wurde. Die Flammen waren niedrig.

Ich hielt meinen Zauberstab weiter in Richtung des vorderen Führerstands und starrte auf die Box. *"Ignem Exquiris!"* rief ich, und das Feuer loderte zu einem brüllenden Inferno auf. Funken und Glut schossen in den Waggon. Mit einem langsamen, schweren Ruckeln begann sich der Zug endlich zu bewegen.

Die Vampire sahen besorgt aus – wie eine Gruppe hungriger Katzen, die Gefahr liefen, ihren Kanarienvogel zu verlieren – und begannen, auf den fahrenden Waggon zu klettern.

"Fiat Fulgur!" brüllte ich und sprengte die wunderschöne, einzigartige Tür des Waggons weg, zusammen mit einem der Vampire. Dann wiederholte ich den Zauber am Fenster, zerstörte auch dieses sowie einen besonders hässlichen Vampir, der versuchte, sich hindurchzuzwängen. Sie schrien, liefen neben dem Zug her, bereit, sich hineinzuwerfen, aber die Lokomotive wurde immer schneller, bis sie nicht mehr mithalten konnten, und bald war der Bahnhof der *Olde Worlde Railway* nur noch ein Fleck in der Ferne.

Ich prüfte, ob irgendwelche verirrten Vampire noch festhielten, aber der Waggon war leer. Ich steckte meinen Zauberstab mit einem erleichterten Seufzen in meinen Gürtel und beugte mich vornüber, die Hände auf den Knien, um wieder zu Atem zu kommen.

»Heiliger *Faex*,« sagte ich laut. *Das war knapp.*

Das Feuer loderte immer noch in der Feuerbox, und der Zug wurde immer schneller. Die Druckanzeigen waren alle im roten Bereich, und die Dampfpfeife kreischte zum Himmel empor.

⌇

Das Armaturenbrett im vorderen Führerstand des Dampfzugs schrie Zeter und Mordio. Ich müsste das Feuer in der Feuerbox dämpfen, wenn ich nicht wollte, dass der Zug in etwas Großes und Unbewegliches kracht, wie den Steinberg, von dem ich wusste, dass er am Ende der Bahnstrecke lag.

Früher gab es einen Tunnel durch den felsigen Grat, aber vor ein paar Jahren stürzte das Dach der Unterführung ein. Jetzt gleitet der Zug bis zum Fuß des Berges, die Passagiere steigen aus, um ein altmodisches Picknick auf dem wilden Gras neben der Felswand zu machen, und fahren dann zurück zum Bahnhof von Jo'burg.

Nun, der Plan war, dass der Zug anhält, aber ich hatte keine Ahnung, wie man einen Dampfzug aus den 1800er Jahren bedient. Ich ging unsicher zum vorderen Führerstand und betrachtete die verschiedenen altertümlichen Anzeigen und tanzenden Nadeln. Sie erinnerten mich an Ferras Steampunk-Kneipe für magische Wesen. Ich musste das Feuer ersticken, richtig? Wie schwer konnte das sein? Ich bewegte einige Hebel und zog an einem gelben Knopf, aber nichts passierte. Das brüllende Feuer verbrannte meine Wangen, während ich versuchte, es zu verstehen. Ich könnte einen *Ventum*-Zauber benutzen, um zu versuchen, das Feuer auszublasen, aber es bestand die Gefahr, dass ich stattdessen das Feuer anfachen würde, wie mit einem riesigen Blasebalg, und ich wollte nicht, dass dieser Zug noch schneller fuhr. Schon jetzt war die Landschaft draußen verschwommen. Ich wusste vielleicht nichts über Züge, aber ich wusste, dass dieser antike Zug nicht dafür gemacht war, so schnell zu fahren.

Mein Körper war überhitzt und nervös. Ich schwitzte wie ein fettes Schwein auf einem sommerlichen Speckfestival. Die Hitze begann mich schwindelig zu machen, und ich musste zurück in den kühleren Waggon treten, um mich zu sammeln. Ich könnte versuchen, das Feuer einzufrieren, aber das schien auch keine gute Idee zu sein. Die Manipulation mit zwei Extremen könnte unbeabsichtigte Folgen haben, wie das zu schnelle Anhalten des Zuges, was dazu führen würde, dass eine bestimmte Zauberin durch das Vorderfenster geschleudert würde.

Denk nach, sagte ich zu mir selbst. *Denk nach!*

(Obwohl, meiner Erfahrung nach, sich selbst zum Nachdenken aufzufordern oft den gegenteiligen Effekt hat, wie jemandem zu sagen, er solle nicht in Panik geraten, wenn er gerade durchdreht).

Keine Panik.

Die Countdown-Uhr mit dem Messingrahmen surrte vor sich hin. Ich konnte mir vorstellen, dass sie normalerweise in einem schönen gemächlichen Tempo tickte und den Passagieren anzeigte, wie lange es noch dauern würde, bis sie das Ende der Strecke erreichten, aber jetzt raste sie, als ob wir so schnell unterwegs wären, dass wir durch die Zeit selbst flogen. Achtzehn Minuten noch, sagte sie. Siebzehn. Sechzehn.

Ich versuchte herauszufinden, was zu tun war, als ich den schwächsten Hauch von Vampir in der Nase hatte. Ich wirbelte herum, aber der Waggon war leer.

Ich zog meinen Trenchcoat fest um mich.

»Nano. Kragen,« sagte ich, und mein Nano sprang aus meiner oberen Tasche und befestigte sich um meinen Hals. Ich griff nach meiner Armbrust. Sie hatte fast keine Pfeile mehr, aber sie würde mir trotzdem noch gute Dienste leisten. Ich begann, in Richtung des zweiten Wagens zu gehen, meine Augen weit und konzentriert, meine Nase schnüffelte in der Luft. Ich hatte vor einer Minute definitiv den Geruch aufgefangen. Ich wusste, dass er da war. Alles, was ich tun musste, war, ihn zu finden.

Während ich lief, fragte ich mich, wer diese Falle gestellt hatte. Ich hatte den Eindruck gehabt, dass der Silvano-Clan mich lebend wollte, denn laut Blondie war ich die Einzige, die wusste, wie man die HochFeuer-Krone finden konnte.

Dann überkam mich ein Schatten der Vorahnung. Wenn sie versuchten, mich zu töten, konnte das nur eines bedeuten. Sie hatten die Krone gefunden.

Ich wollte nicht Recht damit haben. Ich hoffte wirklich, dass ich mich irrte. Denn wenn Acheron Baldassare, das Oberhaupt des Silvano-Clans, seine schmutzigen Finger an diese Krone bekäme, hätte er, was er brauchte, um das Reich auf den Kopf zu stellen. Er hatte bereits mehr Macht, als jeder Vampir je haben sollte, aber die Macht der Krone würde diese auf eine Weise vervielfachen, an die ich nicht einmal denken wollte. Er würde auch in der unberührten Welt freie Hand haben, und die Maskerade würde fallen. Der Rat ist das mächtigste Komitee im Reich, aber sie könnten Baldassare nicht antasten, wenn er in der Lage wäre, sein Taschenkönigreich wieder aufzubauen, zu stabilisieren und von dort aus zu herrschen. Diese Annahme von mir hatte Unheil in Großbuchstaben darauf geschrieben, und ich hoffte wirklich, dass sie nicht wahr war.

Vielleicht hatten die Silvanos einfach genug davon, mich in der Nähe zu haben, dachte ich. Vielleicht hatten sie genug von einer

Zauberin, die immer mehr Kerben in ihren Bettpfosten ritzte. Vielleicht wussten sie, was ich wusste: dass ich tief in mir einen tosenden Strudel der Dunkelheit hatte, den ich irgendwann auf sie loslassen würde.

Ich nahm den Geruch wieder wahr, das kupferne Rot, und verlangsamte meinen Schritt. Ich war jetzt im dritten Wagen, und der Zug raste immer noch die Schienen entlang, als wäre er ein japanischer Hochgeschwindigkeitszug und keine Lokomotive. Ich schätze, selbst Züge haben ihre Ambitionen.

Ich sah einen Fuß. Er ragte über den Sitz hinaus in den Gang, in der zweiten Hälfte des Wagens. Die Socke war schwarz und beige, mit Rautenmustern, und der Schuh war ein glänzender Lederschnürschuh. Schaffnerschuhe. Ich umklammerte meine Armbrust fest und bewegte mich zentimeterweise vorwärts. Es sah nicht aus wie der Fuß von jemandem, der gleich aufspringen und seine Fangzähne in meinen Hals versenken würde. Er wirkte ausgesprochen schlaff, als ob der Besitzer ein Nickerchen machen würde. Ohne einen Laut zu machen, schlich ich näher und näher. Der Fuß bewegte sich nicht. Schließlich, kaum atmend, mit schweißnassen Fingern an der Armbrust, konnte ich einen Blick auf den Körper werfen, und ich wünschte, ich hätte es nicht getan.

Es war Vuleka – der echte Vuleka – gekleidet in seiner schmucken Schaffneruniform, die zerfetzt worden war. Seine Kehle war brutal aufgerissen worden, und seine Fliege und sein elegantes weißes Hemd waren mit Blut befleckt; an manchen Stellen hellrot, an anderen braun. Sein Mord war nicht hier im Zug geschehen, dachte ich. Es gab keine Blutspritzer an der feinen Tapete im Inneren. Er wurde höchstwahrscheinlich am Bahnhof getötet und sein Körper hierher gebracht, damit ich ihn sehen konnte.

Eine Warnung oder ein Versprechen.

Aus irgendeinem Grund kam mir das Bild der Zigeunerfrau auf dem magischen Nachtmarkt in den Sinn. Die Chiromantin. Sie hatte einen solchen Schock bekommen, als sie versucht hatte, meine Handfläche zu lesen, dass es sie und ihre Tarotkarten in die Luft geschleudert hatte. Ich fragte mich damals, was sie gesehen hatte. Meinen Tod? Oder etwas, das ich tun musste, um am Leben zu bleiben? So oder so, die Dinge sahen nicht gut für mich aus.

Als wollte er diesen Gedanken unterstreichen, hörte ich ein leises Rascheln hinter mir und eine blutduftende Stimme.

Es war Lysander, der sich mit seinem dunklen Ärmel das Blut vom Kinn wischte. »Jacquelyn Denna Knight«, sagte der blonde Vampir, dessen Wangenknochen so scharf wie eh und je waren. »Wir treffen uns wieder.«

KAPITEL 35

KATZ UND MAUS

»Ich dachte, du wolltest mich lebend haben«, sagte ich zu Lysander und versuchte, nicht auf das glitschige Blut zu schauen, das noch immer sein Gesicht befleckte.

»Ach wirklich?«, fragte er mit amüsiertem Blick. »Ich weiß nicht, warum du das denken würdest. Du bist schließlich eine Vampirjägerin. Und ich bin... nun ja, ein Vampir.«

Ich warf einen Blick auf den zerfetzten Körper des Zugführers, der auf dem Sitz ausblutete.

»Hör auf, Spielchen zu spielen«, sagte ich.

»Aber Spielchen machen doch so viel Spaß.«

»Ist das der Grund, warum du mir geholfen hast, vom Markt zu fliehen? Um Katz und Maus zu spielen?«

Er kämmte seinen Pony mit seinen blutigen Fingern und übertrug dabei rote Glanzlichter auf sein flachsblondes Haar. »Ich habe dir geholfen, weil ich dich mag, Jacquelyn Denna Knight.«

»Du widerst mich an«, sagte ich. Wenn ich genug Speichel im Mund gehabt hätte, um ihn anzuspucken, hätte ich es getan, aber mein Mund war so heiß und trocken, dass er seine eigene Fata Morgana verdient hätte.

»Ich mochte dich von Anfang an.«

»Vom Anfang an?«, lachte ich. »Was? Seit gestern?«

Lysander lächelte. »Nein. Nicht seit gestern.«

Er ließ das sacken und beobachtete, wie ich mich wand.

Ich schluckte schwer. »Du hast mich verfolgt.«

»Man könnte es so nennen.«

Ich erinnerte mich schaudernd an das Bild von ihm, wie er in meiner Küche stand und ein Foto von meiner Topfpflanze machte, die sich in einen wuchernden Dschungelranker verwandelt hatte. Meine Eingeweide fühlten sich an, als wären sie mit Blei gefüllt.

»Du hast die Krone gefunden«, sagte ich, und seine Lippen kräuselten sich an den Rändern. Ich würde jetzt nie die Datei von ihm bekommen.

»So scharfsinnig«, sagte Lysander. »Aber das wusste ich bereits.«

»Gib mir die Datei«, sagte ich und hasste die verzweifelte Nuance, die ich in meiner Bitte hören konnte. »Bitte.«

»Warum?«, fragte er und holte das Handy aus seiner Tasche. »Warum sollte ich?«

Ich hasste es, konnte aber meine Verletzlichkeit nicht vor ihm verbergen. Ich faltete meine Hände und beschwor ihn. »Bitte!«

»Ich habe das Gefühl, dass diese Beziehung ziemlich einseitig ist«, sagte er. »Du erwartest, dass ich dir helfe, aber du bietest nichts als Gegenleistung.«

»Was willst du?«, fragte ich. Ich war bereit zu sagen: *Ich tue alles*, aber die Worte blieben mir im Hals stecken.

Er sah mich an, die Antwort schon parat, als er seine Meinung änderte und den Kopf schüttelte.

»Es ist zu spät«, sagte er und steckte das Handy weg. »Du hattest deine Chance.«

Die Landschaft zog in Grün und Blau hinter ihm vorbei. Wir fuhren immer noch mit gefühlten tausend Sachen. Ich musste zurück zum vorderen Teil des Zuges.

Ich hob meine Armbrust und richtete sie auf ihn. Meine Finger zitterten. Er sah verwirrt aus, als ich auf seine Brust zielte.

»Warum siehst du so verwirrt aus, Lysander?«, fragte ich. »Schließlich bist du, wie du selbst gesagt hast... ein Vampir und ich bin eine Vampirjägerin.«

Ich sah, wie die Muskeln in seinem Kiefer arbeiteten.

Ich hielt meine Hand ruhig. »Wenn du mir das Handy nicht geben willst, dann muss ich es mir eben nehmen.«

Lysander verengte seine Augen und war bereit zu fauchen.

»Es scheint, als würde sich heute alles um letzte Chancen drehen, Lysander, und jetzt ist es deine.«

Ich öffnete meine linke Hand, bereit, das Handy entgegenzunehmen.

Lysander berührte mit den Fingern seine scharlachroten

Lippen. »Die Sache ist die«, sagte er. »Es gibt weitere fünfzig Vampire an Bord, in den letzten Waggons.«

»Du lügst«, sagte ich.

»Nein.«

»Ich hätte gesehen, wie sie eingestiegen sind.«

»Nein«, sagte Lysander. »Sie waren bereits an Bord, bevor du am Bahnhof angekommen bist. Die Vampire auf dem Bahnsteig waren nur das... Begrüßungskomitee.«

»Um mich in den Zug zu locken«, sagte ich und spürte, wie der Boden unter mir heftig vibrierte und mein Herz in rasender Geschwindigkeit folgte. »Warum?«, fragte ich. »Sag mir die Wahrheit.«

»Hast du dich überhaupt gefragt«, fragte Lysander, »warum ich dir geholfen habe, zu Slyden Abarims Haus zu gelangen?«

Es schockierte mich, den Vampir Slydens Namen laut aussprechen zu hören. »Was?«, fragte ich.

Vielleicht doch nicht so scharfsinnig, hörte ich ihn denken. *Aber trotzdem. Sexy wie die Hölle.*

Meine Gedanken waren in Unordnung, während ich versuchte, die Puzzleteile zusammenzufügen.

Als ich nach Mitternacht bei Slydens Haus ankam, hatte er mich bereits erwartet. Der Zauberer hatte den Erscheinungstrick vorbereitet und nur darauf gewartet, dass ich hineinstolperte. Es gab keine Möglichkeit, wie er hätte wissen können, dass ich unterwegs war, es sei denn, jemand hatte ihn vorgewarnt. Ich schaute auf Lysanders gutaussehendes Gesicht, auf dem das trocknende Blut von Scharlachrot zu Braun wechselte.

Als Morgan mir erzählte, dass Slyden aus dem verschlossenen Keller entkommen war, wusste ich, dass jemand ihm geholfen hatte. Ich hatte nur nicht gewusst, wer. Aber jetzt ergab es Sinn.

»Du hast Slyden gesagt, dass ich kommen würde«, sagte ich. »Und du hast ihm geholfen, aus dem Keller zu fliehen.«

»Nun«, sagte er. »Nicht persönlich. Ich habe ein Team geschickt. Aber ja. Wir haben eine langjährige Vereinbarung mit Slyden Abarim.«

»Ihr bietet ihm Schutz-«

»Ja.«

»Und er gibt euch sein Blut«, sagte ich, und allein die Vorstellung machte mich krank. Ich erinnerte mich an den medizinischen Fangzahn auf Slydens Schreibtisch in seiner Zauberkammer; die Plastikschläuche und die Kühlbox.

Magus-Zaubererblut ist das potenteste Blut auf dem Schwarzmarkt für Magie. Es ist selten, aus offensichtlichen Gründen, und sehr teuer. Ich wusste bereits, dass der Silvano-Clan Magier sammelte. Letzte Woche hatte ich die unmarkierten Gräber von einem Dutzend ausgesaugter und ermordeter Zauberer auf dem Friedhof am Obsidian-Hügel gefunden.

Der Silvano-Clan hatte Magier, und sie hatten Die HochFeuer-Krone.

Die Situation schien hoffnungsloser als hoffnungslos. Ich wollte nicht in einem Reich leben, das von rücksichtslosen Vampiren beherrscht wurde. Vielleicht sollte ich nicht versuchen, den Zug zu stoppen. Vielleicht sollte ich ihn in die Felswand krachen und uns alle in die Luft jagen lassen. Es würde jedoch nichts bringen, nicht wirklich, denn Acheron hatte sich sicher in dem Taschenreich verkrochen, das er baute, und er würde es mit oder ohne uns tun.

»Gib mir das Handy!«, schrie ich. »Das ist das letzte Mal, dass ich dich bitte.«

Lysanders Nasenflügel bebten. Er würde die Ware nicht herausrücken. Ich erhöhte den Druck meines Fingers auf dem Abzug meiner Armbrust, bereit, einen Pfeil in seine Richtung zu schicken.

»Das würdest du nicht tun«, sagte er. Dann verengte er die Augen, und ich hörte ihn denken: *Würdest du?*

Um seine Frage zu beantworten, drückte ich ab.

KAPITEL 36

GOLD UND ROSA MIT FLAMMEN

Drei Dinge passierten gleichzeitig. Vier, wenn man mein Schreien mitzählt.

Der Pfeil verließ die glatte Flugbahn der Armbrust in meinen Händen und schoss auf Lysanders Brust zu. Der Schaffner setzte sich kerzengerade auf und sah mich mit seinen toten Augen an. Es schien ihn nicht zu kümmern, dass er weder eine Luftröhre noch ein schlagendes Herz hatte. Und eine Schar Vampire stürmte durch die Zugwaggons und drang in blutrünstigen Scharen in unseren Wagen ein.

Ich schrie. Natürlich schrie ich.

Lysanders Arm bewegte sich so schnell, dass er wie die vorbeiziehende Landschaft hinter ihm verschwamm. Er fing meinen Pfeil kurz bevor er sein Brustbein durchbohrte und sah mich mit schmachtenden Augen an, als hätte ich seine Gefühle verletzt, indem ich versuchte, einen Pfeil durch sein Herz zu jagen.

Ich vermutete, eine Entschuldigung wäre angebracht, wenn ich die nächsten sechzig Sekunden überleben wollte, aber als

245

ich meinen Mund öffnete, war einer der anderen Vampire bereits an meinem Hals. Er zischte und zeigte mir seine tollwütigen, schmutzigen Fangzähne, dann machte er sich bereit, sie in mich zu versenken. Ich trug meinen schützenden Nanokragen, aber ich wich trotzdem zurück.

»Lass sie in Ruhe!«, rief Lysander, was sowohl den Angreifer als auch mich verwirrte.

Der Schaffner, immer noch eine Leiche, stand von dem durchnässten Sitz auf und ging auf mich zu. Ein weiteres Vampirpaar näherte sich hungrig, und Lysander fauchte sie an. »Zurück!«, sagte er.

Lysander hatte denselben gierigen Blick in seinen Augen, und ich konnte nicht herausfinden, ob er mich beschützte oder ob er meine frischen Arterien einfach für sich selbst wollte. Er stieß die anderen Vampire weg und packte meinen Arm, wobei sich seine Finger in mein Fleisch gruben.

Er zog mich näher zu sich und flüsterte in mein Ohr: »Wir müssen hier raus.«

Ich hatte keine andere Wahl, als seiner Führung zu folgen. Mein Arm war in den letzten 24 Stunden bereits einmal aus seiner Gelenkpfanne gerissen worden, und meine Schmerzpillen mit Trollstärke waren aufgebraucht. Außerdem drängten sich fünfzig wilde Vampire nach meinem Blut, plus ein Schaffner, der noch nicht begriffen hatte, dass er tot war. Ich schätzte, meine Überlebenschancen waren mit dem Truthahntrancheur leicht besser.

»Jacqueline!« Er zog wieder an meinem Arm, und diesmal widersetzte ich mich nicht.

»Wir müssen den Zug anhalten«, sagte ich. Lysander antwortete mir nicht, während wir in Richtung der vorderen Kabine rannten. Die Blutsauger folgten uns.

Es gab viele Fenster und ein paar Türen, was mich natürlich dazu verleitete, von der Lokomotive zu springen. Aber sie raste so schnell die Schienen entlang, dass ich mir sicher war, ich würde mich dabei umbringen. Trotzdem, wenn es hart auf hart käme, würde ich springen. Auf keinen Fall würde ich ein Opfer einer dieser widerlichen Blutegel werden. Ich würde einen gebrochenen Hals jederzeit dem Vampirfutter vorziehen, an jedem Tag der Woche und zweimal am Sonntag.

Wir marschierten weiter in Richtung Zugspitze. Was hatte Lysander mit mir vor? Ich vermutete, ich würde abwarten müssen. Ich konnte das schreiende Druckmessgerät hören, bevor es in Sicht kam. Ich dachte daran, einen *Impedio*-Zauber zu versuchen, um die Bewegung des Zuges zu stoppen, aber die Menge an Energie, die es erfordern würde, war wahrscheinlich mehr, als ich zu geben hatte. Oder ich könnte *Mortales*-Magie versuchen: einen Beschwörungszauber. Ich könnte einen Feuerlöscher beschwören und das Feuer im Feuerkasten löschen. Lysander trat die letzte Tür auf, und die Szene war viel schlimmer als ich mir vorgestellt hatte. Vergiss den Ofen im Feuerkasten, der gesamte vordere Teil des Zuges stand in Flammen.

Manchmal, wenn du einen Zauber wirfst, endet die Energieübertragung nicht dort. Wenn du noch irgendwie mit dem Objekt oder dem Ergebnis verbunden bist, kann es weiterhin Energie von dir ziehen. Ich war auf dem Bahnsteig in Panik geraten und hatte einen Feuerzauber gewirkt, um die Flammen zu verstärken, damit der Dampfzug in Bewegung kam. Es hatte wirklich gut funktioniert, aber ich hatte es versäumt, meine

Kraft abzuschneiden, nachdem die Flamme des Zaubers Fuß gefasst hatte.

Dann hatte ich den Geruch des Vampirs wahrgenommen und war abgelenkt worden, wie sie es geplant hatten, was bedeutete, dass all die Angst, die ich während meiner grimmigen Entdeckung von Vulekas Leiche und meiner Konfrontation mit Lysander und den anderen gefühlt hatte, weiterhin das Feuer nährte. Ich hatte erwartet, zur vorderen Kabine zurückzukehren und das Feuer zu löschen, den Gashebel zu finden oder die Bremsen zu betätigen, um die Dampflokomotive zu verlangsamen, aber nichts davon würde passieren. Der ganze Waggon loderte in einem tosenden Feuer; das Metall färbte sich golden und rosa mit Flammen. Die Hitze war sengend, und Lysander und ich hielten unsere Arme vor unsere Gesichter, um sie vor dem Feuersturm zu schützen. Wir keuchten beide, als die Hitze gegen uns schlug, unsere Haut und unsere Lungen verbrannte, und wir mussten zurückweichen. Er hielt immer noch meinen Arm und forschte in meinen Augen.

Den fünfzig anrückenden Vampiren mit nur ein paar Pfeilen in meinem Bogen gegenüberstehen, dachte ich, oder dem Feuer? Ehrlich gesagt ließ keine dieser Optionen mein Herz vor Freude springen. Und dann bot sich eine dritte Option an, in einem Schauer von Funken und Glanz, die zufällig die schlimmste von allen war.

KAPITEL 37
ENDSTATION

Als Lysander und ich das Grauen des Feuers beobachteten, das den Zug verschlang, lockerte er seinen festen Griff um mich. Seine Finger wanderten meinen Arm hinunter, und er hielt stattdessen meine Hand. Hinter uns spürte ich, wie die Vampire näher kamen. Zuerst betraten sie unseren Waggon einzeln, und dann waren plötzlich Dutzende da: hungrige Augen und entblößte Fangzähne. Lysander konnte vielleicht ein paar meiner Angreifer abwehren, aber es schien, als wollte der Mob, was er wollte, und ein schlanker Vampir mit markanten Wangenknochen würde ihnen nicht im Weg stehen. Die Hitze zwang uns, weiter in Richtung der geifernden Menge zurückzuweichen. Dann kam der Ärger.

Durch die tanzenden Flammen schritt ein großer Zauberer in einem schwarzen Kapuzengewand. Das Feuer schien ihn nicht zu stören und weigerte sich, auf seine Kleidung überzuspringen. Knapp außerhalb des brennenden Führerstands nahm er seine Kapuze ab und blickte mich an. Seine kreidebleiche Haut und die schwarzen Augen erfüllten mich mit einer tiefen, eisigen Furcht, die trotz der Hitze des Feuers das Mark meiner Knochen erstarren ließ. Er hielt seinen Stab wie eine Waffe in der Hand.

»Slyden«, sagte ich.

Er betrachtete mich mit bösartiger Verachtung, als wäre er empört, dass ich es gewagt hatte, seinen Weg erneut zu kreuzen, obwohl er vermutlich hierher geportet war, indem er etwas benutzte, das ich in seinem Keller zurückgelassen hatte. Haare, Haut, Blut. Er streckte seinen Arm aus, der von geschwollenen Adern durchzogen war, richtete seinen Stab auf mich und murmelte etwas vor sich hin. Ich ließ Lysanders Hand los und tauchte gerade noch rechtzeitig hinter einem Sitz ab, um nicht von dem Elektrizitätsblitz verbrannt zu werden, der meinen Namen trug. Der Sitz explodierte nach hinten und traf mich dabei. Ich verlor das Gleichgewicht, rollte mich zusammen und kullerte über den vibrierenden Boden. Ich erholte mich schnell, sprang in meine Parkour-Hocke und wich einem weiteren mächtigen blauen Blitz aus, der auf mich zukam.

Lysander hielt Abstand zum dunklen Zauberer, und die Vampire hinter uns blieben stehen, da sie nicht von Slydens Blitzen getroffen werden wollten. Aber sie hätten sich keine Sorgen machen müssen, denn ich sah den Schaden, den die letzten beiden Stromstöße an der Hand des Zauberers angerichtet hatten. Seine papierartige Haut war versengt und mit Blasen übersät, und ich bezweifelte, dass er noch einen Blitz in sich hatte.

Slyden Abarim war mächtiger als jeder Zauberer, den ich je getroffen hatte, aber er war auch alt und von den Dunklen Künsten verseucht. Meine Vermutung war, dass er eine beträchtliche Menge Energie verwendet hatte, um auf den rasenden Zug zu porten, und nun seine Magie schonen musste. Aber nur weil er keinen weiteren Stromschlag auf mich schleudern konnte, machte ihn das nicht weniger gefährlich. Er trat auf mich zu und sprach die ersten Worte, die ich von ihm hörte.

»Gib mir die Schnitzerei.«

Zuerst war ich verwirrt, dann erinnerte ich mich an die Voodoo-Puppe in meiner Tasche. Mein Magen krampfte sich zusammen, als mir klar wurde, dass die Puppe bei einem Aufprall am Berg ebenfalls verbrennen würde, was bedeutete, dass Blimaex mit uns sterben würde.

»Nein«, sagte ich. Ich hatte es satt, wegen magischer Gegenstände schikaniert zu werden. Erst die Krone, jetzt die Puppe. Nun, ich hatte genug. Ich sprang auf und richtete meinen Zauberstab auf ihn. Sein Stab mochte keine Energie mehr haben, aber mein Zauberstab schon.

»*Glaciem Exquiris!*« rief ich, und ein Eisspeer flog durch die Luft auf ihn zu.

»*Clipeum Glaciei!*« sagte er und ließ einen Eisschild zwischen uns erscheinen, in den der Speer krachte und wie Glas zersplitterte.

»*Ignem Exquiris!*« schrie ich, und meine Emotionen schossen in Form eines riesigen Feuerballs aus meinem Zauberstab und schmolzen den Schild. Schnell folgte ich mit einem Elektrizitätsblitz. »*Fiat Fulgur!*«

Hellblaue Blitze zuckten aus meinem Zauberstab in Richtung Slyden. Ohne zu zögern benutzte der Zauberer seinen Stab, um den Zauber in meine Richtung zurückzuschlagen. »*Effectus Adversum!*«

Ich duckte mich hinter eine hübsche Glastrennwand, aber nicht bevor mein eigener Zauber mich in die Schulter traf. Ich fühlte mich, als hätte ich einen Elektrozaun berührt. Ich sah weiß, und mein Körper wurde nach hinten geschleudert. Eine Welle von Schmerz durchfuhr meinen ganzen Körper, und mein gesamtes Wesen fühlte sich innerlich heiß und verbrannt an, als ich auf dem Boden aufschlug. Mein silberner Zauberstab rollte weg von mir. Er landete bei Lysanders Füßen, der ihn, wie ich sah, heimlich aufhob und in seine Tasche steckte.

Ich lag auf dem Boden und ließ Slydens von schwarzen Adern durchzogenes Gesicht nicht aus den Augen. Ich krabbelte rückwärts, griff dann nach meiner Armbrust und richtete sie auf den Zauberer, der auf mich zukam, bereit, mich zu erledigen. Er ragte über mir auf, scheinbar drei Meter groß. Die Hitze, die vom vorderen Teil des Zugs strömte, wurde unerträglich, und die Landschaft draußen raste vorbei. Wir hatten höchstens noch Minuten, um den Zug zu stoppen oder bei dem Versuch zu sterben.

Ich drückte ab, und die Armbrust schoss den drittletzten Pfeil auf Slyden ab. »*Protendo*«, sagte er und schlug ihn weg wie eine lästige Mücke. Ich ließ die Armbrust fallen, und sie klapperte neben mir auf den Boden. Slyden mochte alt sein und wenig Kraft haben, aber er war immer noch der bei weitem stärkere Zauberer, und er wollte meinen Tod. Er hob seinen Stab und murmelte leise vor sich hin.

»*Evoco et excito, nunc et semper, res ac mortales: Sericum uitta! Ventum, Ventum, Ventum Exquiris.*«

Ein schwarzes Seidenband schlängelte sich aus seinem Stab und in die Luft über uns. Dann wirbelte es um mich herum und band mich genau wie in seiner Zauberkammer. Ich lag da, nutzlos, meine Arme an meinen Seiten fixiert und meine Beine zusammengenäht. Ich versuchte, rückwärts vom Zauberer wegzukrabbeln, aber ich konnte mich nicht bewegen.

Filius Canis.

Ich war wütend auf mich selbst, weil ich es wieder geschehen lassen hatte. Das frühere Trauma, in Slydens verzaubertem Keller fast zu sterben, traf mich wie ein Schlag ins Gesicht, und ich geriet in Panik. Mein Herz raste und pumpte adrenalingesättigtes Blut in jeden Teil meines Körpers. Meine Lungen schmerzten. Ich konnte weder meinen Zauberstab noch meine Armbrust erreichen und war umgeben von mörderischen Mistkerlen, die mich abschlachten wollten. Alles in allem war es nicht gerade der beste Tag gewesen.

Slyden betrachtete mich auf seine kalte Art, seine glänzenden schwarzen Augen saugten meine Hilflosigkeit auf, während ich mich gegen die Seidenbänder wand und der heiße Boden unter mir vibrierte.

»Du dachtest, ich sei der schwarze Hase«, sagte er.

Er sprach leise, und ich war mir nicht sicher, ob ich ihn richtig verstanden hatte, sagte aber nichts. Ich glaubte nicht, dass Slyden ein Mann war, der sich gerne wiederholte.

»Du dachtest, dass Blimaex der weiße Hase war und ich der schwarze Hase.«

Ich fragte mich, ob Slyden den Verstand verloren hatte. Das hätte mich nicht überrascht. Er war der ideale Kandidat für das Raspelnde Wahnvorstellungssyndrom, besonders mit seinem Ausflug in die Dunklen Künste. Aber ich glaubte nicht, dass sein Geist krank war: Er war zu scharfsinnig und zu mächtig.

Dann verstand ich. Er sprach über dieses Märchen für Zauberkinder. Das aus dem Abarim-Herrenhaus, das die Jungen in ihrer Kindheit gelesen hatten. Die Worte, die er siebzig Jahre später magisch und grausam in die Haut seines Bruders geritzt hatte.

»Ich kann nicht glauben, dass du das einem anderen Zauberer antun würdest«, sagte ich. »Ganz zu schweigen von deinem eigenen Bruder.«

»Er hörte auf, mein Bruder zu sein, als er mich verstieß«, sagte Slyden. »Meine Familie hat mich verraten.«

»Du hast Abarim-Blut in deinen Adern«, sagte ich. »Egal wie kalt es ist.«

»Schweig!« schrie er, schlug seinen Stab auf den Boden, wobei rote Funken flogen und Lysander zusammenzuckte.

Vielleicht hatte Slyden kein Abarim-Blut mehr. Vielleicht hatte er es alles für seine Machtposition bei den Silvanos geopfert. Vielleicht war sein Körper herzlos, blutleer und lief nur mit der Kraft, die er anderen stahl. Ich erinnerte mich an die Illustration auf dem Buchcover: Zwillingshasen, Yin und Yang, vor einem nebligen grün-blauen Hintergrund mit goldenen Adern. Der Titel war ebenfalls in Gold geprägt.

DER TRAUMTRINKER.

»Das ist es, was du getan hast«, sagte ich.

Deshalb war der Zauberer so mächtig.

Slydens schwarze Augen brannten in meine Richtung.

»Diese Albträume, die Blimaex hatte. Du hast seine Kraft abgezapft.«

Der böse Zauberer im Buch hielt das junge Zaubermädchen in einem Turm gefangen, um ihre Träume zu trinken, oder mit anderen Worten, ihr ihre Kraft zu nehmen. Das ging so weiter, bis die Hasen ihn überlisteten, um sie zu befreien, aber leider schien es keine Hasen im Zug zu geben. Nur einen Ofen, der in eine Richtung kroch, und Vampire, die in die andere schlichen.

»Du bist schlimmer als sie«, sagte ich und hob mein Kinn in Richtung der Vampire, die daraufhin anfingen zu zischen. Ihre Geduld war am Ende, und jeder Einzelne von ihnen wollte derjenige sein, der seine schmutzigen Fangzähne in meinen Hals versenkte. Ich musste unwiderstehlich erscheinen, so in schwarzem Seidenband gefesselt. Ein Käfer auf dem Rücken. Ein Vampir näherte sich mir besonders, vielleicht in der Hoffnung, einen Vorsprung beim Buffet zu bekommen.

Plötzlich gab es eine ohrenbetäubende Explosion im vorderen Teil des Zuges. Unser Waggon wackelte auf den Schienen, verlor fast die Traktion und drohte in die verschwommene Landschaft zu schleudern. Die Explosion warf Slyden nach vorne, und er verlor das Gleichgewicht, fiel ungeschickt gegen einen Sitz. Ich hörte etwas brechen: ein lautes, trockenes Geräusch, wie ein Ast, der im Wind bricht. Wenn er den Schmerz des gebrochenen Knochens spürte, zeigte sein Gesicht es nicht. Ich wollte aufspringen und Slydens Sturz ausnutzen, aber meine Arme und Beine waren so fest zusammengebunden, dass ich das Gefühl in ihnen verlor. Außerdem hatte ich andere Probleme. Die Lippen des Buffet-Stürmers waren nur einen Zentimeter von meinem Nacken entfernt, während ich versuchte, von ihm wegzukriechen. Ich konnte sein Atmen hören, heiß und schnell an meinem Ohr. Eine Welle der Abscheu durchfuhr meinen Körper, und ich schloss kurz die Augen, um gegen die Bilder anzukämpfen, die auf mich einströmten. Meine Eltern, die ausgesaugt und tot auf ihrem Bett lagen. Der vernarbte Vampir, der mich aus der Ecke beobachtete.

Ich schrie vor Frustration und Wut. Dann erinnerte ich mich, dass ich nicht mehr in Slydens Keller war und ich im Gegensatz zum letzten Mal meine Magie nutzen konnte, um aus dieser Fesselung zu entkommen. Der frische Schmerz, den ich für meine Eltern empfand, war wie ein Tsunami in meiner Brust. Rollend, funkelnd, mächtig erhob er sich, bereit einzuschlagen und zu zerstören. Ich schrie erneut, diesmal rief ich »*Rumpis!*«, während ich mir vorstellte, wie die Bänder rissen. Ich zwang meine Arme von meinem Körper weg und sprang vom klappernden Boden auf, wobei die Bänder um meine Beine zerrissen, als ich mich bewegte. Slyden schaute erschrocken zu mir auf. Ich schleuderte einen Feuerball auf ihn – *Fiat Fulgar!* – und er traf ihn in die Brust, verschwand dann aber. Ich schleuderte noch einen, stärkeren, und auch der löste sich auf, als er ihn traf. Eine leichte Grimasse lag auf seinem Gesicht, also vermutete ich, dass ihn etwas schmerzte. Ich lag falsch. Er sammelte nur Kraft für seinen nächsten Zauber.

Seine nassen, schwarzen, bodenlosen Augen verließen mich nie. Ich war gerade dabei, einen *Impedio* auf ihn zu werfen, um ihn einzufrieren, wenn auch nur für einen Moment, aber ich befürchtete, dass er ihn auf mich zurückschmettern würde und ich wieder handlungsunfähig wäre. Es war zu riskant. Ich drückte meine Handfläche in seine Richtung und zielte mit einem *Contendis* auf seinen Stab. Er war zu schnell für mich. Diese bösen Augen von ihm fixierten meine, als wären sie glitschige schwarze Blutegel. Sie zogen an mir wie schwarze Löcher, saugten mich in einen schlaffen Zustand, der sich nur in eine Richtung bewegte: auf sein totenbleiches Gesicht zu. Er wiegte mich in einen Traumzustand, hypnotisierte mich – zweifellos eine Fähigkeit, die er sich vom Zusammensein mit seinen Vampirfreunden angeeignet hatte – und trank meine Magie.

Normalerweise würde die Angst, die ich in solchen Situationen verspürte, meine Kraft speisen, und ich könnte sie nutzen, um meine Magie zu verstärken. Aber jetzt flossen all die Trauer, die Panik und die Wut aus mir heraus und in Slyden hinein, was ihn noch stärker machte. Er saugte all meine Emotionen auf und meinen Willen, mich zu bewegen, während meine Muskeln ihre Spannung verloren und mein Geist langsam folgte. Er hypnotisierte mich in einen wachen Schlummer. Meine Augen waren noch offen, aber mein Körper war tief im Schlaf. Ich fühlte, wie alles meinen Körper verließ, als ob mein ganzes Wesen vom dunklen Zauberer absorbiert würde. Ich konnte nicht mehr sprechen oder mein Gesicht bewegen. Alles, was ich tun konnte, war zuzusehen, wie Slyden alles aus mir zog, bis ich weniger als nichts übrig hatte. Ich brach erneut auf dem heißen, vibrierenden Boden des Zuges zusammen, als er auf die Felswand zuraste. Das Letzte, was ich sah, war die Countdown-Uhr. Sie zeigte, dass wir noch drei Minuten hatten, bis wir unser (End-)Ziel erreichten, dann verschwamm alles zu Schwarz.

KAPITEL 38
DAS VERSCHWENDERISCHE ABENDESSEN

Ich hatte fest damit gerechnet, nie wieder aufzuwachen, außer vielleicht im Jenseits, aber als ich die Augen öffnete, war Lysander da, zerrte an mir und forderte mich auf aufzustehen.

Was ist los? wollte ich fragen, aber mein Mund funktionierte nicht und ich war zu leer, um irgendetwas zu sagen, selbst diese drei einfachen Worte. Das Feuer kroch näher, und Blondie drängte mich, von der Hitze wegzukommen.

Das spielt keine Rolle. Ich wollte sagen: *Jetzt verbrennen oder in drei Minuten verbrennen, wo ist der Unterschied?*

Meine Augen wanderten zur Uhr. Besser gesagt, in einer Minute und sechsundvierzig Sekunden. Immer noch betäubt schaute ich zu Slyden, der wie in seiner eigenen Trance wirkte: zitternde Arme, nach hinten verdrehte Augen, wie ein Gläubiger in einer unheiligen, rätselhaften Kirche. Die Vampire wussten, dass dies ihre letzte Chance war, und sie stürzten sich auf mich. Lysander tat sein Bestes, um sie abzuwehren, aber sie respektierten seine Autorität nicht mehr. Blasse Gesichter zischten und zeigten ihre verfärbten Reißzähne, während sie mich umzingelten, bereit für ihr verschwenderisches Abendessen. Lysander kämpfte weiter gegen sie, aber sobald er einen Vampir besiegte, wurde er von drei weiteren ersetzt. Mein einziger Trost war, dass der Zug bei seinem Zusammenstoß die fünfzig Vampire mitnehmen würde, und die Welt wäre ein etwas besserer Ort.

Dann dachte ich an die Voodoo-Puppe in meiner Tasche. Wenn der Zug verunglückte, würde er auch Blimaex Abarim mit in den Tod reißen. Ich konnte nicht aufgeben. Ich wollte nicht sterben, und ich konnte auch Blimaex nicht sterben lassen.

Ein Rabe flog über meinen Kopf, und ich dachte, ich würde träumen. Er ließ sich auf der Rückenlehne eines der Zugsessel nieder und schaute mich krächzend an.

Das konnte nicht sein, dachte ich. *Oder doch?*

Mit einem lauten Flügelschlag verwandelte sich der schwarze Vogel in einen jungen Jungen mit Jadeknöpfen als Augen. Es war mein Lehrling, Bron. Aber etwas an ihm war anders; die Sanftmut, die ich gewohnt war, in seiner Art zu sehen, war verschwunden. In unserer letzten Unterrichtsstunde hatte ich ihm beigebracht, die Angst zu spüren und sie zu nutzen.

Ich habe geübt, hatte er mir früher an diesem Morgen gesagt.

Bron hatte die Situation bereits in seiner Vogelgestalt abgewogen und war bereit zu handeln. Mit einem schnellen Stoß seines Arms schnappte er sich Slydens Stab, was den dunklen Zauberer wieder zum Blinzeln brachte. Der Zauberer streckte seine Hand aus, bereit, den Dieb zu vernichten, aber bevor er einen Zauberspruch aussprechen konnte, richtete Bron den Stab auf ihn und rief *»Impedio!«*, und der Zauberer hatte keine Zeit, sich zu verteidigen. Brons Zauber fror ihn in dieser Pose ein. Der Junge wirbelte zu den Vampiren herum und richtete den Stab auf sie, rote Funken flogen als Warnung. Sie begannen, sich zurückzuziehen.

»Bron!«, schaffte ich zu sagen und blickte auf die Uhr. Wir hatten weniger als dreißig Sekunden, um dem rasenden Zug zu entkommen. Bron nahm seine Augen von den Vampiren, und Lysander packte seinen Arm und riss ihn hoch. Er schrie und trat nach dem Vampir und rief *»Rumpis!«*

Der Zerstörungszauber schoss aus dem Stab heraus, traf aber nicht Lysander, sondern raste zur Decke des Zuges und sprengte ein riesiges Loch hinein, wodurch mehr Luft hereinströmte und das Feuer an Bord anfachte. Es gab eine weitere Explosion, und wir alle duckten uns und versuchten, unsere Augen vor umherfliegenden Trümmern zu schützen. Erstickender Rauch wirbelte um uns herum. Die Flammen sprangen überall hin und verschlangen gierig alles, was ihnen in den Weg kam. Mein Mantel hielt die Flammen von meiner Haut fern, aber ich konnte nicht atmen, und die Hitze war unerträglich. Ich wurde bei lebendigem Leibe geröstet. Die Stampede der Vampire schrie und kreischte und versuchte, die Sicherheitsglasscheiben zu zerbrechen, um zu entkommen. Sie trampelten aufeinander und schlugen in ihrer Panik zu überleben wild um sich.

Ich stand auf, zuerst unsicher, aber das Adrenalin half meinem Körper, aus der Trance zu erwachen. Bron schrie verzweifelt auf, als die Flammen an seinen Beinen leckten. Er kämpfte immer noch gegen Lysander an, der, mit brennenden Füßen, mir einen drängenden Blick zuwarf.

»Bereit?« sagte er.

»Bereit«, nickte ich.

Ich sprang auf den Sitz neben mir, dann hüpfte ich auf die Rückenlehne. Ich benutzte die silberne Stange der altmodischen Glastrennwand als Hebel für meinen Körper, stieß mich dann von der Wand ab und vollführte einen Parkour-Sprung, der gerade hoch genug war, um das Loch in der Decke zu erreichen, das ich mit beiden Händen packte. Das Metall – frisch geschnitten und dank Brons *Rumpis*-Zauber noch rauchend – schnitt in meine Handflächen, als ich mich damit aus dem brennenden Waggon zog. Mit der oberen Hälfte meines Körpers außerhalb des Zuges konnte ich den Berg am Ende der Gleise sehen. Ich schätzte, dass wir weniger als zwanzig Sekunden hatten, bevor wir dagegen prallen würden. Ich zog den Rest meines Körpers hinauf, aufs Dach, und die Kraft des Windes hätte mich fast vom Zugdach gefegt.

»Nano! Helm!«, rief ich, und mein Kragen verwandelte sich in einen harten Helm und schloss sich um meinen Kopf. Ich schaute durch das Loch nach unten und sah Lysander, der aus den Flammen zu mir hochblickte. Er versuchte, sich hochzustürzen, aber das Gewicht des Jungen hielt ihn zurück. Ich wollte, dass Bron sich wieder in einen Vogel verwandelte und hinausflog, aber ich wusste, dass das Feuer zu heiß war und seine Federn verbrennen würde.

Zwölf Sekunden.

»*Volas!*«, rief ich und streckte meinen Arm durch das Loch nach unten. Der rauschende Wind raubte mir die Worte, aber der Zauber wirkte trotzdem. Lysander gab Bron einen letzten Schubs, und der Junge schwebte zu mir herauf. Ich packte ihn und zog ihn aus dem flammenden Waggon, aber als er das Dach erreichte, brauchte er meine Hilfe nicht mehr. Sobald er die Windböe spürte, verwandelte er sich in seine Rabengestalt und flog hoch in den Himmel.

Die riesige graue Felswand ragte bedrohlich auf, und das Metall, auf dem ich kniete, brannte mir die Haut von den Knien.

Neun Sekunden.

Ich schaute erneut durch das Loch in den Waggon hinunter und sah im Chaos aus Funken und Rauch, wie Slyden sich aus dem *Impedio*-Zauber befreite. Er hatte seine bösen Augen auf Lysander gerichtet, und ich vermutete, dass er plante, ihn als Leiter zu benutzen.

Lysander beugte die Knie, um sich hochzustürzen, aber Slyden griff nach ihm. Der Vampir schaffte es zur Hälfte nach oben zum Loch in der Decke, doch Slyden erwischte den Rand seines Umhangs und zog ihn wieder nach unten. Ich blickte zum Berg hoch und kämpfte gegen den Wind, der mich nach hinten drückte. Ich musste vom Zug runter.

Sechs Sekunden.

»*Volas!*«, rief ich und streckte mich zu Lysander hinunter. Es fühlte sich an, als ob die Angst, die durch meinen Körper zuckte, zum Vampir hinunterjagte. Er spürte meine Magie und streckte seine Hand nach oben, und gemeinsam erzeugten wir genug Aufwärtskraft, um Slydens Griff zu brechen und ihn aus der rasenden Todesfalle zu heben. Sobald Lysander das schmelzende Metall des Zugdachs hinter sich gelassen hatte, packte er mich so fest, dass ich nicht atmen konnte. Slydens klauenähnliche Hand ragte aus dem Loch und umklammerte den Rand des glühenden Stahls, seine alte Haut verbrannte und rauchte. Er schrie, als er versuchte, sich durchzuziehen.

Lysander, der mich immer noch so fest hielt, dass ich dachte, er würde mir eine Rippe brechen, beugte die Knie und stieß sich dann vom Dach des Zuges ab, in den frischen blauen Himmel hinein. Wir sanken langsam auf das wilde Grasfeld darunter hinab und sahen zu, wie der Dampfzug der *Olde Worlde Railway* mit einer gewaltigen Explosion gegen den Berg krachte und Funken und Flammen in allen Farben in die Luft schleuderte.

EPILOG

SCHWARZE FLUT

Ich kam verbrannt, zerschlagen und blutend in meinem Wohnhaus an, mit einem ernsten Fall von Muss-sofort-ins-Bett. Die Drogendealerin aus der Nachbarschaft – Lou – erblickte mich, und ihre Augen leuchteten unter dem Schatten ihrer Kapuze hervor.

Sie musterte mich von oben bis unten und nahm mein Aussehen in Augenschein: zerfetzte Kleidung, versengtes Haar, geschwärzte Haut. »Ein ganz normaler Tag also?«

Ich blieb stehen. »Ich wusste gar nicht, dass du Humor hast.«

»Es gibt vieles, was du nicht weißt«, sagte sie, während ihre chiningelbe Iris aufblitzte.

Ich zuckte mit den Schultern. Wahrscheinlich hatte sie Recht. Ich winkte und ging weiter Richtung Swift, wobei ein hell leuchtender, roter Fleck durch meinen bandagierten Hand-ballen sickerte.

Wie in Trance erledigte ich meine abendliche Routine. Ich fühlte nichts außer einer dunklen Taubheit. Ich war nicht glücklich darüber, Blimaex gerettet zu haben oder dabei zuzusehen, wie sein Bruder verbrannte. Ich war nicht stolz auf Bron oder dankbar, dass er seine Schüchternheit überwunden, seiner Angst getrotzt und mein Leben gerettet hatte. Ich fühlte nichts. Was auch immer Slyden Abarim mir genommen hatte, war mit ihm bei dem Zugunglück gestorben. In mir war immer noch dieses dunkle Vakuum, und nichts würde es jemals füllen.

Normalerweise hätte ich nach einem solchen Tag unter der Dusche geheult, während ich das Erlebte von meiner Haut schrubben würde. Das würde die restliche Muskelanspannung lösen und mir unterbewusst helfen, das Trauma zu verarbeiten, sodass ich es hinter mir lassen könnte, um mich dann in meinen von Geist gewaschenen Schlafanzug zu kuscheln und einen tiefen, traumlosen Schlaf zu haben.

Aber in dieser Nacht gab es weder Tränen noch Emotionen. Sie waren mir vom Traumtrinker genommen worden, und ich war nicht sicher, ob ich sie jemals zurückbekommen würde.

Auf dem Weg nach Hause hatte ich Abarim Manor besucht. Ich erklärte Blimaex und Willard, was geschehen war, und sie waren äußerst dankbar, wenn nicht sogar schockiert. Blimaex war ein völlig anderer Zauberer als der kranke Mann, den ich nach der Belore-Beerdigung kennengelernt hatte. Er war geheilt und gesund und trug eine makellose Robe. Er sagte, er freue sich darauf, seine Arbeit im Rat wieder aufzunehmen. Ich überreichte ihm die geschnitzte Puppe, die sein Ebenbild war, und er konnte nicht aufhören, sie anzustarren, vielleicht erstaunt darüber, wie ein so kleines, kindliches Ding ihm so viel Schmerz bereitet haben konnte.

Danke, sagte er zu mir und umklammerte meine Hände mit seinen. *Ich verdanke dir mein Leben und mehr.*

Willard bezahlte mich, und Blimaex machte mir das ergreifende Geschenk des Märchenbuches – das ich nicht wirklich haben wollte, selbst mit seinem glücklichen Ende – und ich schob es in mein Bücherregal.

Das Bücherregal erinnerte mich an Liz Durisons kleines schwarzes Buch, das Notizbuch des EverShade-Kuriers und an Geist, der mich noch nicht zu Hause begrüßt hatte. Es erinnerte mich auch an die kleine Flasche *Spiritus Morbus*, die quasi ein Loch in das Regal brannte.

Endlich sauber, mit geputzten Zähnen und im Schlafanzug, kletterte ich mit einem tiefen Stöhnen in mein Bett. Jeder Muskel schmerzte, und ich war so übermüdet, dass mein Gehirn genauso gut eine Wolke aus Watte hätte sein können. Ich legte meinen Kopf auf das von Geistern aufgeschüttelte Kissen, starrte auf die feuchtigkeitsbefleckte Decke und atmete tief aus, als hätte ich den Atem den ganzen Tag angehalten. Ich schaltete die Nachttischlampe aus, schloss die Augen und wartete darauf, dass der Schlaf mich in seiner schwarzen Flut davonspült.

Dann wartete ich noch mehr. Und noch mehr. Ich wälzte mich hin und her und wartete darauf, dass der Schlaf kam. Ich hatte seit Tagen nicht geschlafen, und mein Körper war müder, als er je zuvor gewesen war. Was war das Problem? Vielleicht lag es daran, dass Geist noch nicht das rote Hardcover-Buch vom Regal gestoßen und auf den Boden geschmettert hatte. Versuchte er, mir etwas zu sagen? Dass mein Tag noch nicht vorbei war? Dass es noch etwas zu tun gab, bevor ich mich ausruhen durfte?

Oder lag es an Lysander? Unsere Verbindung ließ mich extrem unwohl fühlen. Ich hatte das Gefühl, ein unheiliges Bündnis mit einem meiner größten Feinde eingegangen zu sein. Er hatte mein Leben gerettet, und ich hatte seins gerettet... und ich bezweifelte, dass unsere Beziehung dort enden würde.

Ich rieb mir die Augen und seufzte, dann lehnte ich mich hinüber und schaltete die Nachttischlampe wieder ein.

Ich schrie auf, als ich sah, wer am Fußende meines Bettes stand, und krabbelte vor Schreck rückwärts gegen das Kopfteil. Er war schmutzig und triefte vor Blut und hielt etwas hinter seinem Rücken versteckt.

»*Filius Canis!*« schrie ich, als ich wieder sprechen konnte.

»Tut mir leid«, sagte Darick. »Ich wollte dich nicht erschrecken.«

»Was zum Teufel ist mit dir passiert?«

»Mir geht's gut«, sagte er. »Nur oberflächliche Wunden.« Sein Gesichtsausdruck war grimmig. Ein Auge war zugeschwollen, und sein Oberkörper blutete. Er war übersät mit blauen Flecken und Schnittwunden. Ich krabbelte vom Bett und sagte ihm, er solle sich hinlegen. Ich schnappte mir Handtücher und einen verstaubten Erste-Hilfe-Kasten, der eine leere Flasche Antiseptikum und ein einziges Pflaster enthielt, das so alt war, dass ich bezweifelte, dass es überhaupt noch kleben würde.

Bevor er sich hinlegte, zeigte er mir den Schuhkarton, den er hinter seinem Rücken versteckt hatte. Er hatte Löcher im Deckel, wie eine Seidenraupenkiste eines Kindes.

»Was ist das?« fragte ich.

Er reichte ihn mir, und ich hob vorsichtig den Deckel. Das Geschöpf flog auf mich zu, und alles, was ich sah, war ein verschwommenes weißes Fell und Schnurrhaare.

Könnte es sein?

»Gizmo!« rief ich, und das Frettchen drückte seine rosa Nase an meinen Hals.

»Gizmo!« sagte ich noch einmal, und Gizmo lehnte seinen warmen Körper an meinen. Dann überfluteten mich die Emotionen, die mir gefehlt hatten, und warfen mich um. Ich hielt seinen kleinen Körper fest und weinte in sein Fell, das bitter und schwefelig roch und mich fragen ließ, wo er gewesen war.

Darick lag jetzt auf dem Bett, seine Brust hob und senkte sich mit flachen Atemzügen.

Ich stand da, mit weit aufgerissenen Augen, und betrachtete die riesige Wunde auf seinem Oberkörper. Er war derjenige mit den Heilkräften. Was ich über Erste Hilfe wusste, war gefährlich, aber ich war verzweifelt darauf, ihm zu helfen.

»Was muss ich tun?«

»Leg dich einfach zu mir«, sagte er.

Vorsichtig kletterte ich aufs Bett und umarmte seinen tapferen Körper, der vor Schmerzen zuckte, wenn er atmete. Sein Blut sickerte in meinen Schlafanzug.

Ich konnte die Tränen nicht zurückhalten. Ich drückte Gizmo an meine schmerzende Brust und wechselte zwischen Weinen an Daricks Schulter und in Gizmos Fell ab. Ich weinte um die Belore-Zwillinge, die frisch verwaist waren und auf dem Weg zum Copperfield-Institut. Ich weinte wegen der V-Kult-Opfer, alle neun, und wegen ihrer Familien, deren Trauer noch roh und überwältigend sein musste. Ich weinte wegen Lysander und dem Teil von mir, den ich aufgegeben hatte, indem ich eine Beziehung mit ihm einging; ein Teil von mir, den ich nicht in der Dusche reinwaschen konnte. Ich weinte, weil der Silvano-Clan jetzt die HighFire-Krone hatte und die Dinge im Reich wirklich hässlich werden würden. Ich weinte, weil Darick verletzt war und ich nicht wusste, wie ich ihm helfen sollte. Vor allem weinte ich aus Dankbarkeit und Erleichterung, dass Blimaex geheilt, Slyden tot und Gizmo zu Hause war.

Nach scheinbar stundenlangem Weinen fühlte sich die Entlastung vollständig an, und endlich hörte das Schluchzen auf.

»Danke«, flüsterte ich. Ich wusste nicht, was Darick tun musste, um Gizmo zurückzubekommen, aber ich würde ihm so lange dankbar sein, wie ich lebte.

»Jax«, sagte Darick, und ich stützte mich auf meinen Ellbogen, um ihn anzusehen. Ich schniefte und wischte die letzten Tränen weg. Als ich in seine Augen blickte, spürte ich eine tiefe Zärtlichkeit, eine Intimität, die ich noch nie mit jemandem gefühlt hatte. Er zeigte mir wieder diesen grimmigen Gesichtsausdruck. »Jax. Ich habe etwas Schreckliches getan.«

Im Nebenzimmer schlug das rote Hardcover-Buch auf den Boden.

LIEBE LESERINNEN UND LESER

Danke, dass ihr bei dieser verrückten Reise durch das Reich dabei wart. Ich hoffe, euch hat der zweite Teil dieser sechsteiligen Buchreihe gefallen!

In der nächsten Geschichte ruft Direktorin Copperfield Jax, um einer ehemaligen Schülerin zu helfen, die mysteriöse Morddrohungen erhält. Ausgerechnet diese Schülerin ist eine Hexe (und Jax' Erzfeindin).

Wir hoffen, ihr seid wieder dabei, wenn Jax in ernsthafte Schwierigkeiten gerät.

Buch drei wartet bereits auf euch.

Bis dann!

Janita (JT Lawrence)

BÜCHER VON JT LAWRENCE

FICTION

WHEN TOMORROW CALLS

• SERIES •

(Futuristic kidnapping thriller)

The Stepford Florist: A Novelette

The Sigma Surrogate

1. Why You Were Taken
2. How We Found You
3. What Have We Done

When Tomorrow Calls Box Set: Books 1 - 3

(complete)

URBAN FANTASY

BLOOD MAGIC

(complete 6-book series)

1. The HighFire Crown
2. The Dream Drinker
3. The Witch Hunter

4. The Ember Isles

5. The Chaos Jar

6. The New Dawn Throne

CURSEBREAKER

(complete 6-book series)

1. The Dusk Reapers

2. The Haunted Portal

3. The EverShade Ring

4. The Obsidian Castle

5. The Pick Pocket's Curse

6. The Eternal Betrayal

❧

STANDALONE NOVELS

The Memory of Water

(steamy psychological thriller)

Grey Magic

(witchy magical realism)

EverDark

(urban fantasy)

❧

SHORT STORY COLLECTIONS

Sticky Fingers

Sticky Fingers 2

Sticky Fingers 3

Sticky Fingers 4

Sticky Fingers 5

Sticky Fingers 6

Sticky Fingers: The Complete Collection:
Books 1 - 6: 72 Short Stories

NON-FICTION

The Underachieving Ovary
(memoir)

The Indie Author Game Plan

www.jt-lawrence.com